我是藏獒

古怪先生 / 著

中国华侨出版社

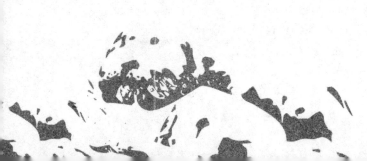

图书在版编目(CIP)数据

我是藏獒/古怪先生著. —北京:中国华侨出版社,
2014.3 (2020.5月重印)
ISBN 978-7-5113-4484-7

Ⅰ.①我… Ⅱ.①古… Ⅲ.①长篇小说—中国—当代
Ⅳ.①I247.5

中国版本图书馆 CIP 数据核字(2014)第 042116 号

● 我是藏獒

著　　者/古怪先生
出 版 人/方　鸣
策划编辑/周耿茜
责任编辑/宋　玉
责任校对/高晓华
装帧设计/顽瞳书衣
经　　销/全国新华书店
开　　本/710 毫米×1000 毫米　1/16　印张/16　字数/240 千字
印　　刷/北京军迪印刷有限责任公司
版　　次/2014 年 5 月第 1 版　2020 年 5 月第 2 次印刷
书　　号/ISBN 978-7-5113-4484-7
定　　价/48.00 元

中国华侨出版社　北京市朝阳区静安里 26 号通成达大厦 3 层　邮编:100028
法律顾问:陈鹰律师事务所
编辑部:(010)64443056　64443979
发行部:(010)64443051　传真:(010)64439708
网　　址:www.oveaschin.com
E-mail:oveaschin@sina.com

目录 我是藏獒

序　章

　　一只藏獒趴在雪地上，哼哧哼哧地喘着粗气。短小纤细的四肢，驳杂的毛色，琥珀色的瞳孔带着几丝裂开的灰色，这一切都在暗示着——这不是一只血统纯正的藏獒。

　　它的身上布满了伤痕，血迹已经凝固，像琥珀一样在阳光下闪着诡异的光芒。它静静地趴在那里，眯缝着双眼，仿佛在等待着什么。

　　时间对它已经没有了意义。它趴在那里，没有了藏獒的英勇和豪气。

　　不知过了多久，它终于动了！脚步缓慢而平稳。

　　顺着它脚步的方向，一个背着蛇皮袋子，身上散发着腥味的男人从山下走来，呼呼地喘着浊气。

　　藏獒矮下身子，不想让男人看到它，它的眼里满是纠结、无奈、憎恶，还有少许的依赖。

　　那是它的主人。

　　藏獒是世上拥有最纯净灵魂的神犬，它们心里只有忠诚和战斗。可此刻它的双眼为何如此失神？

　　它在圣洁雪山中迷茫，浑浊的泪烫化了脚下的雪。终于，它动了。

它带着无边的力量，像草原上掠食的猎豹一样，迸发出超越影子的速度。犹如追魂的罗刹，刀牙刹那间插进了他的喉咙，鲜血汩汩地流出，流进它的食道，温暖了它冰凉的身体。

守护主人是藏獒一生的责任。忠诚更是烙进藏獒灵魂的东西。

可现在，它的嘴里却尽是主人的鲜血……

第一章
一个串儿

我蜷缩在一个很柔软很狭窄的地方，这里很温暖，给了我营养和力量，我看不到这个世界，本能地觉得这个世界是黑色的，虽然我在一个狭窄的地方，尽是滑滑腻腻羊水的味道，但这里有无限的黑暗。

不知过了多久，有可能是一瞬间，也有可能是一万年，不过按照我出生以后的标准来看，应该是两个月，六十天。

终于，一道细微的光照进了我的世界，刺激着我尚未成熟的感官。首先觉醒的是视觉，我清晰地看到了一个肉口子，口子里透过一道光，在我出去之后才知道这东西叫阳光，暖暖的，和母亲的子宫一样暖，它是阳光。第二个觉醒的是触觉，泡在滑滑腻腻的羊水里，我初生的毛尖都软软地趴在皮毛上，就像一只水狸。第三个觉醒的，是嗅觉，我还闻到了干爽的香味，那是阳光的气息，我闻到了软软的香味，那是食物的味道，我还闻到了，羊水咸腥的味道。

最后觉醒的是视觉，我看到了，一个肉呼呼、光秃秃的脑袋，身上有着呛人烟叶味道的怪物把我抱了起来，放在松松软软的干草垫子上。当时我只觉得这家伙连毛都没有，长得又抽抽在一起，奇形怪状的，肯定是个坏东西，我本能地扑腾四个小脚爪，惹得他一阵响亮的笑。

直到后来我才知道，原来那个有着光秃秃脑袋的物种叫做人类，号称是万物之灵，而那个浑身烟叶子味道的中年男人就是我的主人。

终于出来了，终于离开了那个孕育了我的地方，我来到了人间。我看到了蓝色的天，灰色的地，这时我以为大地就是灰色的，但是后来我知道，大地是黄色的，是青青的，是花朵的颜色，而我出生时看到的这灰色，是水泥的颜色。

我不只看到了天空和大地，看到了我的主人，我也看到了怀胎两月把我带到这个世界上的狗娘。我的狗娘是一只又肥又胖、慈眉善目的大黄狗，它懒懒地趴在那里，张开怀抱，向我伸出了爪，爪子也是黄黄的，肥肥胖胖，显得很亲切。

这时，我觉得我的狗娘就是这世上最完美的狗了，可是后来我才知道，我的狗娘是被上流社会所不齿的，它是一只大土狗，而我呢？比我的狗娘还要好些，我是狗娘这辈子的骄傲。

我扒开自己尚被羊水粘连的脚爪，挣扎着向狗娘爬去，拱到狗娘的怀里，这是我在这个世上见到的唯一的亲人，生我的狗娘，我那可怜的狗娘。

耳朵里的黏液在空气中逐渐分解，我听得越来越清晰了，我听到了，听到了，狗娘的低语，我听到了，天和地的对话，我还听到了我主人的话。

"看哪，我们家这只小狗多聪明，才一出生就会找娘了！"

另一个不知从哪冒出来的人应和着：

"是啊，是啊，还从来没见过这么精神的小狗呢，老王，你家这狗一胎就生了这一个，小狗有福啊！"

老王，哦，原来我的主人叫老王。老王说：

"那当然，老子花大价钱给它配的虎狼种，怎么会差了！"

又是不知从哪儿冒出来的人，也许是因为我的五官还没有完全觉醒，也有可能是人类这个物种天生就有着突然冒出来的功能，这个人我一开始真的没有看到。

"老王，你家小狗这么精神，打算卖多少钱啊？看这块头，啧啧，小不了，钱也少不了啊！"

我的主人老王又说了，这一回他的嗓门很洪亮，声音里面带着一丝振奋的力量，老王说：

"卖？想得美，我就自己养着，打死我都不卖！"

我的眼皮有些发沉了，没有了狗娘肚子里那根脐带源源不断地供给我力量，我的精气神一下子就不够用了，我只迷迷糊糊地听着他们说话，迷迷糊糊地睡去了。

再醒来的时候不知是什么时间，只知道狗娘都睡着了，我被主人挪到了屋子里。我迷迷糊糊地醒来，一个脸上布满皱纹的中年女人一脸的惊喜，她兴奋地叫着：

"唉，老王，你们快来看，串儿醒了！"

串儿？那是什么？是我的名字吗？应该是吧。婴儿阶段很无奈的，自己的事什么也做不了主，叫什么，吃什么，想让谁抱，不想让谁抱，所有的东西都由不得你，而作一个狗娃更是无奈中的无奈，想叫什么自己说了不算也就罢了，连狗娘说了都不算。

老实说，刚出生的我就挺有反抗意识，我不想这样！

可是当一盆热乎乎的牛奶端到我面前的时候，我脑子里什么想法都没了，什么串儿串儿的名字，什么婴儿与狗娃，我只知道咕噜咕噜地吮着牛奶，进食，这是动物的本能，而刚出生的我，有的就是本能。

喝光了牛奶，那个中年女人摸了摸我的头，以示奖励。我对她的亲昵动作很抵触，骨子里远古的本能告诉我藏獒只有一个主人，而我的主人应该是我出生之后见到的第一个人，老王。可是这个女人她喂了我，还摸了我的头，她又是我的什么人呢？这时我看到老王走到她的身边，一脸喜气地比画着，她和我的主人又是什么关系呢？

脑子一片空白的我理解不了家庭的概念，也理解不了什么亲属亲戚亲人的关系，在我的世界里，亲人只有一个，那就是狗娘，别的一概不知。

懵懂的我隐隐有了这样的想法——主人不止一个。年幼的我还不知道这个想法有多可怕，只是单纯地以为自己想通了很多问题，自己对这个世界做出了合理的解释，而事实上，从血统上来说，我是不应该有这种想法的，我的一辈子只能认一个主人。

夜深了，别问我怎么知道夜深不深，反正我的主人把灯关了，我伸出舌头，吸着暖暖的、甜甜的奶水，这奶水不多，但我觉得它无比珍贵、无比温暖，这是从我的狗娘身体里流出来，又滑到我食道里的乳汁。

狗娘醒了，舔了舔我仍在哼哧哼哧吃奶的小脑袋，宠溺道：

"慢点，我的小宝贝，慢点吃。"

其实，现在的我并不饿，刚刚女主人那一盆牛奶已经把我喂饱了，我现在吃奶只是想感受一下狗娘的温度与气息而已，这是一种对母亲的依恋，人人都有，狗狗当然也有。

我停下吃奶，拱进狗娘的怀里，甜甜地叫着，这是我出生以来第一次发出声音，像我这么沉得住气的孩子也是怪少见的。如果是个人类婴儿出生之后，声带连一次振动都没有，人类父母可能都要怀疑自己生了个哑巴，赶紧把刚出生的孩子带到医院里给医生检查了，可是我是狗，无论怎样我的狗娘都不会嫌弃我，而我的主人更在乎的是我光洁的毛皮，黑溜溜的眼睛，至于我是不是哑巴，对他们来说根本就不重要，反正他们也不会听我说话。

听到我稚嫩的声音，狗娘的爪子抚着我稚嫩的身体，竟是禁不住流下了泪水，嘴里哽咽着：

"真像，真像，一模一样……"

真像，像谁？我天真地扬起我的小脑瓜，清亮地叫着：

"娘，我像谁？"

狗娘笑了，笑得很甜蜜，甜蜜之中又带着一点骄傲：

"宝贝，你像你的父亲，一模一样。"

父亲，在我出生以后还是第一次听到这个词，不过，我的本能让我一下子理解了这个词的意思，是了，有狗娘，又怎么能没有爹呢？

"娘，娘，我的爹是谁，它长得是不是跟你一样？"

狗娘的眼神变得温柔，它把我搂在怀里，缓缓地说着：

"宝贝，你的父亲是一只很伟大的狗，它跟娘不一样，它是一只藏獒，有着高贵又纯正的血统，它的身体很强壮，就像你一样……宝贝，你知道什么是藏獒吗？藏獒就是一种高高大大的狗，是狗中的皇族，藏獒的眼睛能数出天上的星星，藏獒的爪子能划开坚硬的石头，藏獒的力量能举起牛和大象！藏獒不怕狼，不怕老虎，是最最了不起的，宝贝，娘这辈子就这样了，但是你不一样，你是藏獒的儿子，你知道吗？你是一只藏獒，长得和你的父亲一模一样，你是娘的骄傲……"

藏獒，第一次听到这个名字，也许是血液里那一半的高贵血统在燃烧，我用我纤细的四肢站起来了，我舔了舔狗娘的鼻子，用跟它一样骄傲的语调响亮地叫道：

长篇小说 我是藏獒

"嗷！嗷！我是藏獒，我是娘的骄傲！"

这时的我，充满自信，对于刚出生的生命，世界还很小，还很安全，我没有烦忧，盲目地快乐着，而我的狗娘也很高兴，奖励似的汪汪了两声。

许是我们的声音太大了，惊动了主人，不一会儿，随着一阵咒骂声和开门声，屋子里的灯开了，亮如白昼，灯刺痛着我的眼睛，难以睁开，只留一条小缝，在这条小缝里，我看到我的主人老王面色不悦地站在那里，手上拿了半个烧饼，扔到了狗娘的食盒，咒骂着：

"叫！叫！叫什么叫！老实点！两条笨狗……"

笨狗？为什么主人说我和狗娘是笨狗？我不是藏獒吗？藏獒哪里会笨？

我满脸疑惑，问我的狗娘，狗娘哭了，它一边淌着眼泪一边告诉我：

"宝贝，娘撒谎了，因为娘的原因，你并不算是纯粹的藏獒，我们都是沾了藏獒恩惠的狗，这也是你叫串儿的原因。"

串儿，串儿，串儿居然是这样的意思，好吧，串儿就串儿吧。

出生的第一天，我见到了什么叫人情冷暖，什么叫寄人篱下，什么又是狗娘的骄傲。虽然懵懂，可我知道了，我是一个串儿。

第二章
笼中岁月

人类的成长总是需要很久，久到刚刚成熟起来才发现一切的一切都为时已晚，因为人类的传承都在于后天的教育。而我们狗则不然，我们的成长很快，三两月，一两年，甚至一瞬间，因为我们的传承大部分不在后天的教育，而在我们骨子里的本能。

也许藏獒血统真的有它得天独厚的地方，出生短短三个月我就长得跟狗娘一样大了。狗娘看着我越来越强壮，自然是欣喜，尤其是我越来越像我的父亲。至于我的主人老王，则更是高兴，究其高兴的原因，可能是因为我长得跟我的狗娘一点也不一样吧。我的狗娘长得慈眉善目，身体圆浑肥壮，而我的脸却不像一般的狗那样有着一只大长嘴，我的脸黑黑的，就算是在笑也会让人感觉到一种杀气，我的身体不似狗娘般肥壮，它是虚胖，我的身体是真正的精悍，我甚至能感觉到每一块肌肉里蕴含着恐怖的爆发力。

我的主人因为我这副怪模样而高兴，因为这不是狗娘的模样，这不是土狗的模样，这是真真正正的藏獒的模样。

既然已经不是小狗的样子，那就再没有理由每天窝在狗窝里，藏在狗娘的怀里，我的主人用一条锁链把我带到了狗窝以外的世界，我对此充满期待，那是不同于这个枯燥又千篇一律的自由的地方。

牵引着狗走向自由的竟是锁链的束缚，这真是一件有趣的事，据狗娘说，大部分的狗都是这样，那么人呢？

我是一只狗，就算我是狗中的贵族藏獒，那我也是一只狗啊！是狗的话，就考虑狗的事就好了，琢磨起人来，多傻。

我被主人拴在了一个噪音整天响个不停的地方，我被关在一个钢管围成的笼子里，活动范围比在屋里时大了许多，视野也开阔了许多，只是走不出笼子罢了。来到了外面，每天见到来来往往的男人女人，我的见识也广博了，对这个世界，对我所处环境的认知也清晰了。我也开始明白了我的主人是谁的问题。

我的主人是老王，老王一家三口人，一直给我喂牛奶的是他的老婆，他还有一个儿子，在外地打工，不常在家，也曾来过这里几次，老王看到自己的儿子就像狗娘看到我一样高兴，他把他儿子带到我面前，有些生涩忐忑地做着介绍：

"串儿，看到了吗？这是我儿子，以后你不光要听我的，还要听他的，知道吗？"

他叽里咕噜说一大堆话，其实我根本就听不懂，不过看他的神情应该是蛮开心的，主人的开心就是狗的开心，我昂着头，摇着尾巴，嗷嗷叫了两声，这是藏獒的叫声，他很开心，当场赏了我两块酱牛肉，那肉香喷喷、油滋滋的，是我出生以来吃过最香的东西。因此，我对小王印象大好，每次看到他都摇着尾巴嗷嗷叫，饭菜烧肉自然是少不了。

在这儿待得久了，我对我的主人一家和他们在做什么也有了些了解，我扒着笼子，看着我所在的这个大院子，院子里尘土飞扬，有一辆又一辆的大车，一堆又一堆的泥沙，还有一摞又一摞的灰砖。

这是一个砖厂，到处都是灰尘，涂乌了我油亮的皮毛，这里每天都有工作，烧制着各种型号的砖头，被钢铁造成的汽车送到需要它的地方，这里有三五十个工人，每个人都灰头土脸忙忙碌碌的，手上都戴着破损的手套，手套沾满了碎砖粉末，我倒像是这个厂子里最清闲的家伙，只要叫两声就好，什么也不用做。

不，还有一个比我更清闲的人，那就是我的主人，连叫也不用叫的人，砖厂老板，人称老王。

自从我来了砖厂，我就没有离开这钢筋铁笼一步，这笼子四面都围得死死的，只能伸出爪子，连头都不能探出，整个笼子只有顶上网开一面，能让我看到那么四角蓝天，不过笼子太高了，我出不去。

我就被这样一个笼子困在了这样一个尘土飞扬、噪音不止的砖厂。虽然环境差些，但好歹也是在外面，藏獒高贵的血统，藏獒骨子里的本能告诉我，必须生活在外面！更何况，砖厂这地方除了环境差些，那些不利身心健康的一点也没有，其余的条件都好得不得了，吃得好，顿顿都有砖厂宿舍专门捡给我的肉，睡得好，我的窝都是棉被铺成的，又绵又软，能把人和狗都带入梦乡。

在砖厂，我也认识了两个朋友，都是土狗，一是土黄狗，叫大黄，就像我的狗娘一样，长得憨厚，让我倍感亲切；一是小黑狗，叫小黑，它只有板凳高矮，活蹦乱跳，别看它们个子比我小，可它们都算得上是成年狗，比我的岁数要大得多，它们让我知道了很多。

原来我们所在的地方是一个镇子，这镇子小得可怜，也穷得可怜，这里的狗都面黄肌瘦，饥一顿饱一顿地过日子，能像我这样顿顿都吃上肉的实在少见，而我能有如此优厚生活的原因是因为我的主人老王有这么一家砖厂，是这个镇子的首富，是个有钱人。

大黄和小黑在外面说，我在里面听，我把爪子搭到笼子上，竖起了藏獒平时耷拉在那里的耳朵，听得很专心。

"等等，大黄，什么叫做富？"

富，这个问题……博识的大黄略一思考就给它下了个极不负责任的定义：

"富嘛，就是每天都能吃到好多好多的肉。"

肉！肉！香喷喷的肉，每天都能吃到好多香喷喷的肉，那真是极好的，我真为我是老王富的受益者而感到快乐。

"大黄，大黄，我每天都能吃到好多好多的肉，我很富是吗？"

大黄憨厚地笑了笑，搭了搭我的爪子道：

"富都是我们的主人才有的，我们狗是不讲什么富不富的，我们都是比谁最厉害，就像主人们比谁更富，都一样，只是比的东西不同。"

厉害，谁最厉害，藏在我脚爪里锋利的甲刀缓缓伸了出来，我能感觉得到它的兴奋，或许是我的兴奋，谁最厉害，到底谁最厉害？我的狗脑里有一个遥远的声音在高喊：藏獒！最厉害的当然是藏獒！

"大黄，小黑，那到底谁最厉害！"

这一次大黄没有回答我的问题，倒是小黑很是积极，它一边蹦跶，一边汪汪地回答着：

"狗王，狗王，当然是狗王最厉害了，狗王的牙齿最锋利，能咬断钢筋，如果把狗王请来，它一定能咬断这笼子把你放出来的。"

狗王，狗中的王吗？

"小黑，狗王它是一只什么狗？"

小黑咋呼着：

"狗王它又高又大，牙齿比钢钉还尖，耳朵比兔子还锐，鼻子比雷达还灵，他站起来就碰得到门框，它……"

小黑好像一个充满浪漫主义情怀的游吟诗人，所说极多，却没有一句切中主题，在说话上，大黄就要比他靠谱得多了，只用了四个字就让我明白了这传说中的狗王到底是一只怎样的狗，大黄说：

"黑背狼犬。"

黑背狼犬，那又是什么样的狗，我不知道。我觉得我的骨子里有些东西在躁动，一种叫做不服的情绪在快速地滋长壮大。狗王，从我出生那天开始我的狗娘就告诉了我什么是狗王，只有藏獒才配叫狗王，我是藏獒的儿子，我也是藏獒，哪怕我不是纯粹的藏獒，但我的身体里流着藏獒的血，我才应该是狗王！

"大黄，我听说只有藏獒才是狗王啊！"

大黄笑了笑道：

"咱们这个镇子，哪里有藏獒啊。"

这一刻，它注意到了我的狮子头，我卧起来那身躯的庞大，我身上一切与他不同的东西，一切属于藏獒的特征……

"你是藏獒？"

"我是藏獒！"

从我知道这地方有狗王那一刻开始我就迫切地想要离开这个大笼子，哪怕没有肉吃也要离开，我想去看一看传说中的狗王，看看是它厉害还是藏獒厉害，我用牙齿拼命地啃咬钢筋笼子，笼子没有一点破损，如果小黑口中咬断钢筋的传说是真的，我想应该是它厉害，可我还是想去看看它到底有多厉害。

　　大黄和小黑每天来看看我这只罕有的藏獒，陪我说话，给我讲外面发生了什么，当然，也是为了吃几块我食盒里的肉，反正我也吃不了，随它们去吧，我只想知道外面发生了些什么有趣的事。

　　它们每来一次，我想出去的愿望就强烈一分，不知是为了看看狗王，还是为了看看笼子外面的世界，我走出屋子来到笼子，我看到了砖厂的一切，看到了小王，看到了什么叫富，看到了大黄和小黑，也听说了狗王，我若是离开笼子肯定会看到更多东西，我好想出去，快些看到笼子外面的世界。

　　我每天都要咬钢筋，在笼子里咆哮，我的身体闪转腾挪，终于有一天，我发现我的爪子碰得到笼顶的钢筋头了。

　　同天，我对大黄和小黑说：

　　"我想出去看看狗王了。"

第三章
出笼夜游

　　我待在笼子里，爪子扒着栅栏，伸着舌头看着天。砖厂的围墙也不知是哪个能工巧匠修的，视野好得不得了，这堵墙早晨能看得见日出，中午能看得见大太阳，到了傍晚则能看到落山的夕阳，我现在正趴在这里看夕阳。

　　自从来了这里以后，我的生活发生了很大的变化，没有了狗娘的庇护，也再没有奶水一类的饮食，有的只有肉，只有饭，我被真正当成一只大狗来养。而我来了这里认识了大黄和小黑以后，眼界开阔了许多，心也越发地野了，想离开笼子的愿望也变得越来越强。

　　无数个夜晚的跳跃，无数次从笼顶摔下去，终于，我的爪子能够碰到笼顶的栏杆了，这意味着我离走出笼子又近了一大步，因为笼子是没有封顶的。

　　有一天，我觉得差不多了，这一天的晚上，我决定走出去。大黄长得壮，得给主人看家，这一天晚上只有小黑来到笼前，等我出来。其实我的心里明白，与大黄一样，我的夜晚也是应该留在这里看家的，哪怕老王的砖厂雇了专门打更的。可是我没有，我没有选择老实地留在这里，我要出去，我知道这是有悖狗的忠诚和藏獒高贵血统的，可我还是在钢筋铁笼里一次次用藏獒那强悍的身体、用韧性的肌肉高高跳起。

我跳得好高，有好多个小黑那样高，我跳得漂亮，在空中舒展了我藏獒威武的身体，项上的鬃毛，半含半吐的刀牙闪着银光，驳杂的眸子映射出琥珀的光泽，我的身体我的血统就是我狗娘的骄傲，是狗族的最高荣耀。

啪的一声，我摔在地上，晕头转向，我连忙清醒了脑子，四下望望，栏杆依旧，空间未变，我还在笼子里。

世上的事情就是这样，看似触手可及，甚至你的爪子已经沾上了它的气息，可你就是不能真正地掌握它、征服它，只能在你只差一点点就碰到它的时候重重地摔回去。

这一次摔得好像重了些，我似乎摔得傻了。钢筋，真是人类最伟大的发明，不，囚笼，它才是人类最了不起的东西，它打败了我。我能承认，它打败了我，我不愿承认的是它打败了藏獒。

看到我失魂落魄还在家里就摆出了一副丧家犬的样子，小黑心里挺不是滋味。它是小狗，在人类的判断中不具备行凶的能力，所以受到的拘束相对少些，它看到过不少被铁链拴在门口的大狗，性情越发阴鸷、畸形。看到我这个样子，它真的很难过。

小黑眼睛水汪汪地看着我，一矮身子，从空里钻了进来，粗糙的舌头舔着我的鼻子。

关于那一夜，到现在我也想不起我到底是怎么从笼子里出去的，只知道我确实是从笼子里出来了，我在大世界里撒欢儿奔跑。

这个晚上，在我藏獒骄傲的生命中是个不平凡的晚上，我离开了我一直离不开的笼子，到了笼子外面的世界，我要看看它到底什么样。

都说白天是人的世界，晚上是鬼的世界，这话说得其实有点夸张，因为我不知道世上有没有鬼，也有可能见过了我也不知道那是鬼，不过我知道一个事实，那就是夜晚是走兽的世界。

可是在这镇子的夜里，看得到猫，看得到老鼠，看得到虫子蚂蚁，甚至松鼠野兔，就是看不到几只狗。狗把白天献给了主人，本该属于兽类的夜晚也归主人支配，对于主人来说，世界很大，狗只是世界的一部分，可对于一只狗来说，主人就是整个世界。人类赞誉狗的忠诚，可这赞誉对于我们究竟有什么用？我不知道，不过没关系，藏獒之血很快给了我答案，主人的赞誉就是荣耀。

由于晚上少有狗出没，我和小黑倒像是两个稀罕物，在白天人走的大街上游荡。

"小黑，这是不是白天你跟我说的超市？"

"串儿，这是饭店，人类超市里是没有这么浓重香味的，那里都是一股塑料的味道，没什么生气。"

串儿？谁是串儿？一时间我有点发愣，不过马上我就反应了过来，我的名字就叫串儿。

夜晚好像无穷无尽地漫长，不过这长夜刚刚好，也只有这长夜能让我们游遍整个镇子。

小镇不大，也没有什么小溪河流之类可以痛快玩耍的地方，有的只有坑，一个土坑连着一个土坑，坑里藏着坑，我和小黑就在坑里闪转腾挪。小镇没什么产业，最有钱的主要就那么四家，王寡妇的豆腐坊、张大妈的超市、屠户的杀猪作坊，还有就是我的主人，老王的砖厂。

都说穷山恶水出刁民，可恶水穷山何尝不是生长英雄的所在呢？豆腐坊养的小花狗身子骨儿就像豆腐渣一样，甚至还不如小黑，是全镇狗的笑柄，而杀猪作坊里整天磨刀声霍霍作响，血腥扑鼻，吓得人和狗都心惊胆颤，可就是这杀猪作坊，养着本镇的狗王。

小黑带着我游遍了整个镇子，无论是人类的店铺还是我们狗的秘洞我都记在了心里，眼见永远也不结束的黑暗，说明离天亮还早，想起了那日大黄和小黑一脸崇拜的描述，我不禁产生了这样一个念头，我想去看看它，看一看我们这个镇子里的狗王，生活在杀猪作坊里的狗王，没有藏獒血统的狗王。

"小黑，离天亮还早，我想去看看狗王。"

小黑停下了步子，怪怪地看着我道：

"串儿，狗王不是什么时候都可以见的，狗王只在集会上出现，平时它是不让我们去它家找它的。"

"为什么？"

小黑甩了甩尾巴，轻巧地说道：

"你觉得你要是狗王的话，每天都有一大群狗在你家里出去进来进来出去的，你会开心吗？"

这倒也是，如果是我，我肯定也是不乐意的，可我真的好想见见传说中的狗王，小黑这么说了，我想见它的感觉更强烈了：

"小黑，我们去看看它怎么样，偷偷过去，只看它一眼我们就跑！"

小黑连犹豫都没有犹豫，脑袋摇得像拨浪鼓似的：

"不行不行，狗王的鼻子比雷达还要厉害，我们一接近它就能闻到的！"

小黑个子小，胆子更小，可它架不住我个子大，胆子更大。最终的结果是我们都滚了一身味道很重的蒿子，之后小心翼翼地向着杀猪作坊潜去。

夜里的湿气很大，因为是人类城镇的缘故，道路一马平川，天然掩体少得可怜，小黑还好些，个子小，让人扫一眼到它脑门上都注意不到它，可我的体型太大了，我走在路上无论多么低调都会把野猫吓跑，这时候，我还不明白到底是为什么，后来我才明白，这不是因为我长得大，而是因为我身上藏獒的味道。

杀猪作坊满是血腥气，所以离镇中很远，砖厂也是这样，巧的是砖厂与杀猪作坊恰好分别位于整个镇子的南北两端。

去看狗王的路很长，但并非都是新路，相当一段是刚刚已经游荡过的，另一段路上各种狗的味道多了起来也重了起来，因为狗王在镇北，整个镇子里狗的主要活动范围也在镇北，我们刚才一直逛的是镇南。

"看，那边那些棚子和猪舍就是杀猪作坊了，狗王的窝就在作坊门口的地方，再近一点就能看到它了。"

我血管里的血浆已经沸腾了，我迫不及待地要看看狗王，我忘记了小黑不能靠近的忠告，三步并两步地跑了过去，不争气地发出了嗷嗷的低叫。

杀猪作坊不愧是人间的修罗场，只站在门口就能闻到一股令人作呕的化不开的血腥味。但吸引我的不是这个，而是这股血腥味也冲淡不了的狗味。

狗总是喜欢到处撒尿，到处闻尿，通过尿液的味道狗可以判断同类的体型、力量等等信息，而狗王的味道给我的感觉就像一团雾，根本就看不透，更别提看出什么形状，我只能隐约感觉到它的强大，比我要强大。藏獒的血统告诉我应该勇敢地冲进去对它进行挑战！

可我在它出来之前用风一样的速度跑掉了。

第四章
狗群围堵

今天的天气好极了，阳光明媚，天上应景似的飘着那么几朵柔云，既不显得阴翳，又温柔了洒在大地上的阳光，映出了风儿吹动树枝的影子。

人类对天气十分看重，一天天气的好坏甚至可以影响人几天的心情，可人类不知道的是天气对狗的影响更大。

这么一个好天气，整个小镇的狗都活跃了起来，在街头巷尾四处游荡，嗷嗷汪汪的声音不绝于耳，大黄拉着小黑也都一蹦一跳地加入了游行的行列，好像在做一场表演，这是对太阳神的答谢。

可以说，整个镇子都因这一天的好太阳、好云朵、好天气而心情舒畅，就连满手血腥的张屠户也走出了作坊到广场上散起了步。我的主人老王也少有地亲临砖厂，吆喝着号子，许诺给工人们中午加菜。这恰是我喜欢的，工人们吃得好了，也就是我吃得好了。

抬起我毛茸茸长着狮子鬃毛的狗头四下观望，天气晴朗，阳光明媚，大家都是那样的开心，那样的有活力。而我，头脑昏昏的，只想睡觉。

昨晚的夜游耗尽了我并不耐用的精力，太阳照在身上的暖意倒成了我瞌睡的助力，我把爪子放在地上，下巴往上面一搁，两眼一眯，耳朵再一耷拉，舒舒服服地进入了梦乡。从理论上来说夜晚才是休息时间，而白天是用来工作的，可在我这里恰恰倒了过来，我的夜晚都游荡在漆黑之中，我的白天都在睡梦中度过，我也不知道从何时开始我变成这样，我只知道自从那一晚之后，每当太阳落下，月亮升起的时候，我必须跳出牢笼，我也不知道我出去是为了什么，也许去找小黑，也许什么也不做，但我绝不会再去找狗王。

"嘿！老王，你家养了一只大藏獒，我到今天才听说，老小子不仗义啊！来来来，给兄弟看看，能不能跟咱家灰头掐一架！"

这声音粗粗的，还带着一点沙哑，可这沙哑丝毫没有给人阴森的感觉，倒有种豪放之气！这人声音豪放，长得也是豪放之极，络腮胡子扎在油光光的脸上，郁郁葱葱的，生长出几分狂野，敞着怀的的确凉衬衫上面有几点暗红的污渍，敞开衣服露出了他身上比胡子还要浓密的护心毛，这人方口大耳，满脸横肉，天生的一副凶相，可这副恶脸露出的笑容倒是蛮和善的。

这人声音极大，盖过了砖厂机器隆隆的响声，故而我的主人老王虽然隔了好远也能听见，三步并两步地跑了过来，拍了拍来人的肩膀，笑道：

"我说张屠户啊张屠户，你不好好在家杀猪卖肉，今天怎么有空到我这来了，这儿太吵，要不咱哥俩出去喝两盅？"

张屠户摆了摆手，拉着老王的手道：

"要喝有的是机会，今天不喝，不喝，听说你养了一只藏獒，我今天不是来看你的，是来看狗的！"

老王苦笑，这个张屠户，爱狗成痴，不光喜欢自家养的狼狗，连带路上的野狗疯狗也都喜欢得不行，没事就拿杀猪剩下的角料喂给野狗，久而久之，杀猪作坊倒成了整个小镇狗类的集会之地。这样也好，便于狗王的领导。

砖厂有人来，这我从一开始就知道，即便在睡梦中，我的耳朵也要比人的眼睛强上百倍。我本没去在意这人，砖厂上下几十口子人，你来我往的，多个人少个人是常事。可当这个人在我主人老王的带领下真正走近了我狗窝的时候，我蹭的一下站了起来，竖起了本来耷拉的耳朵，尾巴也夹到了腿中间，摆出一副警惕的架势，这个人的气味给了我浓浓的威胁。

看着我这副样子，我的主人不仅没有紧张反而笑了出来，老王指着我半龇半露的刀牙，笑道：

"老张，你看看，我家串儿多聪明，知道你这老小子是个杀猪的大坏蛋！"

张屠户也跟着笑笑，不过这笑容里可没有多少认同。他走了过来，拍了拍我的钢筋铁笼。他这动作有些突然，惊得神经紧绷的我一下子就扑了过去。可是扑了个空，张屠户在我过去之前就笑眯眯地退走了。

"老王，你还真是不懂狗啊，猪血的味道能把藏獒吓成这样吗？它分明是被灰头的味道吓的。老小子，看来你这只藏獒不如咱家灰头啊！"

老王听了这话似乎不太高兴，这也是正常的事，谁能说猫儿比老虎厉害呢？而且看起来还真是那么回事。

"得了，你呀，放下杀猪刀就开始胡吹。咱俩还是喝酒去吧！"

眼见着两个人离开我的视线去砖厂外面喝酒，我的狗窝方圆五米之内也恢复了平静，可我却怎么也睡不着了。那个满身血腥的人应该就是狗王的主人张屠户了，我能认出他不是因为我见过他，也不是因为他身上猪血的味道，而是血腥之中我闻得到一股血腥而强大的味道——狗王的味道。

夜晚，微风清凉，星星的光照在狗窝里，给迷途的狗指引着方向。夜空也同白天一样明朗，看得到无穷无尽的星星，看得到完整的月亮。可惜，我没什么在狗窝里赏月的雅趣，和每个夜晚一样，和各种天气各种夜空的夜晚一样，我调动肌肉，紧盯着钢筋铁笼上面的出口，前腿弓，后腿绷，一跃而起！下一秒，我已是自由身了，漫步在长夜中。

没有人知道我每晚在外游荡的秘密，没有人看得出铁笼关不住我，如果他们知道了这些我想他们一定会把笼顶封死，让我插了翅也飞不出去。可他们没有，我可以每晚都出去。事实上，即便我每天都出来，这个小镇也没有什么不好的事情发生，我的夜游对这个小镇几乎起不到影响。

今晚，如每个夜晚一样平凡，如果非要说有什么特殊，那也只能说今晚的星星真多，今晚的月亮真美，还有……我抽动了两下藏獒灵敏的鼻子，还有今晚的狗味真重！

果不其然，今晚外面不止我这一条狗，还有一群狗。

我不知道它们都是从哪儿钻出来的，它们又想要做什么，但我知道我应该警惕起来，随时做好血战的准备！我拥有藏獒灵敏的鼻子，我闻得出，它们来意不善。

但藏獒是个极有礼貌的种族，这礼貌不仅表现在面对主人时的谦逊，还表现在与各个种族的交谈，表现在优良的战斗精神，表现在方方面面。虽然我知道它们对我怀有敌意，可我作为一只有教养的藏獒，还是上前一步，摇了摇厚实的尾巴，轻声叫了两声，以示友好，这才道：

"朋友们，你们从哪儿来，大半夜的在这街上又要做什么事？"

狗的本性就是有教养的，因为我礼貌十足，它们不好意思直接上来攻击我，哪怕它们到这里来就是为了攻击什么。

一个领头的土狗上前两步挑了个头，尖细地叫道：

"我们是来这里巡逻的，你呢？你是什么怪物？来这里做什么？"

我？怪物？这个遥远的词汇一下子安在我的身上让我有些措手不及，待我仔细看了看它们，这才明白了它叫我怪物的原因。它们一个个都长着不大不小的耳朵，中等长度的犬牙，长嘴，短毛，而我又高又大，项上生着鬣毛，嘴脸也跟他们不一样，就连气味都差了许多，这才让这些没见过藏獒的狗把我当成了怪物。

"朋友们，我不是怪物，我跟你们一样，是狗啊！"

说到这我还摇了摇尾巴。

它们又仔细研究了我一番，好像我是刚从土里扒出来的正被狗专家研究能不能吃的骨头化石，研究得专注而又入神。良久，他们得出了一个结论：我真的是一只狗。

还是领头的那只狗，确定了我狗的身份以后它语气缓和了许多，起码不再张口闭口就是怪物了。

"好好的狗不长成狗的样子，非要像个怪物。我是阿吉，巡逻队的领队，你叫什么名字？是谁家的狗，如果是野狗可是要在这里登记的。"

巡逻队？登记？看来在狗王的领导下这里还真是秩序井然，不过我以前怎么没见过这支巡逻队呢？不管怎样，我对这个并未真正交锋的狗王起了一丝佩服，不过佩服归佩服，在我的心里，我仍认为狗王是一个藏獒专有的荣耀，别的狗敢叫狗王，就是一种犯上作乱。

"我叫串儿，我不是野狗，我是砖厂的狗，就是老王家的狗……"

还没待我说完，对面那群狗一下子就精神了起来，为首的阿吉瞪大了狗眼，有些激动道：

"你是老王家的狗？"

我隐约感觉到事情不妙，可我还是摇了摇尾巴，希望通过示好来消解他们的恶意，我点了点头道：

"没错，我是老王家的狗。"

阿吉笑了，笑得很冷峻，笑出了嘴里的犬牙。

"好吧，我们巡逻找的就是你了，来，兄弟们上吧，咬它！"

第五章
寸步难行

几乎在阿吉确认了我的身份，发出咬我指令开始，它身后的巡逻队就伸着爪子扑了过来，等阿吉的指令最后一个字结束，我身边已经围了一圈比我小不了多少的恶狗，其中不乏凶猛的狼狗。

它们弓着身子，龇着牙，好像在向我夸耀它们有多凶悍。说实话，现在的我有点害怕，它们看起来都很凶悍。而在以后的雪山上我和主人遭到狼群袭击的时候，雪狼对着我们龇牙，对着我们转圈，我都凛然不惧，因为我知道，如果它们的牙齿和爪子真的那么锋利，那它们就不必围着我晃悠那些东西，因为没有必要浪费这个时间。而这种对付狼群的智慧，就是在我与"巡逻队"的战斗中领悟到的。

我的心有些慌，因为我从未经历过战斗，这么多的狗，这么多的尖牙利爪，我真的有些不知所措。但我不胆怯，因为我不能胆怯，藏獒的血液里从未融解过这种东西，更重要的是，如果我表现出我怕了，它们马上就会扑过来，把牙扎进我的血肉。

嗷，嗷嗷！

我不知道该怎么办，只好不断嗥叫示警。它们看我的块头够大，也都不敢上前，只是围着我，就像一群虾兵蟹将，似乎在等待什么，可又在等什么呢？是在等着狗王到来吗？如果真是狗王来了，我又该怎么办呢？我的爪子在地上划拉，力求从大地里汲取力量。

战斗，战斗，我要战斗！这些寻常的狗，这些血统驳杂的狗！我有着藏獒高贵的血统，我是藏獒的后代！我的父亲在遥远的西藏雪山上与野狼作战，跟灰熊搏斗，我作为藏獒的儿子，又怎么会惧怕几只土狗呢？

我昂起头叫了一声，不知吵醒了多少睡梦中的孩子！顾不了那么多了，我亮出我四刃的刀牙，冲向这群杂种。

有一句俗话，狗咬狗，一嘴毛。这说的一定是孱弱的狗、卑贱的狗，绝不是我们高贵的藏獒！如果藏獒要咬一只狗，那它的嘴里一定不是毛，而是血。

别问我这些东西是谁告诉我的，也别猜测这是藏獒骨子里的传承。我可以告诉你，这是狗娘告诉我的，在狗娘身边的时候，我每天都要听它说无数次藏獒的高贵，藏獒的强大，我父亲的英俊，我父亲的地位……

很多年以后，狼王对我说，作为一只狼最大的快乐就是在战斗中将尖牙插进敌人血肉里的那一瞬间，我觉得它说的对极了，不只是狼，一切有牙的有攻击性的走兽都一样，咬进敌人血肉的那一瞬间是最痛快的。可老天对藏獒这个种族似乎天生就没有优待，我的第一次战斗非但没有享受到把尖牙插进敌人血肉的快乐，还遭受了被敌人尖牙撕烂血肉的痛苦。

我没有经验，虽然我的力量要比它们大，牙也比它们的尖，可这是我第一次战斗，我的动作笨拙，我的反击迟钝生涩，这就导致了我被一群土狗咬得遍体鳞伤的结果。

我趴在地上，地凉凉的、湿湿的。凉是夜间的清爽，湿是我的血和它们口水的浸染。我趴在地上，并非无力站起来，它们咬得虽猛，可它们的体型相对我毕竟还小，对我造成的伤害并不大，我只是在找一个机会，给它们以致命一击。

其实，这已经不是藏獒的所作所为，更像是狼的行径。藏獒是最讲究正大光明的一个群体，宁死也不会表现出半点屈服，而我的行为显然不是这样。不过没关系，这里没有其他藏獒，只有一群土狗，而这群土狗显然是不懂藏獒那高尚品格的，所以也不会笑话我，甚至不知道它们刚刚掀翻了传说中的藏獒。

虽然我只是一个串儿，但我是我父亲的儿子，我一直认为我是一只藏獒。

"打也打了，你们总该说说为什么在这儿堵我吧。"

我伸长舌头，竭力做出喘息的样子，我想要它们的一个答案，得到了答复，我拔腿就跑。

阿吉看了看我，确定我已经被教训得没有了威胁，满意地笑了笑，这才居高临下地用尖细的嗓音说道：

"记好了，串儿，你得罪了狗王，就该得到教训，以后我们见你一次咬你一次。"

狗王？我从未见过狗王，何谈得罪之说？

"我从来也没见过狗王，怎么会得罪狗王，是你们弄错了吧。"

阿吉摇摇头，声音依旧尖细：

"狗王亲自点的狗，怎么会弄错，你自己再好好想想吧。"

想想？让我怎么想？我都不认识狗王，我又该怎么想？不过现在有一点我是想通了的，那就是这事不能在这想！

我蹭的一下站起来，拔腿就跑，它们根本就追不上我。想着它们跑得气喘吁吁还是追不上我的窘样，我又不禁得意，藏獒果然是最厉害的，它们不过是占了数量多的便宜罢了。

钢筋铁笼，在某一时期我最厌恶的东西，任你怎么挠怎么咬都不能破坏它半分毫。这样一个东西曾经让我气恼，它代表着拘束，不让我出去。

拘束往往意味着保护。

我回到笼子里，笼外的群狗拿这钢筋铁笼束手无策，啃咬都不顶用，只好汪汪地狂吠，以此泄愤。

眼见着没法子伤到笼子里的我，再在这里待下去有被值班老头发现的危险，阿吉喊了一句收队，训练有素的狗群很快消失在了砖厂大院里。

"串儿，是吧？你给我记住，得罪了狗王，你就别想走出这笼子了，我让你寸步难行！"

骂吧，你们骂吧！你们骂什么我都不会在意，我的眼皮在我跳回笼子以后就耷拉在了狗窝里，鼾声渐起，骂吧，你们是忌妒我藏獒血统罢了。

第二天，依旧阳光明媚。与昨天一样，薄薄的云，暖暖的阳光，柔和的风……不同的是，砖厂周围的狗味重了许多，寸步难行？还能真的寸步难行不成？

　　这个白天，我都在舔伤口。狗的口水有疗伤的功效，我必须舔平身上的一切伤痕，不能让主人看出端倪。如果被看出来，我的铁笼会被封顶，我在主人的心里也会留下不忠的阴影，我爱我的主人，我必须忠诚！

　　夜晚如期而至，我又一次跳出笼子，我是藏獒，永不言败的藏獒，我会用胜利洗刷我的耻辱，而这胜利就是出去。

　　你们让我寸步难行，我偏偏哪里都能去，我是一只藏獒！

　　大街上空无一人，也无一狗，就连野猫也无，看似安静，可我闻得到那股子掩藏不住的狗味。

　　"阿吉，你们不是要让我寸步难行吗？那你们就快出来吧，我在这等你们呢！"

　　我大声地吠叫，周围的建筑努力为我撞击出回声，希望那些"巡逻队"快些到这里来。上次的战斗我总结了不少战斗经验，我相信这次再打起来吃亏的会是巡逻队。正当我自信满满地等待"巡逻队"时，两声狗叫吸引了我。

　　"汪汪！"

　　"汪！汪汪！"

　　人有人言，狗有狗语。同时，人有人不同的音色，狗也有狗叫的风格，我听得出这两声叫，是大黄和小黑的。

　　我支棱起耳朵，循着声音，在一堵破墙底下看到了它俩，都趴在地上，四下地观察。看到我来了，做了个噤声的手势，示意我也趴在地上，这才道：

　　"串儿，你知道你惹了多大的麻烦吗？"

　　我茫然地摇摇头，表示不知。看着我的傻样，它们俩气得够呛，偷偷摸摸地告诉我怎么回事，我这才知道我的处境有多绝。

　　原来我的麻烦，真的是因为我惹上狗王了。那天跟小黑夜探屠宰作坊，我感受到了狗王的气息，然后拔腿就跑，这触犯了狗王的禁忌。

　　原来按照镇子上狗的规矩，新狗见到狗王必须参拜，不得回避，如果回避就被视为对狗王的藐视。而狗王自己给自己立下的规矩就是任何狗都不得在夜晚到它家去，白天张屠户喂狗除外，不幸的是我去的时候恰是晚上。更不幸的是，狗王的两条禁忌我都触犯了，狗王很生气，于是我成了整个镇子所有狗的公敌，除了钢筋铁笼，我出现在哪里都会被整个镇子的狗围攻。

我感觉到了屈辱，一只藏獒，竟被一群土狗戏耍，被逼得东奔西跑。我不知道我的父亲在这里它会怎么做，但我估计它要做的第一件事不是收拾那群欺生的狗，而是教训我这个不争气的儿子。

"不就是一个镇子的狗吗，我豁出去了！"

年少轻狂，万物通性，人是如此，狗也不例外。此时我尚不满一岁，正是个轻狂少年，有这种心性再正常不过。大黄活的年头毕竟要比我长得多，稍微琢磨下，便道：

"串儿，你跟它们咬来咬去的不是办法，我看你还是找个时间去狗王那里解释清楚，赔个不是，相信狗王也不能为难你一个小狗。"

我点点头，这个办法可行，与此同时，我的耳朵里传来了万狗奔腾的声音，想必它俩也听到了。

第六章
鸿门犬宴

那一夜，我不知道我是怎么突破了整个镇子里狗的围追堵截，我也不知道我到底咬了多少只狗，更不知道我被多少只狗咬。嘴里腥腥的，这是它们的血，还有着粘连在舌头和口腔内壁上的毛发，作为一只藏獒，我勇敢地下口去咬它们了！我的刀牙要比他们的长，也要锋利得多，我若下了狠心，谁能拦我？

第二天，当我趴在笼子里再看晴朗天空的时候，又有了另一番心境，不同于以往的困倦和不耐烦，我真正感觉到了天气与心情的关系。阳光明媚，白云飘飘，柔柔的风梳理着我的皮毛，掩盖下昨晚战斗的痕迹，想着它们皮开肉绽的画面，回忆起刀牙扎进皮肉吮吸着同类腥甜鲜血的绝妙感觉，我的动脉在不停地蹦，我的嘴唇好像再不能包住锋利的刀牙，伸着舌头，我的眼睛扫视着砖厂里各种各样忙碌的人，尽我的忠诚，牢记我的使命。

"生活真美好啊！"

可惜我的感叹没人听得懂，所有人都像上了发条脱不出轨道的小火车，在一条永远也没有变化的线路上或快或慢地前行着，无暇顾及其他。但我的主人老王是个例外。

他就坐在食堂门前的台阶上，不顾砖厂里弥漫的灰尘，抱着一个酱肘子张大嘴贪婪地啃，衣服大襟都是油光光的。我想我的主人一定是开心的，他不用像那些工人一样在机器前面不停地工作，据小黑说，主人的钱很多很多，多到可以养好多好多条狗，我想这样的主人应该与我一样，没有烦恼，也是应该感叹生活美好的人。那些工人的想法与我类似，怕也是在羡慕我的主人，工作之余向着那只酱肘子瞟上一眼。

直到很久以后我才明白，我主人的烦恼绝不会比那些工人少，各有各的烦恼，只是我主人的要深一些，让人看不到而已。

也许是天性使然，我的注意力从砖厂的安全保卫逐渐转移到了食堂门口那一片区域，过了一会儿，我的精力放在了我主人的身上，等我的主人注意到我的时候，我直勾勾的两只眼睛就盯在酱肘子上，口水也在地上淌出了一滩新泉。

老王看到我在看他，笑了笑，待他看清了我看的是他手上的酱肘子，脸上的笑意就更浓了，向着狗窝走了过来，撕了一条肘子肉喂给我，笑骂道：

"你这馋鬼，还以为你看我呢，敢情你那两只眼睛都盯着我手上的肉呢，吃吧吃吧，吃得壮壮的，把老张他家灰头打趴下！"

我伸出灵巧的舌头，轻轻一勾，那块酱得喷香的肉块就进了我的口，我不能自已地咀嚼着，好像在完成一个神圣的仪式，所有的狗都知道这样一个仪式。灰头——张屠户家的狗，小镇的狗中之王，把我逼得除了砖厂哪儿也去不了的狗，不需要主人发话，我自己也会去找它，我要把刀牙扎进它的大动脉，让它的血像喷泉一样涌出来，洗刷我的刀牙，洗刷我的皮毛，洗刷我身为藏獒被围攻的耻辱。

此时我嘴里的肉就变成了灰头。

"哎呦，吃得真香啊！来来来，再给你点，多吃，多吃！"

我又一次狠狠地把"灰头"咬在嘴里，用门齿切碎，用犬齿撕咬，臼齿不断地咀嚼着。

日子一天天地过着，工人们也在一天天忙活着，从白天看好像一切正常，什么也没有发生。但白天和晚上的一切是不同的，从我夜晚不再跳出笼子时就不同了，从我第一个跳出笼子的晚上就不同了，或许，从我出生那一刻开始就不同了。

既然有藏獒在，又怎么能让黑背狼犬坐稳狗王的位子？藏獒的血液在沸腾，一种狗中之王的精神充斥在我的灵魂里，让三魂七魄变得狂热。除了自远古就在血液里的藏獒传承之外，我还有着另一个念头，作为小镇首富的看门狗，我应该理所应当地成为小镇的狗王，为我的主人赢得这份荣耀。

我缩在砖厂里不出去，无论白天和晚上，活动的范围就只有钢筋铁笼，笼子里的狗窝，狗窝外的笼子。我开始舔伤口，伸出又长又粗糙的舌头不断地舔，直到伤口被舔平，皮毛油亮又有光泽。

我在等，等什么我也不知道。我等的可能是一只狗，随便一只狗，像阿吉那样的狗，又或者是大黄和小黑，它们会给我一些消息，不知是好是坏的消息，还可能是狗王灰头，我从未见过的狗王灰头……我也不知道我在等什么，可能，是人类冠之以机会二字的东西。

这几日我心绪不宁，在笼子里前前后后，左左右右，转个不停，不得消停，反馈给我主人的信息就是我食量骤减，怀疑我长了蛔虫，喂了一种药丸，拉得我肠子都要出来了。

狗味，一天比一天重，我真的不知道它们想做什么，难不成还要跳到笼子里咬我吗？

这一条早上，我从睡梦中醒来，凌晨四点左右，天只蒙蒙亮，往常的这个时间我还在梦里，是绝起不了这么早的。今天跟平时不一样，我是被一股子既亲切，又不友善的味道呛醒的。这是什么味道，臭烘烘，热乎乎，单是闻起来就能有毛茸茸的感觉。这是狗的味道。

此时的砖厂，虽然工人还一个也没来，打更老头也还在休息，但是这儿绝不冷清，正相反，热闹非常。

我睁开睡眼，驳杂的眸子立刻灌注上精神，抬眼望去，狗啊！全都是狗啊！各种各样的狗！几乎全镇的狗都聚集到砖厂了，这么多狗聚集在这里要做什么？老实说，它们的行为就连我这个藏獒也摸不着头脑。

所有的狗都在做一件事，动作虽不太整齐，但很一致，都眯了个眼睛，耷拉着耳朵，身子卧倒，呼呼大睡。

它们睡得到处都是，包括制砖的机器，砖垛，我主人常坐的台阶，就连我笼子的四周也睡了一圈。

虽然我搞不清楚它们到底要做什么，可我知道我现在必须叫醒它们，砖厂的工人马上就要上班了，制砖的机器也将隆隆作响，它们睡在这里，我真不知道我的主人看到这一幕会是什么反应。

"嗷！嗷嗷！"

我站起身子，对着这满院子的睡狗大声叫了两声。我相信藏獒的叫声会把它们从睡梦中唤醒，等它们清醒了，让它们做什么谈什么条件也好办得多。

满院子的睡狗就像死狗一样，毫无反应。我咬紧了牙，愤怒在不断地滋长，故意的，它们是故意的！

"嗷！嗷！"

我提高了声调，叫声里尽是愤怒。你们装睡，在我的家里装睡！一群小破狗在神犬藏獒的家里撒野，不可原谅，绝对不可原谅！

"你们别装睡了，有话就快说，别在我家里撒野！起来，起来，快起来！"

没人搭理我，鼾声一片。这又哪里是鼾声？这些家伙的呼吸又有几个是均匀的？装睡，全在装睡。这个狗王也真是有办法，这种招数都想得出来。我有心出去用刀牙把它们从砖厂赶走，维护我看家狗的荣耀，可我不能，不是因为我惧怕离开笼子以后，会遭到这一大群狗的围攻，藏獒的骨子里就没有惧怕的字眼，而是我怕被主人看到我能离开笼子把钢筋笼封顶。

我拼命地叫喊，挠墙，抓地，撞笼子，可这些都没用，这些连打更老头都吵不醒，笼外那群狗睡得香甜。我拿它们一点办法也没有，我只好瞪眼看着。

"啊！"

一声惊叫，先来的工人看到了这壮观的景象，惊得不知说什么好，站在院门口不敢进来。工人越积越多，人多力量大，这是谁都懂的道理，在门口工人积聚了一定数量以后，我的主人终于被请来了。

老王昨晚看来没少喝，眼泡儿肿得通红，但很精神。看到院子里这般景象，略有些惊讶，不过只是一瞬间，我的主人就是我的主人，比一般人要强得多，马上恢复了冷静，转身就走，谁也不知道他去做什么，工人们只听到他留下的一句：上午放假，工钱照发。工人们高兴得忘记了这些狗，用风一样的速度散去。

一会儿，我的主人回来了。他带回了一个人，他的好朋友张屠户。张屠户带着一只狗，小镇的狗王灰头。

"我说老王啊，你家那只藏獒也不行啊，你看看这满院子的狗，到底还得咱家灰头来把它们整走，来，灰头，把这些狗赶跑让老王头看看是你厉害，还是他那藏獒厉害？"

灰头，一只黑背狼犬，血统纯正，长得非常健壮，个头都要赶上我了。这些不重要，重要的是它那双精光四射的眼睛，琥珀色的，没有一丝杂质。还有就是它身上那种强大的气场。

"汪！汪！"

狗王一令，莫敢不从，群狗如游鱼般退去，引得主人啧啧称奇，张屠户得意不止。哼，这有什么奇的，又有什么得意的？都是它指使的。

狗王看着我，不说话，良久才说道：

"今晚到镇西的荒地来，你要是个藏獒，你就来。"

我要去，我必须去，因为藏獒的尊严不容践踏，这是我父亲赋予我的名誉，还因为它们会影响到我主人的生活。

第七章
单刀赴会

　　记得我懵懂之时狗娘给过我这样的教育，天跟狗是有联系的，狗若是开心，天就笑，狗若不开心，天就哭。这些话我本是不信的，前一段天笑的时候我在做什么？不是睡大觉，就是舔伤口，哪有一丝笑意？可今晚的天色倒是应了狗娘的教导，灰得能吓住狗，什么月亮星星，一概看不到，所以路走得也是跌跌撞撞，全靠狗的夜视功能才顺利到了镇西的荒地。

　　夜晚湿气重，草木上露水也重，冰凉的露珠打湿了我的毛，我的皮肤感觉到了那股凉意，起了满身的鸡皮疙瘩。明明是只狗，偏偏起了鸡皮疙瘩，这别扭吗？我觉得别扭，可发明了鸡皮疙瘩这个词的人类却觉得不别扭。

　　狗，全都是狗。我从出生开始就没见过这么多的狗。公的、母的，大的、小的，刚出生的、老得掉渣的，长毛的、短毛的，整个镇西的荒地被镇上的狗占领了。

　　为首的是狗王，黑背狼犬的体型健美匀称，犬牙坚固洁白，眼神深邃冰冷。狗王灰头扭动着万金之躯朝着我缓缓走来，他笑了，笑得依旧冰冷。

　　"你来了。"

　　我点点头，回了它这句废话。

"我来了，你要我怎样，才能不找我的麻烦？"

狗王看着我，群狗看着我，我一下子成了这里的焦点，当然，我一直都是焦点，它们来就是为了看我的。

"你叫串儿，对吧？"

我点了点头，算是回应。看我这样，狗王脸上也缓和了许多，又道：

"你知道我为什么让它们堵你吗？"

我点点头，看了看周围那些狗，咬过我的，被我咬过的，都是一脸的凶相，再看看狗王，严肃，又平和，真是有趣，真正有过节儿的可以谈笑风生，而为人报仇冲锋陷阵的却被仇恨缠绕，这就是喽啰的悲哀吧。我不想当喽啰，藏獒，天生就该是狗王！

"我知道为什么，因为我在晚上到你家去了，因为我去了也没跟你行礼。"

狗王笑了，龇出了闪着寒光的犬牙。

"你主人老王跟我主人是朋友，我也不难为你，你跟我赔个不是，这事就算揭过去了。"

揭过去，或许如它所说，再容易不过。可道歉，根本不用考虑它有多难，道歉，绝不可能！

"道歉，不可能！"

我弓起了身子，随时准备进攻，弹出了利爪，对着它龇出刀牙，喉咙里呜呜地响着。

狗王就是狗王，不是那些寻常狗能够比的，我做出攻击准备以后，狗王不恼也不怒，甚至还摇了摇尾巴，仿佛要打消我的顾虑，又心平气和道：

"不用紧张，我不想跟你打，今天让你来只是想跟你说个道理，仅此而已。"

道理？它跟我讲道理？大半夜组织巡逻队在街上堵狗，这叫道理？让整个镇子的狗在人家家里睡觉，这叫道理？大半夜的把我叫到这里来就为了向他赔不是，这叫道理？虽然我不愿意承认，但这还真叫做道理。狗王有实力，能让整个镇子的狗都听它的，那它说的话就是道理，这就是我们狗的世界，也是狗的道理。

可我不愿意承认狗王的道理。

"你要说什么道理？"

狗王踱着步子，它走路的姿势优雅，让一般的狗自惭形秽。它绕着我转圈，正三圈，反三圈，好像在通过这种方式施加给我压力，也好像在用走路的时间考它的道理。

　　"无论是谁，在一个地方就要遵守一个地方的规矩，既然你生活在这里，就不能把自己独立出去。你在砖厂，可你不能以为这个世界上只有你的砖厂！明白吗？"

　　我摇摇头，它这话讲得半明不白，倒真不是什么人都能懂的。见我愚钝不开窍儿，狗王也没了转圈的兴致，说话的语气一下就差了不少，又道：

　　"我是狗王，你在这地界上生活，就要听我的，以前就算你不知道，我可以不追究了，但是以后你一定得听我的，守我的规矩，这么说你明白了吗？"

　　守规矩，说白了你还是想当狗王，想当我的狗王，一只黑背狼犬想当藏獒的狗王，可能吗？

　　"我知道你的意思了，可我不承认你是我的王！"

　　看客们，你们不在这里，不晓得那些狗被我刺激得有多疯狂，不晓得在他们眼里我是多么的大逆不道。

　　"嗷嗷！它是坏蛋，咬它，咬它！"

　　"汪汪！"

　　"呜呜！"

　　各种各样的叫声骂声，此起彼伏，甚是热闹。狗王的眼神更冷峻了，并拢了脚步，拿出了战斗的意思，带着浓浓的不屑，质问道：

　　"那么，你是想要挑战我吗？"

　　世人都说狗是一个忠诚的种族、勇敢的种族，而狗中贵族藏獒，它的勇敢近于骄傲！这样的问话在我看来无异于挑衅，这样的战斗，我又怎么能说不呢？哪怕我也没有必胜的把握。

　　嗷！嗷！藏獒比其他狗类大上好几码的身体让那些老弱病残惊叹造物主的偏爱，藏獒闪着寒光的刀牙让它们联想到了张屠户的屠刀，藏獒矫健的动作让它们自惭形秽。

　　身为一只藏獒，我感到无比的骄傲！可作为藏獒我却战败了，这是耻辱。

　　身为一只藏獒，我连对手的毛都没咬到就败了，这是天大的耻辱！

狗王……不愧是狗王，我没碰到它，我遍体鳞伤。

"这回你服了吗?"

我冷笑:

"不服，咱们再来，就算一千次一万次我也不服!"

狗王摇摇头，舔了舔沾了我鲜血的爪子，它叹道:

"你败给我不是因为你身体不行，是因为你年龄太小，还没有长成。给你个机会，加入我们，等你长大那天你会是新的狗王!"

我挣扎着爬起来，身上的伤口使我感到千刀万剐般地疼。我忍着疼骂道:

"做梦，别痴心妄想了，你是个什么东西? 也配当狗王? 我可是藏獒啊!藏獒!"

还没骂得尽兴就因故终止了，因为狗群炸了锅，所有的狗都交头接耳，窃窃私语，声音之大让荒地上的小草叶片都相互摩擦起来，发出沙沙的响声。

只有两只狗没有这样，一只是我，一只是狗王灰头。

"它们在做什么?"

狗王眉骨一挑，用一种很奇怪的语调道:

"看看再说，老实说，它们在干什么我也不知道。"

狗群的谈论时间很长，长到了我身上的伤口都已舔得干干净净，长到了狗王都快睡着了。

群狗列了一个方队，排得整整齐齐，又是阿吉挑头。阿吉站了出来，清了清嗓子，先是对狗王鞠了一躬道:

"狗王，刚才它说它是藏獒，您看它是吗?"

我有些丈二和尚摸不着脑袋，这又是怎么一回事? 是不是藏獒，跟他们开大会又有什么关系?

狗王点了点头，举止依旧优雅。

"是，它是藏獒。"

阿吉闻言又看了看我，我对着它龇了龇牙，以示我虽然受伤也不是好惹的。不过很显然，它没有要攻击我的意思，只继续跟狗工说话。

"狗王，咱们狗族里祖祖辈辈都是这么传下来的，只有藏獒才是狗王，才是最厉害的狗，以前没有藏獒，你当了这个狗王，当得挺好。现在藏獒出现了，你看……这狗王……"

往往欲言又止的话都是最伤人的，也都是表达得最清楚的，不光狗王灰头懂了，我也懂了，它们这意思是想让我来当狗王。

狗王灰头看了看它们，问道：

"你们都是这个意思吗？"

没人回答，便是默许。狗王，或者说是灰头，笑了笑，无奈地摇着头。一个人，就算有再大的本事，做了人中之王，若是天下人都不认可他，他又能怎么样呢？他所做的一切又算得了什么？

群狗对藏獒血统狂热的膜拜已经盖过了它的威信，群狗对骨子里传承的忠诚要大于对它的忠诚，灰头没有别的选择，对我说道：

"看来今天的情形变化挺大了，恭喜你，从今天开始你就是这个镇子的狗王了！"

说完话，灰头昂首挺胸地走向狗群，想穿过狗群，就此离开。

狗群中，一个声音响起，应该是平时对它不满的狗：

"灰头，你给我站住，不来给狗王行礼，你想去哪儿？"

灰头摇头：

"那是你们的狗王，可不是我的狗王，你们让开，我要回家了。"

我不知道这时候该说什么，又该做什么。狗王，我终于摘到了这项满载着荣誉的桂冠，可我却不知道该怎么当这个狗王。

灰头在那边嚣张地叫着，群狗围着它不敢上前，只是耀武扬威，以缓解以前对它的不满。

我走过去，摆了摆尾巴，第一次使用狗王至高无上的权力，示意群狗让开，用狗王的语气道：

"你走吧，我不是你的狗王。"

灰头回头看着我，笑笑，摇头离去，背影竟有些落寞。再厉害，又能怎么样呢？没有藏獒高贵的血统，一切都是白搭。

因为我有藏獒高贵的血统，所以我能成为狗王，天经地义！藏獒的血液、藏獒的身份，这是高贵的，是我的父亲赐给我最好的礼物！

我的主人，作为藏獒，我没有给你丢脸，我终于得到了狗王的荣耀！

第八章
老王烦恼

　　自那晚以后，灰头终日缩在作坊里，哪儿也不去，就像人间蒸发了一样，一根狗毛的痕迹也寻不到。而狗群也深知为臣之道，极有默契，在我面前谈天说地，什么都说，唯独灰头两个字，提也不提，久而久之连我都要把它给忘了。因为我的狗王来得太容易了，就像一场梦，无论多远，伸出手就能捉到你想要的东西。

　　当上了狗王后的日子，我大都在笼子里度过，晚上很少出去，真的成了一只极乖的看家狗。别为这个感到奇怪，当上领袖后无论是人是狗都会有些变化，这是因为站的位置不同了，思维格局也随着高了。我知道，整个镇子的狗都不希望我在夜晚到处游荡，这倒不是因为它们对我有多忠心。它们不希望我离开笼子，是因为它们不需要一个王。若在草原上，狗结成族群，选出一个王当领头者无可厚非。可在这小镇上，狗的生活狗群的组成都是以家庭为单位。试问，哪一只狗愿意自己把给自己做主的权利交出来，交给一个狗王来管理呢？

　　此时的我已经隐隐明白它们让我当狗王的原因，我有藏獒血统固然很重要，但最根本的还是它们想脱离狗王的管理，想自由，不想因为狗王的一句话深更半夜不睡觉在大街上当什么"巡逻队",或许这就是自由吧?

既然他们觉得这样生活比较好,那就这样吧,我是无所谓的。狗王对我来说只是一种荣耀,除此之外,再没有别的了,我的生活又回到了跳出笼子前的简单,每天在笼子里晒太阳,直到太阳落山,然后回到狗窝睡觉,等待第二天的太阳,偶尔和大黄小黑说说话,没什么不同。

如果非要找点不同的话,那就是白天里总在笼子边溜达,坐在食堂门口台阶上吃肉的主人不见了,或者说是出现得少了。偶尔来喂我吃食,也没了逗我的兴致,只草草把食物放到我的食槽里就离开,看也不看我一眼,表情严肃了不少,就连眉头也少有放松。

说起来,我的主人老王这段时间还真是挺怪的。

在我的印象里,他就没穿过什么正经衣服,大部分时间都是一件老头衬衫,一条灰裤子,或者干脆穿个背心裤衩就能出门,还没有厂里的工人体面,可最近这段时间他的穿着就没有那么随意了,西装革履的,还紧紧地扎了一条领带,看上去就像一条蛇吊死在他的脖子上。穿得好了,笑得却少了,而且极少在厂子里待,一大早就跑出去,偶尔回来也是喝口水就走,从不歇脚,工人们可能知道他在干什么,看到他都会不由自主地叹气。

可我不知道发生了什么,看到他还是摇着尾巴,希望他能到厨房里拿出一个大肘子给我,可他似乎心情不佳,没空理我,我摇的尾巴也当没看见一样。

我是不知道他怎么了,只能摇摇尾巴,可有人知道,知道的人也跟他一样,每天长吁短叹的,不过还好,这人隔三岔五地会喂我些猪下水、边角肉,我吃得开心,也就不过多地去想这些了,这人是张屠户。

"我说老王,你这厂子眼看是不行了,我看你就别干了,抓紧把这些机器都卖了,实在不行……跟我一起卖肉去吧,咱们哥儿俩一起干!"

老王笑笑,谢过了张屠户一片好意,叹道:

"老张,谢过你了,不过不行,这砖厂不光我一家吃饭,这么多的工人兄弟也靠这厂子生活呢,卖肉就算了,我能挺一天是一天。"

张屠户别过脑袋,不愿去看他,叹道:

"唉,说得好听,为了大伙。你儿子在外地打工,挣的还没有这儿的工人多,我看你这也是为他打算吧。"

老王又是一阵长吁短叹,不再说话。

科技在一日日进步，各种生产方式也在不断革新。织布有了机器，让人得以偷懒，有了吹风，累的就是电，就连造砖这种整天和砂土打交道的行当都有了新法子。

老王的砖厂用的是土法制砖，要放在砖窑狠劲地烧，制砖慢，还消耗大量的煤炭，不但不环保，成本还高。而现在别处都在用那种把混凝土和沙砾粘在一起晾干成砖的方法，速度快，环保，成本低，老王的砖一下子就在市面上被比下去了，砖厂越来越不景气，现已接近倒闭的边缘。

老王重重地在地上唾了一口，骂道：

"现在这群城里人，越来越能偷工减料，就那晾干的灰砖，我就不信能有我烧出来的红砖结实！"

我的主人老王依旧不放弃挽救他的砖厂，每天在外奔波，求爷爷告奶奶，可他那脸色却是一天比一天差，终于有一天，他不再出去了。

西服被他扔在了地上，踉跄过来的时候还踩了两脚，不过没关系，他不穿了。我的主人老王把一套西装穿出了邋遢、凌乱，这些本不应该用于形容西装的怪异感觉，他就坐在他常坐的食堂门口的台阶上，好像和往常一样。其实不一样，大不一样。食堂的门大大地敞着，满不在乎地随着风左右舞动，发出咯吱咯吱的响声，可这在平时意味着红烧肉、土豆泥、酱肘子的美妙声音在今天却对我没有半分吸引力，因为门里没有平时那种食物从生到熟，菜和肉从单一到混合的香气，取而代之的是一种食物腐烂的馊味。

砖厂空空荡荡的，除了我和我主人再没有一个活物。制砖的机器蒙着灰尘，烧砖的炉子黝黑冰冷，没有一个工人，他们不必再上工制砖了，因为已经不需要他们再制砖了。

我的主人老王，跌跌撞撞地走出砖厂，那件皱巴巴的西服又被他踩了几脚。

我本以为砖厂没了生气，我的主人就不会再来这里了，我迟早也会被他从这里接走，带回他家里，带回我的狗娘身边。说起来，来了这里就没再见过我的狗娘了，我真想它。可是没有，我还是被留在砖厂，留在笼子里，我的主人每天给我送饭，饭菜比以前差了不少。不过这没什么，狗是最忠诚的动物，莫说还有饭吃，就是没有一块肉，狗也是不会背叛主人，也不会嫌弃主人的。寻常的狗是这样，藏獒更是这样。

我的主人老王还是坐在食堂门口的台阶上，这回他没有别的事情了，哪里也不用去了，只坐在那里，呆呆地看着我，手里的酱肘子换成了高度白酒，我在笼子里都被那味道熏得晕乎乎的。

老王好像对那味道没什么抵触，一口接一口地猛灌着，把鼻子和脸喝得通红。好像那瓶子里的不是辣蒿蒿的白酒，而是香喷喷的肉汤。

一连几天，都是这样。

这一天，张屠户来了，张屠户长得人高马大，力气要比我主人大了不知多少，我看他好像带着些火气，事实证明我看得对了。

张屠户径直朝我的主人走了过来，一把抢过了他手里的酒瓶子，扯开大嗓门骂道：

"你这老小子，一大把年纪了还喝酒，我看你是活得不耐烦了吧！不就是砖厂黄了吗？不能烧砖了跟我去杀猪，别成天在这哭哭啼啼的，连你养的狗都看笑话！"

老王苦笑两声，看起来笑得很开心，也不答话，伸手就去抢张屠户手里的酒瓶子。张屠户看他这么没出息，气得直咬牙，挥手就把瓶子摔了出去，半瓶白酒洒在地上，气味弥漫开来，我的主人老王陶醉地嗅着，脸上是一副心满意足的表情，我闻着酒味，头更晕了，脚下开始虚浮，就连张屠户也不由自主地抽了抽鼻子，可见酒真的是个奇妙的东西。

嘀嘀嘀，嘀嘀嘀……

一阵极原始的手机铃声，这声音我认得，我主人的手机铃声。

"喂？小兵啊……"

老王对着张屠户做了个噤声的手势，精神也好了不少，张屠户看着他的样子，鼻子里哼着气，气得想骂，却还憋着。

"小兵啊，家里都好，你就放心吧……"

"我挺好，你妈也挺好，咱家的砖厂也挺好……"

"别担心，你要做生意就做，没本钱也不怕，爸这两天就给你汇款……"

这时张屠户的两只圆眼已经要喷出火来，咬着牙，好像下一秒就要骂出声来。

我的主人老王看着张屠户这副样子，对着电话匆忙道：

"好了，小兵，砖厂里还有点事，爸去处理了，缺钱了就给爸打电话，好了，就这样吧。"

张屠户看着老王，什么也没说，拍了拍老王的肩膀，又走过来，从怀里掏出一块肉放到我的食槽里，转身走出了砖厂。

老王看着他，眼泪不争气地流了出来，什么也不说，只是哭。

此时，我还不懂什么是友情，在我的世界里情感很单纯，有对主人的忠诚，对狗娘的依恋，还有些别的什么，友情，真的很淡。当我日后奔跑在苍茫大雪山的时候，我才懂了老王和张屠户这种感情，那是可贵的友情。

第九章
谋生西藏

自那个电话以后，主人的精神好了不少，不再每日借酒浇愁，也不再去曾经热闹的砖厂发呆，我也被挪回了老王家里，与我的狗娘重逢。

"宝贝，你高了，也壮了。"

我激动地喘着气，嗅着狗娘的气息，把它们嗅进肺里，嗅进心里。无人能逃脱亲情，宝贵的亲情。

"宝贝，你说你当上了狗王，整个镇子的狗都听你的了？"

看着狗娘那兴奋、欣慰，又不敢相信的脸，我重重地点了点头道：

"是啊，娘，我是狗王了，整个镇子的狗都听我的了！"

老实说，说这话的时候我的底气不太足，可能是因为群狗对我的态度并不是完全臣服，也可能是我还不适应狗王这一身份，但究其根本，还是因为灰头，那只比藏獒还要厉害的狗，一只黑背狼犬。

"老天有眼，看来藏獒真的是贵族，就是不一样，孩子它爹，远在西藏的你看到了吗？"

孩子找妈妈，这是天性，孩子喜欢黏着妈妈，这是天性中的天性。从砖厂回来这段时间，你若是来老王家，准能看到一只将近一人高，长相威武的青年藏獒，正跟在一只老土狗的身后，极为温顺，如果你看到了，那就是我和狗娘了。

老王的精神比酗酒那一段好了不少，精神好了以后随之而来的就是发愁，愁什么呢？一种叫做钱的东西。用狗娘的话说，主人这段时间都在"搞钱"。

我没有过钱，甚至都没见过钱到底是个什么样子，是酸还是甜，好吃还是难吃。所以我也不十分清楚钱对人类来说究竟意味着什么。我只是隐隐觉得这个世界上不会存在这么逆天的东西，能代表一切的东西，总有什么是钱买不到的，是什么呢？我问狗娘，狗娘不知道。

老王的钱"搞"得并不顺利，东借点，西抬点，可总是到不了需要的那个数字。钱，真的是个奇妙的东西，能影响万物之灵的情绪，调动他们的表情，让他们开心，让他们痛苦。更奇妙的是，这东西就是人类自己创造的。

老王的钱没到位，小王回来了，小王比钱的力量还大，老王的表情变得很惊讶，很欣喜，很担忧，又看似没事地掩盖着什么。是什么呢？还是钱。

小王，我的小主人。虽然他是我的主人，可我见他总共不到四回，陌生得很。他好像不是这个家里的人一样，从不回来。不过经常打电话回来，说他最近的生活有多如意，说他的事业有多顺利，总能让我的主人眉开眼笑。

可这一次，两个人相见倒是有些尴尬，都不说话，都不知道该说些什么。

小王，大名王兵，老王的儿子，一直在外地工作，少有回家的时候，工作并不顺利，所以倒是老王给他汇款的时候多些。小王一见到老王，把包丢在地上，一个箭步冲了过去，给了老王一个熊抱，大声叫着：

"爸！"

老王的老泪又流了出来，拍拍王兵的后背，这段时间父亲的憔悴，儿子全看在了眼里，什么也不必说了。

王兵回来，在王家是一件大事。老王媳妇变着花样做了一大桌子菜，一家三口其乐融融地坐在一起。他们一家团聚，我也依偎在狗娘的身边，只是看到他们一家三口，我不禁会想到我的父亲，现在它在西藏的哪一处雪山呢？它又是一只怎样的藏獒呢？血统纯正的藏獒。

"爸，家里出了这么大的事你怎么能不告诉我呢，要不是张叔告诉我咱家出事了让我赶紧回来，这事您还瞒着我呢。"

老王低着头，自己跟自己干了一杯酒，没有回答儿子的话，脸因这杯酒下肚泛起了些微的红光。王兵的母亲看着父子俩这样，给王兵夹了一箸子菜，劝道：

"儿子，别怪你爸，你爸他就是想让你安心工作，不想因为家里的事影响你。"

王兵摇了摇头，叹道：

"唉，妈，家里的事就是我的事，那还有什么影响不影响我的，说得好像我不是这个家里人似的。"

王母笑笑，不再说什么，老王哼哧一下又干了一杯酒，脸更红了。

王兵吃了口菜，又道：

"爸，我把那边的工作辞了，反正挣不了多少钱，下一步我打算去西藏，找宝石去。"

砰！杯底撞击桌面的声音，一直沉默的老王终于说话了。

"不行！西藏是有宝石，那是什么人都能找到的吗？就你这娇生惯养的身子骨儿，你能行吗？"

一个老王，一个小王。一个嘴里全是老一套，一个嘴里都是新一套，他们俩争到了一起，究竟谁能说得过谁呢？现在还没有个结果，我也不知道。在场的共有三人两狗，三个人都在谈论王兵该不该去西藏的问题，而两只狗心里在想的，却是另一只狗，另一只远在西藏的狗，一只纯种的藏獒，我的父亲。

最终，旧观念敌不过新思想，在经济的压力和儿子的说服下，老王终于同意了，让王兵去西藏发展。

老王摸着我的头，捋着我头上的毛，叹道：

"串儿啊，我儿子要去西藏了，你说那地方好吗？你爹在那儿，可我儿子他爹不在那儿，你跟他去，好吗？"

我看了看狗娘，狗娘哼哼了两声，似乎带着不舍的意思。老王又摸了摸狗娘的头，叹道：

"狗啊，你有儿子，我也有儿子，现在因为我儿子要离开我，也得让你儿子离开你，你怨我吧，唉……"

西藏，那是一个我在梦中去了千次万次的地方。那里有一望无际的雪山高原，聚落帐篷，释放着佛光的大雪山。西藏，那是我父亲所在的地方。

长篇小说 我是藏獒

无数次，我的梦里有这样一只狗，或者说是这样一只藏獒。它浑身漆黑，黑得发亮，黑得有光彩。它的眼睛是纯净的琥珀色，代表着它纯正的血统，这是一只藏獒，一只真正的藏獒。虽然我总是梦到它，可这梦却又断断续续，总是接不上头尾。

我知道，这是我的父亲，一只纯种的藏獒，狗中的贵族，它的儿子为它骄傲。

夜色降临，我离开家门，老王目送我离开，也不阻拦。我马上就要跟着王兵去西藏了，他心里也不是很舒服，我要出去，它就让我出去，谁还没有几个朋友要告别呢？

镇西的荒野，群狗大会又一次召开。上一次开会还是在灰头当狗王的时期，那一次的大会选出了新的狗王。而这一次，地点未变，内容却变成了狗王退位。

群狗都列队整齐了，没有一个喧哗。我是藏獒的儿子，天生的狗中之王，它们又有什么资格在我面前喧哗对我不敬呢？

我缓缓走到狗群中央，大黄和小黑站在我的左右，充当护卫，我们三只狗在一起，这就有了些神圣的感觉。

"咳咳，这次召集大家来，我是想告诉大家，因为我即将去西藏了，所以我让出我狗王的位子，有哪个认为自己能力超群，能服众的就请上来，如果大家对它都没有意见，那它就是新的狗王了！"

哗！

喧哗，又是喧哗，比之上次因我藏獒血统而引起的喧哗有过之而无不及。我看得出，所有的狗都跃跃欲试地想上来，可所有的狗都有什么顾忌似的不敢上来。

"怎么，没有想做狗王的吗？"

喧哗停止，鸦雀无声，没人回答我的问题。

"既然没有人自告奋勇，那我们推举好了，大家认为，谁能做狗王？"

还是鸦雀无声。良久，一个声音叫着：

"灰头……"

下一秒，所有声音一起叫着：

"灰头！"

灰头，这个名字，这只打败了藏獒的黑背狼犬。我不知道我对它是怎样一种态度，欣赏？恐惧？敬畏？惺惺相惜？好像都不是，我看不懂这条狗，这条不在藏獒血统下臣服的狗。

不同的声音再次响起：

"把那只抢了狗王位置的狗赶下去，把灰头请回来！"

"咬它！咬这个怪物！"

我愣在那里，不知所措。好在它们也不敢真的上来咬我，那晚，我不知道我是怎么回家的，只觉得很可笑，好像一切从一开始就是一场闹剧，现在只是曲终人散。

在我离开小镇跟随王兵去西藏的时候，只有三条狗来送我。大黄和小黑，还有灰头。大黄和小黑，我就这么两个朋友，它们给我的感觉是不舍。而灰头……它白了我一眼，甩过去高傲的头。它那白眼里，我读出的东西与我第一次见它时感受到的一模一样。

藐视，不屑，强烈的不屑。

第十章
雪山寻宝

城市，依旧是城市，富足繁荣，喧嚣不停，可这座城市却有着不同之处。

王兵一身帆布衣服，就是考古队员野外作业那种，结实耐磨，背着一只大大的旅行包，也是帆布做的，比衣服更结实耐磨。在他的身后，跟着一只一人高的大狗，大狗身上的毛色驳杂，似黑似灰，还夹着一些黄毛。

若在别的城市，在市区里带着一只藏獒招摇过市，一定会引起恐慌，少不得要有热心的市民报警，待警察来了以后聚起一圈看热闹的群众，主人在与各方一番激烈的争论之后妥协，把藏獒或是处理掉，或是关起来，最终等待藏獒的还是那钢筋做的铁笼。

很悲哀的事情，在城市里，我们矫健的身手难得施展，我们健美的身体无人欣赏，我们好像被装在罐子里，心里有万般的憋屈，可我们又很宽容，为了主人我们把自己拘束在城市里。可他们还是不满足，罐子里还要再加上铁笼才能安心！钢筋水泥的世界，没有我们的奔跑之地。

可是这里，不一样！

主人在这里大可以带着我走街串巷，没有人会觉得有什么奇怪，也没有人会说半个不字，更没有人会对我露出惧怕、厌恶的神情。他们看我的眼神很平和，没有一丝火气，对我既不惧怕，也不厌恶，仿佛还有着一点崇敬。这里，真是藏獒的天堂！这里就是西藏！

主人来西藏的目的只有一个，那就是赚钱。赚钱的方法有很多，我主人王兵选择的这种是最笨的，也是最聪明的。说它笨，是因为它技术含量太低，也太累；说它聪明，则是因为它不需要什么本钱，完全靠脑力来运作。

说得经济些，就是买进卖出，做生意；说得土些，就是个二道贩子。当然，这些都是我在跟主人东奔西跑买东西的过程中学会的，我真是一只聪明的狗，藏獒真是个聪明的种族。

可我主人毕竟是个汉人，对西藏的了解有限，对西藏的买卖理解也有限，这就导致了他的生意做不好，也做不长。我主人从城市里采买来的电器和物资牧民不敢兴趣，从牧民那里搞到的猎物或特产在城市里又都不稀奇，这就弄得我的主人倒腾了几个月什么钱都没赚到，只是跑细了腿，给老王寄了些酥油茶而已。

这样下去莫说能不能赚到钱，耗得久了连离开西藏回老家都是问题，弄得我主人终日皱着眉头。

赚不到钱干待着也是无趣，王兵他看了一本有关西藏出产各种宝石的书，他是个热血青年，那书虽然只是对各种宝石寥寥数语提了一提，就这零星信息，又勾起了王兵初来西藏时寻宝的热情，在王兵看来，西藏的山上全是宝石矿，只等他开采了。

王兵弄了套登山的工具，也不选个日期，就这样，他带着狗进了他连名字也不知道的雪山。

主人去哪儿，我就去哪儿，我就像是主人的影子，不离分毫。在小镇的时候，因为我整天被关在笼子里，自成一统天地，与主人没有过多的交集，更多时候还是跟大黄小黑它们在一起。可现在不一样了，我离开了生长的小镇，离开了熟悉的小镇，离开了束缚我的那个又安全甚至变得温馨的钢筋铁笼。我现在身在西藏，身边都是陌生面孔，我若抬起头，天不是灰的，让我觉得分外不真实；我若向远处眺望，无遮无挡，草原雪山还要夕阳。在这里，我没有敌人，也没有朋友，我就像一个新生儿，对这里一无所知。

我与这里的关系好像就只有我的主人，仅此而已。自我出生以来，我对主人的依赖第一次如此之强。

"串儿，快点走，等咱们找到宝石卖了钱，我给你买一整头牛，让你吃个饱！"

宝石是什么，我不知道，不过钱是什么我知道，钱就是一整头牛。自从来了西藏以后，我的伙食急转直下，比之砖厂倒闭的那段日子还有不如，吃饭难得来上几块肉，这对于我在砖厂食堂养馋了的嘴巴折磨实在不小。

整头牛，我的口水流在了地上，烫化了地上的雪，我嗷嗷叫了两声，摇着尾巴，满是干劲地向前奔去，追上了我的主人。

在我们的前面，是大雪山，白茫茫的，看不到边际。在我们后面，还是大雪山，白茫茫的，只有我们的脚印。一人一狗，就在这雪山之上，寻找着传说中的西藏宝石。

主人博学，念叨着一种又一种宝石的名字，对照着手里的书，不时扒开地上的积雪，兴奋地挖出几块石头，然后再失望地把它们扔在地上。这个过程不断重复。

梦想，常有！可成功却不常有，追梦的路上难免失落。我主人追逐的是梦想吗？我不知道，也许是吧。我跟随主人，追逐的是梦想吗？这个我能肯定，不是，我走得这么起劲只是为了一头牛。

我们在这茫茫雪山已经走了四天，在这四天里，我们走走停停，不停地扒开雪山圣洁的肌肤，希望看到它晶莹剔透的骸骨，可我们又次次失望，什么也找不到。白天，我们在雪山上像野狗一样游荡，晚上，主人燃起篝火，搭起帐篷，就睡在里面。

我整夜在外面，趴在雪地上，绷紧四肢，竖起耳朵，估算野兽来袭的几率。

很多次，我都感觉得到擦肩而过的危险。在这雪山上，有熊，有狼，还有一些我根本认不出的猛兽。我不知道它们会不会攻击我们，但我知道如果它们扑过来，亮出它们沾满血腥和碎肉的獠牙，我必须扑上去，为藏獒的荣耀，为主人的安危而勇敢战斗！

人类毕竟是万物之灵，在自然界激烈的竞争中永久不变的胜利者。无论是比人类高大强壮的大象，还是比人类灵活强悍的蟑螂，它们都威胁不了人类在地球上的统治地位。因为什么？因为人类拥有智慧，能够想出克制其他物种的方法。弱肉强食，适者生存，就是这样。

我也总在思考，我的意识究竟算不算智慧？思考的结果是不算，因为我既没有想出对付其他物种的方法，我想的东西又不被其他人承认，只算是自产自销。

我现在就趴在人类的智慧成果旁边，耳边偶尔有野兽奔跑的声音，不过没有一只野兽选择接近我们的营地，原因很简单——篝火。

怕火是野兽的本能，少有野兽对这燃烧的魔鬼没有惧怕之意，但世事无绝对，总是有些意外情况发生，就比如……

砰！

离我们营地不远的地方传来一声巨响，在这空旷的雪山上，什么声音都会传得很远，让人和狗都听得很清晰。我在听到声音以后马上就跳了起来，绷紧的四肢让我以最快速度第一时间到达了发出声音的地方，在离开营地以前，我大声地叫喊示警。

"嗷！嗷嗷！"

我的主人，快点起来吧，现在很显然是出了情况，你再不醒来就危险了。

跑出大约五百米，我回头看了一眼，主人已经走出了帐篷，他拿了把藏刀跟着我的足迹快步跑了过来。看到主人过来，我便不再担心他的安全，快步向发出声音的地方奔跑，我要把主人带过去，我们在雪山四天了，还是第一次遇到这样的情况，我不知道这意味着什么，我从小就没见过父亲，藏獒的生活我没经历过，也没人教我这些藏獒应有的知识，我只能自己去察看。

好在主人也来了，在西藏这个人生狗也不熟的地方，我与主人相依为命，主人就是我的主心骨。

终于到了出事的地方，也看到了发出响声的东西，这一看到让我和主人吃惊不小，我们都后悔跑到这里来，可是晚了。

这是一棵三个人也抱不住的大树，长得不茂盛，但却给人以很结实的感觉。这就是雪山上的植物，它们或许没有很耐看的外表，但它们经得住严寒的考验，终年与严寒、霜雪，与这满山的走兽成为朋友，它们的筋骨格外的强健。

可就是这样一棵铁骨铮铮傲立在雪山的树，拦腰断了。茬口是新的，还带着血，刚才那声巨响应该就是大树断时发出的，也只有这种树在断了的时候才会发出这么大的声响，因为它从里到外都是硬骨头。

茬口上是有血的，血迹殷红，染红了一圈圈断得数不清个数的年轮。血不是树的，血的主人正倚在树旁，壮硕的身体微微摇晃，显然撞断这棵大树让它也受伤不轻，它口中嘶吼，很是恼怒。

它撞树的原因我不想知道，我的主人也不感兴趣，我们两个都有一个想法——后悔。

如果我的耳朵是聋的，就不会听到这响声，也不会赶过来了。如果我们不赶过来，就不会看到这么大的一头灰熊了。

灰熊，西藏独有的一种动物，力大无穷，在雪山上几乎是无敌的，能与之抗衡的只有两种动物，一是装备精良武器的人类，一是成群的藏獒。

现在，两个物种都在，只是人类装备简陋，藏獒只有一只，还是……串儿。

第十一章
一位老师

我跟着主人，坐在隆隆的车上，不知多久。不过没有关系，无论走到哪里，窗外的风景都是望不到边际的大草原，好像这无穷无尽的绿色就是永恒。

当美丽永恒，时间仿佛没有了意义，我在车里不觉得有什么憋闷，我的主人却并不是这样。

王兵在车里坐着，可他的心却很不安宁了。窗外的草原千篇一律，单调而乏味。没有高楼大厦，没有酒吧舞厅，这地方注定乏味。赚到的一万块大半寄回给了家里，自己只剩三千多块。这三千多块能支撑多久呢？真不好说。王兵只希望他和串儿平平安安，在这里赚到真正的"第一桶金"。

……

又是一片草原，一顶又一顶古朴的帐篷聚在一起，变成了一个聚落，在安宁祥和的绿色之中添了些人的生气。

这就是西藏！

我抽动着灵敏的鼻子，空气里尽是藏獒和牛羊的味道，热烘烘的，让我倍感亲切，找到了久违的安全感，这不是那咬不断撕不烂的钢筋铁笼给的安全，是藏獒味道带来的血液里的安全感。

王兵对这里的环境也是颇为喜欢，他张开双臂，大叫着：

"草原，我来了！"

……

巴伦是我主人的朋友，他是这片草原上的牧民，我和主人这段时间就是借住在他的家里。

巴伦的皮肤是黑红色，不像我主人皮肤那么白，却又给人以健壮的感觉，在这片草原上的背景里让人非常舒服。

"嘿！我亲爱的王兵，等了你好几天了，你总算是来了！"

没等我主人有什么反应，巴伦上去就是一个熊抱，勒得我主人几欲窒息，挣扎着拍了怕他的背，巴伦这才放开，脸上洋溢着热情，那是雪山阳光下最真诚的笑容。

"巴伦，我路上有点事，这才来晚了。来，你看看，这是我养的藏獒，它叫串儿。"

我上前一步，挺起胸膛，骄傲地叫了一声，在主人的朋友面前，我希望给他绝对的面子，表现出我绝对的忠诚。

"嗷！"

巴伦看看我，露出了笑，兴奋地说道：

"藏獒，天！王兵，这就是你跟我说的那只藏獒？"

主人点点头，摸了摸我背上的毛。巴伦好像对我有很大的兴趣。

狗娘说的果然没有错，在西藏这片土地上，藏獒是神圣的。

我在这片土地上受到了极高的礼遇，这都是因为我是藏獒。

哪怕我只是个串儿。

我们就这样在巴伦的家里住了下来。

巴伦一家有四口人，巴伦，巴伦的妻子银珠，巴伦的儿子，名字太拗口，就叫他小巴伦吧，还有巴伦的母亲，小巴伦的奶奶，一位慈祥的老人。

我和主人的到来让巴伦感到无比的高兴，藏族人的热情在巴伦的身上表现得淋漓尽致。巴伦为我的主人搭了一顶单独的帐篷，与他们的主帐篷相连。这样巴伦家就有了三个帐篷，巴伦母亲和小巴伦一顶，巴伦和他妻子银珠一顶，还有就是我的主人自己一顶。这样的待遇让我和主人受宠若惊。

安顿下来了，主人的生意也开张了。这一次主人批发来的都是些钥匙扣，指甲刀，野外用的小铲子，各式各样的剪刀这类的物品，到各家贩卖。说得学问些，主人的这种卖法借用了当年欧洲人初上美洲大陆用钥匙扣、碎玻璃换取土著的宝石有异曲同工之妙。可我们的藏民跟完全封闭的土著怎么会一样呢？

一位老大娘掂了掂王兵卖的小铲子，摇了摇头道：

"小伙子，你这铲子不是好铁，是薄铁片贴成的吧，这铲子可不结实啊！"

王兵争辩着：

"大娘，您可看好了，我这是正宗的野外行军铲，都是钢打成的，你怎么用它也不会卷刃的，不信我试给你看。"

大娘摇了摇头，回身到帐篷里拿出来一把黑乎乎的藏制菜刀，对着铲子就那么砍了下去。两兵相交，只听"啪"的一声，再看回去的时候，菜刀安然无恙，刀锋依旧闪烁着寒光。铲子却已经卷了刃，号称是钢制的铲子被一把菜刀开了一个豁口儿。

王兵什么也不说了，拿起卷刃的铲子，转身就走。

一连几天，往出卖的东西都是这样，非但卖不出去，还弄坏了不少。王兵看着自己的那些货慢慢染上灰尘，或者被藏刀木棍一样的东西损坏掉，一颗心就像钉进去钉子那么疼。索性就不卖了，把货都封起来，整天在各处游荡，倒像是来视察的。

我知道，主人他是想找出这里的藏民到底需要什么，到底会买什么。

老实说，我隐隐觉得主人他这样是徒劳。狗都是有灵性的，藏獒更是这样，藏獒的灵性告诉我这草原上的人跟别处的人不一样，他们的心更加的纯净。

这一天清早，巴伦和银珠已经起床去照顾他们家的牛羊，主人还在睡梦之中，一阵清脆的声音扰碎了主人的梦乡，主人皱着眉头，嘟囔着走出帐篷，只看见一个穿着小白衬衫，天蓝色牛仔裤的女孩正在帐篷前跟巴伦说话。我也跟着主人来到这里，看到了这个女孩。

我不知道人类会对女孩这类人怎么看，但在我想来，人类的词汇能真正用在她身上的只有一个——美丽。细细的眉毛，薄薄的闪着诱人光泽的嘴唇，齐肩的长发是黑亮的，不过头发的光彩马上就被眼睛比下去了。那是一双黑黑的、亮亮的眼睛。

我在想：真是个美丽的女孩。

主人在想：真是个美女。

可见丑和美都是一种超脱于世界的东西，丑，可以丑得超越种族；美，也可以美得超越一切。

巴伦看见我和主人起得这么早，显得很高兴，这可能是我们一直都起得很晚的缘故。见我们也来了，巴伦忙把我们叫了过来，这是我们求之不得的。

"王兵，这位是李若兰李老师，她是小巴伦的老师，也是你们汉族人，你们可以聊聊。"

王兵看着李若兰如冰雪雕琢的粉颊，一时竟不知说什么好，愣了片刻。还是李若兰的反应快些，伸出了手道：

"你好，王先生，我叫李若兰，是从哈尔滨来支教的，现在在这里的村小学教孩子们读书，认识你很高兴。"

王兵暗暗抿了下因刚刚睡醒而有些干涩的嘴唇，这才道：

"你好，李老师，我是王兵，从齐齐哈尔来，来这里做生意，在西藏看到老乡感觉真亲切。"

李若兰笑了，很显然，她不是那种为了标榜自己笑不露齿而故意绷紧肌肉的美女，这一笑犹如春风拂面，清新自然，好像她的美化成了处处不见又无处不可去的风，吹遍了整个草原，吹进了帐篷里，吹到了羊群里，吹在主人的心上……也吹进我的心里。

"那当然了，老乡见老乡，两眼泪汪汪嘛，在这西藏就咱们两个是东北老乡，一定要多多关照。"

不知道为什么，她这一笑对主人的触动和对我的触动一样大，看着她的笑脸，我情不自禁地也伸起一只前脚，嘴上哀怨地叫着：

"嗷嗷——"

听到我的声音，两人都低下头看了看我的举动，都笑了起来。

李若兰道：

"这是你的狗吗？它可真聪明。"

王兵也有些小小的吃惊，不过马上就恢复如常，又道：

"它也是看到了老乡，所以才激动了吧。"

李若兰蹲下身子，伸出她玉石一样的左手，没有像我的主人那样把手搭在我的头上去摸我头上的毛，而是握住了我那只前爪，跟我握了握，甜甜道：

"喏，小藏獒，以后要多多关照啊。"

李若兰就像是一缕春风，吹进了我和主人的世界里。她意味着什么呢？我不知道，也许是一个女人，也许是一个老师。

第十二章
一个学校

这是连在一起的两座帐篷，一大一小，装饰得很素雅。

大帐篷不是住人的，没有床铺，大大的帐篷里摆着整整齐齐的课桌，课桌的前面是一块黑板，粗糙简陋，黑板边上只有一盒白粉笔孤零零地站在那里，惹人怜惜。

小帐篷里，就都是锅碗瓢盆，住人吃饭的家伙了。

"王兵，这就是我们的小学，乌金小学，还不错吧。"

李若兰带着王兵在学校里转了转，颇为骄傲地看着他。王兵前前后后地在帐篷里帐篷外全都走了一遍，打量着学校里的一切，半晌才冒出这样一句话：

"这儿的条件怎么这么差？"

李若兰听到这样的评价，原本兴奋的脸一下子就冷了。

"唉，没有办法，这边的条件就是这样，能有这个帐篷已经很不容易了。"

王兵看了看前面的黑板，后面的课桌，又看了看一脸认真甚至有些自责的李若兰，极为温柔地宽慰着：

"你看，前面有黑板，后面有学生，中间有老师，这就是学校，不管别的怎么样，它就是学校，说不定以后这帐篷里的哪个学生会出人头地呢。"

这番话倒是真的道出了学校的关键所在，李若兰听了这话眼睛一亮，那种年轻教师的干劲显露了出来：

"王兵，你说得对，只要我在这里当一天老师，那它就是学校。只要我的课堂里还有一个学生，那就还有希望。"

王兵好像想起了什么，左右看看道：

"对了，你们这里的校长呢？"

李若兰笑了，往王兵面前一站，做出一副领导的样子。她这样倒是起到了搞笑的效果，让王兵忍俊不禁。

"哈哈，那其他的老师呢？"

还是李若兰，还是那个位置，李若兰伸出泛着玉石光泽的手指指了指自己道：

"还是我啊。"

王兵有些惊讶：

"这个学校只有你一个人？"

李若兰叹道：

"虽然现在来西藏支教的老师不少，可大都去了城市里，愿意来真正牧区的也是不多的，这片草原只有我一个。"

王兵叹了口气。在他的生命中，真正能把支教当成一件事业付诸行动为之努力的，唯李若兰一人。

"我不如你。"

李若兰摇了摇头：

"我是老师，你不是啊。"

今天恰好是学生放假的日子，李若兰闲着没事，又遇到了王兵这个老乡。老乡见面，自然话多，李若兰留了王兵在她这里吃饭。

"来了之后就没怎么吃过咱们东北菜吧？"

李若兰在一群锅碗瓢盆之间叮叮当当地忙活着。

"是啊，除了酥油，就是牛羊肉，还真的没怎么正经吃过饭呢。"

李若兰把面粉放在小盆里，倒上水开始和面；一边揉面一边道：

"一猜就是这样，这边的饭菜跟咱们老家大不一样，我直到现在还是没完全习惯，偶尔自己做饭，找找家乡的味道。今天你有口福了，咱们包饺子吃。"

饺子，听到了这两个字王兵嘴里的唾液开始分泌了起来。自从离开家来到西藏他就没再吃过饺子了。饺子皮的嫩滑，饺子馅的多汁，还有蘸了醋的开胃酸，蘸了酱油的鲜咸……

"我真的好久没有吃饺子了。"

就这样，在这帐篷里，两人虔诚地制作着传统美食的最高代表——饺子。

"说起来，你那只藏獒不是在西藏以后养的吗？"

王兵捏了一个饺子，看了看帐篷外面，串儿正在那里守着。

"不是，我那只藏獒是我从东北老家带回来的，本来是我父亲养的，后来我要来西藏，我父亲不放心我，就把它给我带在身边了。"

李若兰点点头，一副了然的样子，突然又睁大了眼睛，带着些惊讶的意味。

"这么说来你爸爸还真是英明啊，如果没有它说不定你真就被灰熊给吃了呢。"

王兵笑笑，不再说话。李若兰以为他是不想再回忆起那只灰熊，所以闭口不再提这件事，又道：

"唉，你来西藏又是来做什么呢？"

王兵两手一摊，一副无奈的样子，皱起的眉头和满不在乎的表情惹得李若兰又是一阵发笑。

"我呢，本来是想到西藏来做点生意赚点钱的。我卖的东西没人买，可是别人卖的东西我还得买，这就导致了我钱没赚到自己的钱反倒都没有了。就这样，不如不卖了，躲在这里找商机呗。"

李若兰也捏了个饺子，笑道：

"哈哈，那你可真够倒霉的。"

王兵夸张地摇了摇头，带着戏谑：

"唉，谁说不是呢！"

看着王兵这模样，李若兰笑得嘴都合不拢了，像是 只躺在锅里即将变红的大虾，脸蛋红扑扑的，笑起来肩膀不停地抽动，可爱极了。

"好了好了，别笑了，饺子包得差不多了，咱们开煮吧。"

好半天，李若兰才停止了大笑，她把饺子下到锅里，银铃般的声音再次响起：

"王兵，一会儿你去给你家的藏獒送点饺子，既然是东北来的，我看它一定也好这口儿！"

……

被称作学校的大帐篷外面，主人给我送了一盘饺子。

"串儿，好吃吧！告诉你，这可是若兰亲手包的呢，串儿，你想经常吃到这样的饺子吗？如果想的话你就摇摇尾巴，我们一起把她拿下好不好！"

饺子很香，可我吃得却香不起来。主人说的"拿下"究竟是什么意思？难道……李若兰会成为我未来的女主人吗？如果是这样的话……不知为什么，我的心中并没有多少喜悦，正相反，更多的还是伤感和忐忑。

在我眼里，李若兰已经是最完美的人了，我对她有着崇敬，有着爱戴，甚至……爱慕。如果说我对主人是忠诚，那我对于李若兰就有着一种别样的虔诚。这是人的气质决定的，有的人，天生就有着不一般的亲和力，让人忍不住想亲近，或者让人忍不住要尊敬。在我心里，李若兰就是这样的人。

不知道为什么，我不希望李若兰和主人在一起。

"嗷！嗷！"

我敷衍地叫了两声，没摇尾巴。

王兵本来心情奇佳，甚至感觉自己的春天到了，就差在这广阔无垠的大草原放声歌唱了。可歌还没来得及唱，刚走出帐篷就在自家狗那里讨了个没趣，兴致大减，只好回到学校里帮李若兰收拾碗筷。

"说起来，你怎么会想到来这里支教的呢，这里条件这么差，肯定是不如家里舒服的。"

李若兰摇了摇头，坚定道：

"做事情一定要做让自己舒服的事情吗？"

王兵脸微微一红，点了点头。

吃过了饭，收拾好了屋子，王兵和李若兰又回到了学校的大教室里，坐在学生的座位上。

"说起来，我不做学生已经好多年了，现在再坐在这里，感觉怪怪的。"

李若兰叹道：

"上学的时候觉得坐在这里是很痛苦的事，千方百计地逃学，翘课，现在看来还真是可笑，有多少的孩子连坐在课堂里的机会都没有，有机会的我们又在无度挥霍……以前真是太不知道珍惜了。"

王兵看着前面的黑板，走上前去，在上面写了两个大字——老师。

"其实以前我也想当一个老师，每天教教学生，开开心心的，多好！可是现在长大了，脑子里想着的都是怎么挣钱，小时候的想法不知什么时候就没有了。"

李若兰看着王兵写在黑板上的字，大小适中，粉笔印不轻不重，一看就是练过粉笔字的人，练过粉笔字的都是什么人？十个有九个都是老师。

"你当过老师？"

王兵摇摇头。

"我哪当过老师啊，上大学的时候出去做过一段时间的家教而已。"

家教，家教是什么，这不也算老师嘛！听到这里，想到这里，李若兰一双美目闪出了别样的神采。

"给你个机会好不好？"

王兵故意一愣，其实他猜得出李若兰想要说什么，但他还是装了一次糊涂，就当不知道。

"哦？什么机会？"

李若兰指着黑板上王兵刚刚写下的老师两个字，笑道：

"嘻嘻，有没有兴趣到我这里来当老师啊？只是……"

王兵耳朵一动。

"只是什么？"

这次为难的倒成了李若兰。

"只是我这里工资不多，我在这一个月也只有几百块，分给你一半也不过三四百，钱这么少，你干吗？"

王兵还是装出一脸的茫然：

"给钱？要钱干嘛？"

第十三章
快乐时光

学校的大帐篷古朴大方，带着一种草原上的大气，更多的是对灵魂的升华。

在大帐篷里，一排排整齐的桌椅里坐着一个个认真的学生。李若兰高高站在讲台上，玉手轻轻巧巧地捏着一只粉笔，讲课讲出了她飞扬的神采。教室的最后面，王兵抱着胳膊坐在那里，脸上尽是温情的微笑。

一切都是这样美好，认真负责的老师，勤奋刻苦的学生，已经近乎圆满，还缺什么呢？

虽然极不愿去想，但王兵的脑海里还是浮现出了那两个沉重又痛苦的大字——贫穷。

看到王兵的情绪似乎有些不对，在台上讲课的李若兰顿了一下，随即露出了笑容。

"同学们，静一静，老师呢，想跟大家说一件事。"

李若兰刚说安静，教室里马上便鸦雀无声了。这所学校虽然还只有一位老师，不过学生特别的听话懂事。

学生们的反应让李若兰这个老师很满意，满意到向后面的王兵隐秘地眨了眨眼，好像在告诉他：看，我的学生是多么听话。

"同学们，自从我来到这片草原来教大家学习已经一年时间了，在这一年时间里看到大家的进步，老师感到很欣慰，不过呢，老师一个人的力量太小了，不能给大家最好的照顾，老师感觉有些对不起大家。"

孩子永远是最纯洁，最善良的，几句简简单单的话往往就能调动起他们强烈的共鸣，或是同情，或是温柔……或是一切美好的情感。

"老师，您做得最好了，您是最好的老师！"

"老师，别这么说！"

"老师……"

一下子爆发出来的感恩之声打破了李若兰好不容易维持的安静，不过这吵闹并不令人生厌，在场的两个成年人在这吵闹中听到的只是浓浓的感动，心也慢慢融化，慢慢纯粹，慢慢地柔软了……

"好了，同学们，静一静，听我说。"

没有一个人对安静提出什么异议，又是一片鸦雀无声。

"同学们，老师呢，觉得自己一个人不能很好地照顾大家，所以我为大家请来了王兵老师，一起给大家上课，希望能更好地照顾大家，大家掌声欢迎王老师上台来！"

掌声响起，绝不是稀稀拉拉的敷衍，而是发自内心的欢迎，尊重。这尊重，与其说是给王兵的，不如说是给老师这个高尚职业的，当然，还有一部分是给一直以来辛苦付出的李若兰老师的。

虽然在大学的时候有过当家教的经历，但初登讲台的王兵还是有些紧张，两只手，两只脚，一颗脑袋都不知道要放在哪里才好。

"那个……同学们，大家好啊。"

"老师好！"

从听到老师两个字那一刻起，王兵就知道，他跟这群孩子结缘了，西藏这片土地，这大草原，他注定要待上一段时间了，想到要给这些可爱的孩子当老师，他的心里就充满了力量，想到以后跟李若兰的朝夕相处，他的心里又充满了温情。

再一想到家里的砖厂，父亲现在的情况，王兵的心又冷了。

不知为什么，他有时也会想起那座茫茫雪山，雪山夜晚的圆月狼嗥，还有那只凶悍的灰熊。

不管怎么样，王兵已经作为一名光荣的草原老师，在这大帐篷学校里挂了单。

如果说他之前的生活就像是漫画里的灰色背景，那在他来到这片草原之后就好像是突然受了作者垂青，一下子有了彩色的权利，成为主角，以后的一切都将会变得有滋有味。

忙了一天，送走了所有的学生，王兵和李若兰坐在教室里学生的椅子上，目送学生们在帐篷外消失的背影。两个人都累了，李若兰扭过头去，看了看黑板上王兵刚刚写下的粉笔字，笑道：

"你这老师当得还不错嘛，学生们都很喜欢你。"

王兵得意地甩了甩额前的碎发，说话也带了些神采。

"师者，传道授业解惑也，现在看来，还不错。"

李若兰站起身来，吐了吐舌头，扮了个鬼脸，调皮道：

"你呀，给点阳光就灿烂，给点粉笔，就能当老师！不理你了，我晚上还包饺子，你留下吃吗？"

一个女人，一座房子，一顿晚餐，这些会让人联想到什么呢？王兵的心一下子温情起来，这一切，虽然简单，但却温馨，虽然平凡，但却像个家。

"吃，饺子怎么不吃！走，我帮你和面。"

……

日子就这样，一天一天地过着，在王兵的人生里，这段日子是最快乐的，因为这有一望无际的大草原，有带着浓浓藏獒和牛羊气息的高原风，有风味独特的酥油和糌粑，有可爱的学生们，还有……李若兰。

这段日子，很安逸，吃得不差，每天都在草原上奔跑，又不用担心有狼群袭击，舒适，惬意。而我的主人看起来气色比我还要好，每天带着一群藏族小孩玩玩闹闹，跟着李若兰老师说说笑笑……

我想主人是喜欢李老师的，他和李老师在一起的时候，脸上没有了从老王和砖厂那里带来的凝重和阴翳，有的是笑，是快乐。

我快乐，主人也快乐，我的快乐建立在主人的快乐之上，主人依然快乐，可主人的快乐不是我给的，我看到主人和李老师在一起的时候就说不出的快乐。

我是希望我的主人跟她在一起的吧，他们在一起了，我的痛苦也就结束了吧，我如是想。

也许事情都不是那么简单的，但快乐是简单的，我和主人的生活也是简单的。

每天早上，主人从巴伦家的帐篷走出来，带上些食物就到李若兰的学校去，两位老师聚在一起吃早餐，而我，也能在这段早餐时间里看着主人和李若兰说说笑笑，我在他们面前蹦蹦跳跳。究竟我为什么跳，我想过，可是总是差那么一点点，想不通。为什么呢？是我渴望关注吗？是我想让他们因为我而快乐吗？还是我希望他们能够走到一起呢？

管他呢，起码这段时间我是快乐的。

吃过早饭，主人和李若兰就要轮番去给学生们上课，每当李若兰在前面上课的时候，主人都要坐在教室的最后面，看着李若兰在台上讲课的样子，不时地露出微笑。而主人在上课的时候，李若兰并不是一直在教室里坐着的。她有时会回到她的小帐篷，拿起纸笔写些什么，有时会走出来，到草原上，喂给我一些东西，抚摸我这段时间休养出的油亮皮毛。

她的手很滑，也很凉，就像一块天然长成的玉石，又像是温润的石钟乳，划过皮毛，带来一阵舒爽。这就是我，藏獒串儿，这就是我每天最快乐的时刻。

而主人，他最快乐的应该不是讲课，而是跟李若兰共进晚餐，尤其是一起包饺子的时刻吧。记得在我主人老王家里，老王和他的媳妇就是在一起包饺子的，一个和面，一个拌馅，一个擀皮，一个包……分工是多么明确。主人和李若兰在一起，是多么像一个家呀！

我本应高兴，因为主人快乐了，因为主人在这草原上找到了家的感觉，因为主人和李若兰可能会在一起……可我却并不高兴，他们在一起了，我为什么会不高兴呢？

不管怎么说，这段日子都是开心的，开心得让我忘记了砖厂，忘记了灰头，忘记了好多好多……

主人也是快乐的，这快乐持续了很久，直到有一天，主人看了看空空如也的钱袋喃喃自语：

"没钱了。"

第十四章
乐中之苦

从小的时候我就知道，要快乐就一定要付出代价，这代价有大有小，小的，可能只是一块肉、一根骨头，而大的，却会是比得到的快乐强烈百倍的痛苦。

茫茫雪山，我和主人正在承受着前一阵子的快乐所伴生的痛苦，我们好像漫无目的，在雪山里迷茫着，其实我们的目的性很强，我们在找一个机会，会活动的机会，会呼吸，会活动，长着漂亮皮毛的机会，就像上次那只灰熊。

我是一只藏獒，没有生死善恶的概念，在我的心里，只有对主人的忠诚和藏獒向前冲的勇气，这是血统决定的，最难改变的东西，也是我作为藏獒最骄傲的东西。

不知为什么，我总觉得除了忠诚和勇敢之外我的心里还有些别的什么，这些东西说不出来，可它们又切实存在着。它们让我不安，平时没什么，到了关键的时候，它们总是出来作祟，甚至与我藏獒的传承产生冲突。我感到不安，可我说不出它们是什么，也做不到把它们从我的大脑里剔除，我只能尽量让自己不要冒出那些奇怪的念头，多想想藏獒。

藏獒，伟大的藏獒，高贵的藏獒，忠诚的藏獒，勇敢的藏獒！还有我的父亲，它是一只真正的藏獒，他有着藏獒全部的力量，藏獒全部的血统，藏獒全部的灵魂！它是一只自我介绍里不用加上"串"这个字的真正的藏獒，它是我的父亲，我最崇拜的在我心里犹如高山的父亲……

其实这个时候，我还不理解藏獒的真正意义。

夜晚，我们依旧在雪山上安营扎寨。这一次主人的装备带得很齐全，燃料，衣物，各种刀，应有尽有，甚至还有一只光是看着就能感到危险的猎枪。

我对主人要做的事没什么想法，只是刀牙在颤抖，全身的肌肉都在主人战斗的序曲下兴奋着。

夜深了，主人帐篷里的灯也熄了，留给我的只是一堆篝火。我是多么希望再有一声巨响，然后我再带着主人过去，还有那么一只大灰熊撞到了树上，我们又一次幸运地战胜它……这该有多好……

在对未来的美好幻想中，我进入了梦乡，睡得很深，睡得很沉，甚至睡得忘记了主人，忘记了雪山，忘记了篝火，忘记了草原，忘记了李……

"嗷呜——"

这是什么动物的叫声？我这辈子还是第一次这么清晰地听到这声音，这撕扯耳膜的声音，令人从心底厌恶的声音，一个魔音。这是一个根本不用别人教导就知道它意味着什么的声音，狼嗥！

有狼！我战斗的欲望已经燃起，跟狼交手的机会，对于别的藏獒来说就像家常便饭一样，甚至来得让人厌烦。可我是一只出生在平原地区的藏獒，我的世界很小，有小镇，有灰蒙蒙的城市，还有些别的什么，与狼交手这还是第一次。狼，藏獒，草原上的两个死对头，见了面就一定不死不休，我觉得我有义务帮助藏獒再赢得这场仗，也帮助主人杀死残忍好杀成性的狼，献上我的忠诚。

"嗷嗷！"

与狼嗥相对，我也发出了属于我的獒吼，不为别的，只为叫醒我的主人，狼若出现绝不是单独出现，而是成群结伴，我需要主人的帮助，主人手里有着无数我没有的装备，包括——枪。

主人的反应也很迅速，在我的叫声响起的同时，主人帐篷的灯就亮了起来，在我做好了追踪的准备时，主人也出来了，我们两个一前一后，向着狼嗥的方向寻去。

夜间的雪山一片黑暗，是那么的危险。睁开双眼，什么也看不见，作为人类的主人只有打开手电才能保证他能顺利跟上我的步伐，可这手电又是多么明显的信号，又会让多少强大的野兽盯上他，又会带来多少的危险？

我们很幸运，这次遇到的狼不多，仅仅有三只，这些狼都是雪狼，长着银白色的皮毛，皮毛在月光的照射和雪地的衬托下显得那样洁白，那样纯净，不含一丝杂质，就像磨成了粉的珍珠。

老实说，它们的皮毛要比我的漂亮，它们的身姿让人痴迷，是那么优雅，而又令人嫉妒。它们这种姿态，让我想到了一只狗，一只黑背狼犬，在小镇上作为狗王而存在的狗，实力强悍，仅仅是气息就让我这只藏獒退却的狗，黑背狼犬，狗王灰头。

"嗷嗷！"

就算皮毛不如它们漂亮又如何？我是藏獒，我的血统天生就比它们高贵，我有着藏獒的忠诚藏獒的勇敢，这都是它们永远也不可能有的！藏獒永远忠诚，我们的爪和牙都在行使正义，我们热爱和平，只是在为了正义战斗。这群好杀成性的狼，它们是不会懂的。

为此，藏獒和狼的战斗已打了几百年。

三头狼凑在一起，交头接耳，我的主人举起了枪，瞄准了它们的脑袋。

它们很快讨论出了结果，一只狼对着我，没有半分的火气，就好像它们不是狼一样。

"藏獒，你们走吧，我们已经吃过饭了，不会再攻击你们了。"

狼的话可信吗？我不知道，可我不想去信，勇敢并不只在战斗的勇猛，更在于心儿的果敢。优柔寡断的藏獒会被吃得连骨头也不剩。而我主人手里的猎枪更果断，只听——

砰！

雪山上许久不见的枪声出现了，一只狼被打爆了脑袋，躺在了地上，血染红了雪地，也染红了那漂亮的皮毛，就连流出来白花花的脑浆也沾染了红色。我不知道这算是什么，这算战斗吗？这不能不算，这是我主人的实力，这是人类猎枪赋予我主人的能力，弱肉强食，就是这样。可这作为一场战斗未免短了些，少了点什么。

我打算多想些东西告诉你们，你们知道了我的想法，就可以跟我一起想，人的脑子本身也要灵光些，也许你们能找到我没有找到的我身上的怪东西，想出我想不出的一些理由。

可是很遗憾，当时我根本就没有时间去想更多，面对着两只恶狠狠的雪狼和一只它们同伴的尸体，我是真的没有时间再去想什么了，我只能扑上去，为了忠诚而战斗，为了藏獒的尊严而战斗，为了……保命而战斗！

这一战，很痛苦，也很痛快。我被两只雪狼咬了不知多少下，有的地方血肉模糊，有的地方被生生地撕下了肉去，可我们赢了，所以我痛快！

两只雪狼都是被我咬得筋疲力尽，没有反抗能力，最后被主人用刀子杀死了。

趁着它们余温尚在，主人剥了它们漂亮的皮毛，一颗颗拔下了它们的牙……

还是那座城市，还是那小巷，还是那锈迹斑驳的铁门。男人又一次来到这里，他的心情很激动，眼睛里闪烁着金灿灿的光，那是欲望燃烧的火焰，那里面捞得出金钱。男人的怀里又多了一个更大更鼓的包裹。

铁门里，还如往常一样，没有声音，他们使用的是世界另一边的语言。

男人走进去，没了第一次的犹豫，坦然了许多。他只进去，一会儿便出来了，包裹没有了，怀里多了些分量十足的符号，这都让他倍感轻松快意。

对于以前的他来说，这是另一方世界，血与勇气，刀与传奇，隐藏着无数阳光下不为人知的故事。对于现在的他来说，这里又是另一方发展的天地！只要勇敢就足够了！用勇敢和汗水，就能博取美好的未来，这个无声的世界，在他心里竟有了些许的温暖。

他走了，与上一次不同的是，他觉得他还可能再来。

回到阳光下的王兵，满脸欢喜，就连跟在他身后的串儿也多了几分神气。它心里想的不再只有香喷喷的牛肉，他惦记的也不再是父亲破落的砖场，不知何时起，他们都开始想着同一个地方，念着同一个人。

第十五章
情愫渐起

　　草原，真正的草原。草原上清风拂过，带起了一阵藏獒和牛羊的气息，这热烘烘的味道让人从鼻子到心里都暖暖的。

　　草原上的时间流逝得很慢，就像那铺满了整个草原的牧草，纵使人践踏，牛羊啃噬，一天天，一年年，也未见多大改变。草原上的时间是会生长的。当青春即将枯萎之时，草原上特有的虔诚和热情总会将人重新点燃，注之以时间的力量。

　　草原上是没有时间的，今天，明天，每天都是一样的蓝天，又都是一样的欢乐。李若兰是这样想的，所以她在草原度过了多少个日日夜夜，还是容颜不改，青春火花不熄，她甚至感觉只要待在这片草原，守着这群可爱的藏族孩子，她就能长生不老。

　　可是现在，被青草蓝天凝固住的时间动了，就像开了口的堤坝，江水滚滚而来，很急很快，流得让人心焦。

　　草原无遮无拦，如火如血的夕阳缓缓降到地平线之下，宣告着夜晚的到来，夜晚是什么？夜晚与白天的区别是什么？一千个人也许会有一千个以上的答案，这些答案有的浪漫，有的文艺，又有的充满着积极又颓废的气息，而李若兰的答案只有两个字——黑了。

夕阳降下地平线，这个时间叫做傍晚。李若兰倚在学校帐篷上，乌黑长发不知为何有些凌乱，如星星一般明亮的双眼，看过了黑夜和白天的界限，她远望夕阳。

王兵离开草原已经半个月了，在这半个月里，音讯全无，好像被草原上的狼群吃掉了，也好像从未出现过，他只是她的一个幻想。

虽然对于李若兰来说，草原上的时间是永恒的，就如一个没有生老病死的永恒国度，没有悲伤，没有钩心斗角，只是每天快乐地生活着，在这里，时间没有意义，一天，一年，乃至十年百年，又能如何呢？

可时间若是没了意义，生活的意义也将同时丧失，人陷入迷茫。李若兰正是这样，每天给学生上课，在草原看日出，看日落，周而复始，不去想别的，仿佛没有了过去，也不必去想将来，生活只需要这样一天天过去就好，虽然看似永恒，可却不是永恒。

在这迷失于永恒的日子里，有着无数美好的幻想，可幻想终究是幻想，一旦草原永恒的美梦被打破，那李若兰将无法面对抽走了灵魂的空虚感。

这时候，出现了一个人，一只狗，一个叫王兵的人，一只叫串儿的狗，是这两个东北老家来的生物，把她拉回了现实。

世上并不是只有草原，只有草原上的美好，只有学生，只有日出日落……世界上的东西很多，或美或丑，就如同锅里的饺子，各不相同，拌得不匀的盐让每一个饺子都有属于自己的味道，或咸或淡。也许草原的生活是美好的，美好得凝滞了时间，但这凝滞也只是把时间忽略，时间还在，不增不减，生活在这样的美好世界里，李若兰总有一天会变成一个老姑娘。

是王兵让她从美好中走了出来，不再是那个只知道教学生看太阳的老师，所以她是多么的感谢王兵，又是多么的依赖王兵啊。

可是王兵也消失了，这个带着活力的男人消失了。

看着夕阳一点点落下，李若兰美丽的脸颊，如白玉般温润的皮肤被染上了一层血红，这血红看得到，却又并不存在，稍纵即逝，带着梦幻的调皮。王兵也是这样，一个在梦幻世界里出现的把她带回了现实的梦幻般的人，谁又知道他是不是一场梦幻？谁又知道所谓的现实是不是另一场梦幻？

也许是吧，李若兰站起了身，抖了抖因为坐在地上而有些脏了的衣角，摇了摇头。女人，果然是半梦半醒间的一种生物，迷恋梦幻，却又在梦幻中挣扎。

"或许他的出现只是我的臆想吧。"

李若兰如是想，如是说。

夕阳已经完全降到了地平线之下，取而代之的是不知何时现身的一轮明月，李若兰没有看月亮的习惯。太阳，象征着光明，象征着活力，李若兰在这大草原里需要这些。而月亮，月亮上寄托的那些细腻情感和思想意境是李若兰所不敢触碰的。这个能教一个小学所有科目的博识老师很聪明地避开了会让她难过的东西，转身回帐篷睡觉去了。

刚才的夕阳已经泯没，它死了，在死亡中积聚力量，明天，它会活过来，那时又将是一个朝阳。

……

雪山的夜晚照例是冷的，可雪山的冷冷得不静，冷得嘈杂，冷得吓人。狼嗥远近皆可闻，熊咆也在我灵敏的耳边低低地响着，一切都是那么的和谐自然，但又危机四伏。

主人的帐篷里，灯光早已熄去，这世界现在是如此黑暗，如此神秘。我离篝火近近的，脏兮兮的毛发上面粘着干涸的血液，那有我的，也有狼的，甚至熊的。我拼命汲取着火焰的温度，恢复着体力，准备着还看不到的下一场战斗。在我的面前，有这么一坨肉。这坨肉是生的，味道腥膻无比，血也没有放干净，让狗难以下咽。可我却不得不吃了这些肉，因为我要活下去，我要胜利，我的前面不知还有多少只熊多少只狼在等着我。

事实上，我面前的就是一坨狼肉，或者说是狼的残肢断臂。

我嗅了嗅，这玩意儿一点都不能调动食欲。可我还是张嘴咬了下去，这一咬好像咬到了石头，硌得我牙齿隐隐作痛。雪山温度不高，这肉冻了。我伸出长长软软的舌头把它裹了起来，用口腔的温度把它软化掉，再慢慢地，慢慢地吞下去，让胃里充满这腥膻的狼肉味，这令人作呕的味道。

老实说，我厌恶这种战斗，并不以之为荣，因为鲜血给雪山染上了一层暗红，且这暗红不只流于表面，还在向着冰雪内部不断渗透，难以洗刷。我心中的雪山不是这个样子的，藏獒心中的圣地不是这个样子的。

雪山上，人与藏獒可以自由自在，尽情地奔跑，无论大小动物，都能和睦相处，绝无让鲜血落在纯洁雪地上的道理。这是一块神奇的土地……

可这终极梦想，却也染着阴霾，那是一群嘴脸狭长，眼中闪烁绿光的魔鬼，它们嗜血好杀，倚仗武力胡作非为，破坏藏獒的终极梦想，它们是狼！

我对狼肉的咀嚼又快了些。

吃着冷狼肉，山间的冷风吹过，这一切都让我想念以前的日子。在砖厂的钢筋铁笼里，虽然白天没有自由，却有肉吃，有暖窝。那时都是些什么肉啊！有红烧肉、酱牛肉、土豆炖牛肉、萝卜炖牛肉、锅包肉、白切肉、水煮肉……各种让我流出口水的香肉。现在的我想想过去的肉流口水其实是一件好事，唾液的分泌有利于化开这些冻得坚硬的狼肉。

这些肉，哪一种才是最好吃的呢？红烧肉嫌腻，锅包肉又太虚……思来想去，我从出生以来吃到的最好吃的东西其实不是肉，而是饺子，李若兰亲手包的饺子。

我想再吃一次她包的饺子，哪怕没有肉味的浓郁香滑，放在我的嘴里就欲罢不能，可我就是想再吃一次她包的饺子，这饺子的味道就藏在我的舌根下，随时升起，随时回味。这味道不止美味，还让我有一种膜拜的感觉，我膜拜于她饺子的味道，李若兰的饺子。

想到这个，我竟淌出了口水。

主人是爱李若兰的吧，她那么美丽，那么善良，落落大方。作为一只忠诚的藏獒，我应该希望主人和李若兰在一起，为他们祝福，看着他们结婚生子，这才是正宗的藏獒逻辑。可我只是个串儿，我的逻辑也有些串儿，不像其他藏獒那么正宗，我在想的也并不是美好的祝愿，而是——为什么一开始李若兰不是我的主人。

这想法让我很惶恐，我不敢再见李若兰，因为这念头里面有背叛的影子。作为藏獒，背叛是出圈儿的事。

我为何如此痛苦地纠结，这是藏獒不会有的。也许因为我不是纯粹的藏獒，也许是我还不懂藏獒的真正意义。

此时的我却更倾向于前者，好在，我看不到她，可我又想看到她，我这是怎么了？

雪山的帐篷里，王兵熄了灯，钻进睡袋。这段时间他带着我已经拿到了不少的狼皮，卖了不少钱，除了寄回家去的部分，剩下的也足够他在草原的花销了。

"是该回去了。"

回哪呢？当然是草原了。王兵想一个姑娘了，一个只看太阳不看月亮的姑娘。

第十六章
归来有变

今夜，雪山上起了一场大风，风吹起了漫天飘雪。

寒气彻骨的冷，钻进了我厚厚的毛，扎进我的皮肉，就这样冷下去，一直冷下去，冷到心里，冷冻灵魂。在这个冰冷的晚上，主人开恩，让我进入帐篷跟他一起睡。

虽然这顶帐篷我已见过无数次，更是在外面守护了它不知几个危险的夜晚，可真的走进去，在里面过夜，对于我来说还是第一次。帐篷里空间不大，我和主人两只喘气的进去一下子就占满了，连翻身都成问题。可这样狭小的空间，却真的阻隔了帐篷外面的风雪，让我身上的毛变得蓬松起来，蓬松里蓄满了温暖的空气。

虽然阻隔了寒风，可外面的篝火灭了，帐篷里依然寒冷，主人的身子光溜溜的，就算穿上了衣服钻进了睡袋，防寒的效果仍旧有限，他瑟瑟发抖。我朝着主人的睡袋挪过去，把我最厚实最温暖的皮毛贴在主人冰冷的睡袋上，把我的温暖传导到主人的身上。也许这就是传说中的相依为命。我和主人平时少有交流，就算有，也只是喂食时食物的抛扔，还有我摇个不停的尾巴，没想到在这种恶劣环境下，我和主人可以这样亲密。在一个帐篷里，在一样的寒冷下，主人享受着一只藏獒的温度……

雪下得很大，寒风拼了命地要钻入骨头，好在有帐篷拦着，也不知能拦上多久。

风继续吹着，雪就那么下着，风雪不止，不知会不会停止，也不知何时停止。远处，传来了狼的嘶嗥。

草原上的天总是比别的地方更蓝，当天蒙蒙亮时，勤劳的藏民就已经起床，来到外面照料自家的牛马，而整个草原起得最早的却不是有着繁重工作的藏民，而是一个汉族人，一个工作很清闲的汉族人。

当草原上的第一缕晨光刚刚冒出头的时候，李若兰已经穿戴整齐，倚在帐篷上。当阳光照到了大地的瞬间，她美丽的脸颊变成了金色，格外圣洁，就像雪山顶上的佛光。

"太阳出来了，黑夜已经过去，白天又到了。"

告别黑暗，迎来光明，这本应该是一件欢喜的事，应该让人活泼，让人愉快，让人充满希望。可李若兰的自语却带着浓浓的愁绪，无奈。

王兵，这个在草原上真正走近了她的男人，这个跟她一起包饺子的男人，这个跟她是老乡的男人，这个养了一只藏獒的男人，这个帮她教学生们读书的男人，这个……到现在都音讯全无的男人。

人活着，不过"在意"二字，在意了，生命中流过的东西才有机会停下，脱离过客的尴尬局面，成为生命的一部分。而人的精力又是如此可怜，一辈子能够在意的东西实在是太少了，少到让我们忘记了许多许多。起码学生们对那位王老师已经忘得差不多了，于是在这学校里还记得王兵其人的就只剩下李若兰。

朝阳逐渐升起来，天空也明亮了，最纯净的金光照耀在草原上，所有的草都变成了金色，好像铺了一地金砂。太阳从地平线以下升起，人也从地平线以下走过来，人和太阳虽然不熟悉，但他们确实是来自同一个方向。

常年的读书生活让李若兰明亮的眼睛有着近视的毛病，而地平线离她的学校帐篷又太过遥远，使得她根本就看不到远方那一人一狗，人是一个急匆匆往回跑的人，狗是一只急匆匆往回跑的狗，一只藏獒。

李若兰看着太阳从地下升入地上，再飞到空中，用一种永恒不变的轨迹在空中运转，喃喃道：

"你们还会回来吗？我自己为什么就不行了呢？"

李若兰教得了学生做人的道理，可轮到自己却当局者迷。草原上的时间就算真的永恒，也总有永恒的时间所凝滞不住的东西，眼前就有两个感觉，孤独，还有寂寞。

光明来到，黑暗退去，草原上的帐篷全部显现，几缕炊烟也缓缓升上了天，又给人间找回了烟火气。不过这对李若兰来说并不重要，它只意味着一件事——我该吃饭了。

李若兰退回帐篷，从桌子底下取出一袋面粉，隔着袋子抓了又抓，用了太大的力量，使得她的指节发白，好像要把面粉的袋子攥烂，也像是在感受面粉的细腻柔滑。

"唉。"

终于，她还是收起了这袋可怜的面粉，拿出了昨天的糌粑，小口小口地啃着，吃到肚子里。她的眼睛干干的，涩涩的，没有一点神采。她的喉咙又酸又肿，止不住地流泪。

无论这段时间雪山上发生了多少战斗，抑或子弹与血肉的屠杀，王兵还是回来了，平安地回来了。他黑了，也瘦了，在他的身边，串儿还如以前那样展现着它藏獒的风采，不过它眼睛里的警惕和杀气却重了许多。

不管怎么样，他们回来了，健康地回来了，就像以前一样。

人没有变，狗没有变，好像一切都没有变，如果非要说什么变了，那就只能是王兵身上的衣服了。

原本的灰黄色帆布衣服帆布裤子没有了，取而代之的是一套崭新的登山服。从登山服那漂亮的样式和帅气的商标就看得出它们质量优良，价格不菲。

到底是帆布衣服结实些，还是这登山服结实些呢？我不知道，也没法知道。因为主人是不允许我撕咬他的衣服的，尤其是这件新登山服，连根狗毛也不许粘。

主人的步子很重，也很大，这是在雪山上养成的习惯，为了把鞋底嵌进雪地里，站得更稳，跑得更快，跑过狼，跑过熊，跑过一切危险。

学校，一个人气、朝气、书卷气，三种正面气场最重的地方，里面有可爱的学生，负责的老师，还有整日响着从不停止的读书声。学校，就应该是一个白得透亮的地方，阳光照在白色上，格外美丽，让人心醉，让眼睛睡在了白色上的阳光里，学校，就应该是这样一个地方。可是现在，李若兰的乌

长篇小说 我是藏獒

金小学并非如此。从外面倒是能照进来阳光，只是阳光照在桌椅上，非但没有染出那醉人的金色，反而照出了上面的灰尘，使人感到无尽的颓唐。

王兵摇摇头，这个时间学生们都没有来上课，教室里空空荡荡，若是没有人，就算是学校也是会冷清的，在这么冷清的世界，李若兰又在做什么呢？

在这里，我们都孤立无援，无论是我，我的主人，还是李若兰，我们都是没有根的草，或许看起来很好很茂盛，实则是在燃烧最后的养料，给人以乐观开朗的假相。

李若兰的帐篷很特殊，是主人划定给我的禁地，我只能在外面等，进去的只有主人。看着门里面的世界，与我之间好像隔了一堵世界上最坚固的墙，就算是我的刀牙和利爪能够抓破一切，能把时间和空间抓得支离破碎，那也是无用的，根本就改变不了我不能进去的无奈，就算主人允许我进去，我也不能进去的无奈。

李若兰一口一口咬着糌粑，面无表情，脸上的肌肤还是如白玉一般，莹洁可人，与娇艳的红唇一衬，衬得苍白。看着李若兰消瘦的面容，嗅着帐篷里糌粑的香气，王兵心里想的却是饺子。

"若兰，我回来了。"

男性的声音，打破了草原清晨的寂静，也打破了李若兰这段日子里一个人营造的安静气氛。李若兰抬起头，目光聚在王兵的身上，眼圈一下子就红了，好像要说什么，可肚子里的话到了嘴边也只是咬了咬嘴唇，然后就什么也说不出了。

王兵看到她现在的样子，知道自己离开这段日子里她在想他，王兵自己又何尝不想她呢？只是为了生活，他真的不能回来，现在他回到了这间学校，他实在没办法就看着她这么哭出来。

"别哭啦，我回来了，真的回来了。"

李若兰什么也没有说，只是直接上去抱住了他，她的嘴唇上还有糌粑的渣子，渣子粘在了王兵的登山服上，留下了一丝微不可察的油渍。

"王兵，你到底为什么要走？为什么走了也不说一声？为什么走了这么久！"

面对她声嘶力竭的哭号和诘问，王兵真的不知道他应该怎么回答。他要做的事，没有办法跟她说，甚至没有办法跟任何人说出来。

面对一个你已经犯下的错误和根本就无法回答的问题，最好的办法不是无用的一遍遍解释，只需要承认错误，给出一个承诺就够了。这样做，不一定有用，但一遍遍的解释是真的没用，反正王兵就没去解释。

　　"我以后不走了。"

　　李若兰的脸埋到了王兵的怀里，登山服优质的面料贴在她粉嫩光洁的脸上，格外舒服，又格外的相配，如果是帆布衣服，那李若兰可能就会感觉到粗糙了。

　　"好啦，别哭了，这次我出去赚了一些钱，我给你买了好多的东西，我拿出来给你看看吧！"

　　王兵回来了，穿着新衣服回来的，带着钱回来的。虽然他看起来没什么变化，除了换了衣服，除了带回了礼物，可李若兰有种不好的预感，他变了。

第十七章
患得患失

王兵从不知何处回来了，对于李若兰来说，这是一件好事，在这草原上好得不能再好的事，可这样一件好事却让她的心缓慢地抽搐，隐隐地不安，刺猬洗澡似的忐忑。

王兵的人没有变化，一个脑袋两只胳膊两条腿，健健康康的，可包在王兵这个人外面的那层东西变了。以前那身灰黄色的帆布衣服看不到了，以前那身衣服虽然朴素，但却结实耐用，虽然看起来灰沉沉的，但却让人踏实。而现在王兵有了好多套新衣服，或是红色，或是蓝色，品牌标志明显得恨不得缝到脑袋顶上。新衣服，还有各种各样新的生活用品，新的装备，这一切都是经济实力的象征，这一切也都让李若兰不知所措。

王兵从巴伦家搬了出来，自己买了一间帐篷，自己住。李若兰搞不清楚王兵他究竟想要做什么，他有钱了，他又有多有钱呢？这些都不重要，不过王兵有钱了，他还能待在这片草原跟自己一样安心做个老师吗？王兵什么也没说，并没有表现出要离开的意思，可是李若兰想到了。

女人的心都是细腻的，细腻的人往往会想到许多粗人想不到的事，这就是所谓"女人的直觉"，但细腻的同时，女人总会自己钻到一个牛角尖里，纠结于一些不重要的事，就好像王兵到底会不会安心留在这里。

王兵的态度很模糊，李若兰有时旁敲侧击地问问，他都会换个话题搪塞过去，或是拍着胸脯夸张地保证，可这种保证靠谱吗？李若兰知道，不靠谱。

她是真的很想要知道王兵的去留，王兵有钱之后打算做点什么，可是王兵还是那两个字——模糊。

王兵的态度模糊，李若兰的心忐忑。

如果有一天王兵站在她面前，向她求婚，但是附带条件是要带她离开这片草原，李若兰真的不知道她该怎么办。她是喜欢王兵的，但她同时热爱教育事业，喜欢着草原上这些可爱的孩子，让她为了王兵放弃这么久以来一直坚持的东西，实在有些困难。

阳光照到地上，温暖了青草，也温暖了趴在草地上的我，我的皮毛里蓄满了温暖。我的世界其实很单调，只有主人，学校，李若兰，三点一线，我就是线。我不知道这种生活方式有没有问题，不过我就在这三点之间生活着，充当那一根线。我能感觉到主人和李若兰的关系在发生微妙的变化，微不可察。狗的感觉要比人灵敏得多，尤其是狗中王者的藏獒。

主人每一次和李若兰在一起，无论是说话，还是别的什么，他们之间的距离在一点一点地减少。这一次一起吃饭，距离半米，下一次一起备课，距离四十九厘米，就这样，一点一点地减少着……总有一天，它会消失不见。

我突然冒出了一个荒唐的想法，如果这时跟李若兰在一起的是我，而不是主人，那又该怎么样？这想法荒唐，而且荒唐透顶，可这确实是我每一次看到李若兰和主人在一起时冒出的想法。按照人类的标准来看，我是爱上李若兰了，可我不是人，我是一只藏獒，我不可能爱上一个人类，爱上一个可能成为我主人妻子的人类，我的感情不可以有半分的复杂，我是藏獒，无论我做什么，我身上的精神都必须是忠诚。

"若兰，我给你买了件衣服，喜欢吗？"

那是一件毛料风衣，款式新颖，设计得很有格调，米黄色，是李若兰很喜欢的颜色，看在眼里，喜在心里，可女人仅剩的大脑却让她说出了这四个字：

"多少钱啊？"

在女生的心中，这四个字可能是大煞风景的，如果是自己的男朋友问自己，那她们可能拿起扁担把他狠狠地抽上一顿，以此泄愤。但在男生的心里，东西的价格在一定程度上意味着真心的程度。

于是乎，王兵很骄傲地报出了价格，就像拍卖师一样骄傲，像报价器一样准确，眉飞色舞，一脸的得意，如果在头顶插上两根鸡毛，那他就是个打了胜仗的将军。

"一千五。"

一千五百块，说多不多，说少不少。这钱对于李若兰来说是多的，起码抵得上她一个月的工资。可现在就有这么一件代表着她一个月工资的衣服摆在她面前，是送给她的，李若兰真的不知道是该感动，还是该提倡艰苦朴素。

"太贵了吧，一千五买一件衣服，不值当的。"

王兵摇摇头，深情地看着李若兰，在深情中还有着一丝得瑟。

"若兰，别说是一千五，就是一万五，只要你喜欢，我都不会皱一下眉头。"

李若兰感动，但又真的舍不得那些钱。

"王兵，你都给我买了多少衣服了，这都是这个月第四件了，你说说你买的哪件衣服没超过五百块，你花了多少钱了，再这样下去我都要怀疑你了。别买了好吗？浪费。"

王兵点点头，不过我知道他只是迎合李若兰点了点头，该买他还是会买的，这个月第四次了。

"若兰，我喜欢你，做我女朋友吧。"

李若兰低头不语。她是喜欢王兵的，可她又是不能轻易答应王兵的，西藏，去留，这些问题缠在她的心上，想不通，所以在和王兵的交往中李若兰总是有着几分犹豫。

就是这犹豫，让李若兰不知道该怎么做，不知道该不该答应。

"王兵，我也喜欢你，但是我们的关系……你让我再想想吧。"

李若兰想关系，我趴在她身边，蹭着她的腿，呜呜地叫着。我在说，不要犹豫，不要跟主人在一起，你可能会有后悔的一天，可是这些话从喉咙里出来之后都是呜呜。

"串儿啊，你说我该答应王兵吗，我喜欢他，他也喜欢我，可是他现在让我有种不踏实的感觉，他太浪费了。"

我不知道主人是怎么想的，在我心里主人一直是很有钱的，有钱到能让我吃上美味的牛肉，至于他为什么有钱，有可能是在雪山上跟那些猛兽打交道获取的一些东西给他带来了财富。

那些雪山上的猛兽都不是什么好东西，它们心中又有几分和平世界的念头？向它们下手，我是不会有一丝手软，现在不会，以后亦不会，这是骨子里的东西，没法改的。每一代的藏獒都是这样，向往美好，又不得不与各种各样的猛兽战斗。这也许是宿命，藏獒不得不屈从并为之骄傲的宿命。

这就是藏獒。

上一次的雪山之行，王兵的口袋里又多了几万块钱。王兵往家里汇了大半，自己手里留下了一万多，每天在草原上教孩子们读书，给李若兰买几件新衣服，给串儿改善改善伙食，手里的钱虽然不少，但是这样流水似的花，慢慢地也开始告罄了。

李若兰在学校忙了一天，把最后一个学生送出学校，这才长出了一口气，抹了抹头上的薄汗。王兵体贴地帮她收拾着教室里略有些杂乱的桌椅，温和地笑着。

"又是一天忙过去了，当老师还真是不容易。"

李若兰挑了把椅子坐下，看着前面的黑板，脸上的成就感照亮了教室，照亮王兵的心。她的一颦一笑就好像是洞庭湖里的春水，带着波光，不断荡漾，王兵的整个人都被这张精致绝伦的脸，这个如空谷幽兰一般的人，融化了。

就算沉溺在李若兰本人营造出的幽兰空谷的气氛之中，可有一些话王兵还是要说的，虽然这些话煞风景，但不得不说，因为……

"若兰，那个……我有一些话想跟你说。"

李若兰抬起头，长长的睫毛随着抬头的动作翘起又颤动，就像她的心，就像他的心。

"你说，我听着呢。"

王兵看着李若兰的眼睛，只看了一下就不敢再看。这双眼睛是多么的纯净，多么的善良，仿佛看进了王兵的心里，让他慌慌的。

"若兰，我有点事情，要离开一个月，你等我，我会回来的。"

李若兰点点头，男儿志在四方的道理她懂，虽然她非常想王兵留在这草原上陪她，可她心里明白，不太可能，王兵要走也在情理之中。对于李若兰来说，只要他能回来，就好。

"好吧，你去吧，串儿用不用我帮你照看着？"

王兵摇摇头，笑道：

"呵呵，不用，这次我也要把串儿带走，那我收拾收拾就走了，你在这里等我就好。"

李若兰点了点头，走的那天，她放着学生上自习来送我们，我不知道她是来送我还是来送主人，多半是主人吧，她跟主人说了很多，说得主人眼圈发红，也说得她自己留下了眼泪。

她还给了我一个大大的拥抱。

拥抱暖暖的，我将把这份温暖、这个拥抱带到冰冷的雪山去。

第十八章
好狗群狼

　　果不其然，离开了那片美丽的草原，离开了我和主人都爱的李若兰，我和主人又一次踏上了寒风凛冽、猛兽遍地的雪山。

　　说起来，这已经是我们第三次进山了。

　　"嗷嗷！"

　　藏獒的吼叫震动山林，也震动了那些闻到生人气味蠢蠢欲动的东西。本来生人的气味没什么，不会让野兽发疯，更不会让它们发狂。可是因为上一次主人对这些野兽的大范围捕杀，使得主人身上染上了一点淡淡的血腥味，虽然很淡，但却躲不过山上那些嗜血野兽的鼻子，刺激它们攻击的本能。

　　说起来我和主人都是比较幸运的，我们遇到的都是零散的野兽，一只熊，一只狼，最多也不过三四只野狼的小群体罢了，凭我的勇猛和主人手里的枪都能对付。若是我们真的遇上了狼群围攻，我们就会连骨头都剩不下，那群披着白色或是灰色皮毛的嗜杀魔鬼会把我们的血都舔得干干净净，连味道也剩不下，它们会把血腥味全部嗅进它们肮脏的肺里，酝酿更加令人作呕的气息。

　　我是讨厌狼的，从骨子里讨厌，不光是藏獒血统里斗争了几百年对手的讨厌，更是几十上百次把刀牙刺进狼皮，狼肉，割开狼筋，咬碎狼骨，满嘴腥臭的厌恶，狼肉难吃，但咬死那些杂碎，有一种快感。

不知怎的，这一次我和主人在山里走了好几天，什么猛兽都没有遇到。不只没有遇到熊这类少见的、狐狸这样狡猾的，就连常见的狼也没见到。这不科学，广阔无垠的雪原上怎会没有它的霸主，狼在哪里？我想狼一定在酝酿一场大阴谋，可狼又确实不在，就像一场大规模的人间蒸发。

主人的皮靴结了一层厚厚的雪壳，阻隔了它原本防滑的功能，使得主人走一步就要滑上一步，最后不得不就地安营扎寨，在暖和的帐篷里清理靴子上的积雪。篝火还是那么暖，哔哔剥剥的，就像一出热闹的堂会。我趴在雪地上，身上的毛蓬松开来，拼命地从篝火里汲取温暖，以预备明天在寒风中的行进。

不管外面有多冷，风有多大，我的舌头总是热乎乎的，热乎乎的舌头舔在冰凉的脚爪上，融化冰凉的雪。以前的夜晚，也是这样冷，风也是这样大，夜里总是能够听到灰熊低声的咆哮，好像在发泄着什么不满，还有野狼向天的沉吟，那些灰毛畜生真的蛮会装诗人，把雪山吟得多了三分清冷，让我浑身哆嗦。

说起来，今晚没有狼嗥啊。

月亮很圆，很清，很亮，很大，或许是在雪山上的缘故，格外清晰。雪山上的风刮起地上的浮雪，刮起一阵雪雾，迷了我的狗眼。真冷啊，冷风直往皮毛里钻。真静啊，为什么什么声音都听不到，狼嗥呢？熊咆呢？四周静得吓人，好像整座雪山都静止了，除了呼呼的山风，一切都停滞了。

主人倒是没觉得什么，难得有安静的夜晚，他可以睡一个好觉了。可我却怎么也睡不着，两只耳朵支棱着，妄想听到根本听不到的声音。太静了，静得让我害怕。现在哪怕有一声狼嗥，或者是万马踏地的巨响，这些都会让我紧绷的神经放松不少。可是没有，依然这样静，静得可怕，让我紧张。

安静的夜晚，我原以为会发生点什么，可是没有，就如一个普通的夜晚，就那样过去了。天边射来一缕晨光，照亮了沉寂的大地，照得主人醒来，在这雪山上继续寻找猛兽的踪迹。

虽然我预感到这安静背后的事情一定很糟糕，可糟糕的事情并没有发生，一切都是那么正常，仿佛安静是理所当然一样，仿佛这里亘古就是这样安静，从来都没有什么猛兽。

一连几天，都是这样。只要是活着的生灵，都要不断地去习惯这个世界。或许是我逐渐习惯了这安静的夜晚，遗忘了以前那危险的狼嗥。

远方的东北大地，有一个破破烂烂的砖厂。砖厂里有一个老王，整天等待儿子回乡。王兵离开家到西藏做生意已经有几个月了，这几个月里老王除了收到过两次王兵寄回来的钱之外，再没跟他有过别的联系，就是打电话也是不在服务区，天知道西藏的环境为什么这么恶劣，连手机信号也收不到。

王兵两次寄回来的钱已经有几万块了，靠着这些钱还有一些家底，老王的砖厂购置了几台新式制砖的机器，停工的砖厂慢慢运作起来，又开始盈利了。可是老王已经不再是那个坐在食堂门口啃大肘子的老板了，他只是静静地坐在那里，指挥着工人制砖，他已经不再需要自己的儿子往家里汇多少钱，为家里做多少事，他需要的只是儿子回来，回到他身边，仅此而已。

砖厂的生意一日日好起来，有些恢复了当年的兴盛。随着砖厂生意的回转，老王也愈加思念自己远在西藏的儿子。

而王兵，正面对着他开始猎人生涯以来最艰难的一次战斗。

我从没有想过绿色是这样讨厌的颜色，绿色，让人恐惧，让人生厌，让人失去战斗的勇气，让人……不知所措。

我一直以为绿色是树的颜色，绿得清凉，绿得油亮，让人和狗神清气爽。可今夜这绿色却让我从骨头寒到毛梢。

绿色，到处都是绿色，一点一点的，像灯笼一样，一盏又一盏绿色的灯笼，都是鬼火，冷到骨子里。

"嗷呜——"

我和主人靠在一起，主人端着枪，我龇着牙，绷紧了肌肉，我们的周围起码有二百只狼，围着我们转着。

"嗷嗷！"

狼嗥和犬吠，好像天生的对头。狼和藏獒，更是纠缠了几百年的敌人。一直以来，藏獒都是西藏这块土地上最强大、最神圣的存在，没有什么能撼动藏獒的尊严，哪怕主人也不能。可今天，藏獒可能要败在狼的手上了。

我不知道我是不是一只好狗，可就算我是一只好狗也斗不过这么多饿狼。

这群雪狼围得紧密，让人连突围的空隙都找不到，我只能瞪着我那火一样的眼睛跟这群混蛋对视，我的眼大，它们的眼小，小眼睛眯缝着，里面全都是奸邪诡诈。

"嗷呜——"

说真的，这群狼还真是让我佩服，竟然远远地跟了我们好几天，让我都毫无察觉，直到今天这样一个适宜的机会，我们才遇上了这群雪狼。它们是怎么做到的？

但凡有狼群，必有狼王。狼王，一个狼群的核心，绝对领袖，狼群的一切都归狼王领导，而能够领导这么大一群狼的狼王，可想而知，它的能力该是有多么强、多么大。而且从这段时间我们看不到狼，也看不到熊，看不到其他的猛兽来看，这只狼王的影响力不止停留在狼群之中。

"你们这的狼王是谁？嗷嗷！"

就算面对这样一群猛兽，我也不能丢了藏獒的气势！我是一只藏獒，我要比它们这群嗜杀生物高贵得多。

一只全身雪白的雪狼走了出来。看它一身皮毛，没有一点杂色，眸子全都被某些不知道是什么的东西染成了绿色，墨绿墨绿的，深不见底，让人心生寒意。

这只狼比其他雪狼要高上一头，身体没多健壮，但却极匀称，流畅的曲线激荡着无形无相的强大爆发力。

"嗷呜——"

狼王一嚎，群狼皆引颈向天而嗥，这种威势，百狼齐嗥，的确震人心魄，不过又能抵得上几只藏獒呢？我没有半分惧意，更没有理由惧它。

"嗷嗷！"

狼王眯着它那双狭长的眸子扫了我一眼，轻蔑地扭动了一下丑陋的长嘴道：

"藏獒，我是它们的狼王，我叫白爪，在这雪山上还算有几分薄面。"

王兵手上的枪攥得紧紧的，牙根也咬得没了知觉，面对这么多的狼，他能仰仗的有什么呢？手上的枪吗？子弹再多，多得过狼吗？到最后也不过是一个变成碎肉最后连血迹也剩不下的局面，到了这个时候，真正能仰仗的，怕是只有身边的串儿，还有自己人的头脑。

人，总要比畜生聪明。真的是这样吗？

我眼睛里看到的，是狼，好狗也架不住群狼。

第十九章
沦为狼俘

这个世界就像一口大锅，锅底的螺纹一圈套着一圈，刻画着玄之又玄的轨迹。有一把绿豆从九重天上落到了锅里，不停地翻炒，绿豆不平的形状与锅底的螺纹互相碰撞，撞出了无数条不同的轨迹，在这锅里交错、拥挤着……这就是一个一个的人，这一条一条的轨迹就是人生。

当然，我是狗，我的生活总结起来就叫狗生。此时，我的狗生处于低谷，受尽了侮辱，我觉得我会是这西藏草原上所有藏獒之中最丢脸的一个，哪怕我还没和它们有过交集。

身为一只藏獒，我居然被狼俘虏，这是我一生的耻辱，也是我这辈子的转折。如果没有这次被俘，或许我的命运就是这个样子，作为一只猎狗，跟着主人跟不同的猛兽作战，在每次胜利后得到牛肉作为奖赏，就这样过上十几年，或许在意外中死去，或者就这样活着，直到肌肉松弛，青春不再，渐渐老去，最后在砖厂里死守，终老。这就是我的结局，明眼人和睁眼狗一眼就看得出的结局。

可在这次被狼俘虏以后，我的命运发生了巨大的变化，变化究竟有多大，不敢想象。

狼王白爪昂首挺胸，四只雪白的脚爪稳稳地立在地上，两只绿眼眯缝着，闪着狡猾的光，眼角的纹路镂刻的是浓浓的不屑。不，那不是不屑，这一定是对我们高贵藏獒和高贵人类无法掩饰的嫉妒。

"藏獒，我们狼是有气节的种族，我们不做无缘无故的事，今天我们跟踪你们不是没有缘由的，也并不只是我们狼族的事，为了雪山上的生灵，我必须找到你们。"

这段话说得，就好像它不是一只嗜杀成性的狼，而是一只高贵的藏獒一样，杀戮成瘾是狼的本性。

"嗷嗷！我们做了什么不可原谅的事？嗷嗷！"

狼王白爪眯着的眼睛依旧没有睁开，嘴角的轻蔑有增无减，但它是狼王，既然是一个王，就不能丧失风度，尤其不能在敌人面前丧失风度。

"你们已经严重违反了这雪山上的秩序，搞得人心惶惶，你们是这雪山的公敌，甚至是草原的公敌。"

可笑，实在是可笑。一只狼，居然对着一只藏獒摆出一副居高临下的态度，俨然把自己当成了雪山警察，这是多么的可笑。我一想到那个白色家伙体内的肮脏骨血就想吐，再想到我的胃里曾经消化过这种恶心的东西，酸水就涌上了我的喉咙。

"噢，我一直都跟着主人，主人做的事，都没错，更轮不到你这只狼来管。"

白爪动了一下，银白色的毛上滑落下苍白的雪，我不得不承认，它的动作带着美感，还有一种说不出的优雅。

"杀戮生灵也没错吗！"

白爪一扫刚才的优雅，大声咆哮着，我觉得它的声音让空气都发出了爆裂的声音，让周围二百多头狼，一只藏獒，一个人的耳膜划得生疼。

"我们杀戮生灵，你们狼杀的还少吗？"

我的眼眶瞪裂了，嘴角吼开了，鼻子皱成了一团，声音也嘶哑得走了音。

周围的狼听到了我的话好像压抑不住心里的愤怒，鼻息扑到雪地上，可以清晰地听到呼呼的声响，好像在积聚着力量的洪流，只待爆发。狼王白爪一甩狼头，周围的声音马上静止，好像被凝结到了冰点。

而这个时候，火药味浓重，藏獒的刀牙与狼爪的触碰即将开始，这个时候，王兵动了。

"砰！"

王兵一枪打在了一只狼身上，子弹里好像填满了鲜血，打在狼的身上马上爆炸开来，一只漂亮的白狼马上染红了一半，红得漂亮，就像雪地里的红梅。

"嗷呜——"

我这辈子见到最可怕的猛兽，不是老虎，老虎虽然强大但还是可以对抗，也不是灰熊，笨拙的灰熊遇上藏獒也没有半分胜算。

但我们现在面对的，是狼，同时扑上来的二百多头恶狼。

狼挨着狼，狼挤着狼。无数只狼在扑过来的过程中倒下，又有无数只狼踩着倒下的狼冲了过来。我看得到它们的牙闪着银光，那是金属的光泽。虽然它们都是吃肉喝血长大的，可它们确实漂亮，就连奔跑过来撕咬我们的身姿都是这样让人迷醉。

"嗷嗷！"

"砰！砰！"

我对着狼群拼命撕咬，狠狠地撞在那些白毛畜生身上，把它们撞离我的主人，把刀牙插进它们白色的皮肉，勾出里面红艳艳的血筋。

王兵这辈子头一次遇上这么大的阵仗，一时也慌了手脚。他知道，能救他的还是他手里这杆枪，所以他握紧了枪，每一枪就有一只狼爆起一团血雾。

万狼奔腾，可我却能清楚地看到，狼王白爪连动也没动，它的脸上甚至看不到嗜血的光芒，眯起的绿眼睛里尽是……悲悯。

我不知道它接下来要做什么，我的眼皮越来越沉，身子越来越冷，不知有多少只狼牙扎进我的血肉，有多少狼爪在我身上留下抓痕。

我可以留在这里，但主人必须离开。这是深埋在我骨子里藏獒独有的忠诚。

可我却隐隐感觉我之所以这么拼命地要让主人离开并不是为了藏獒传承千百年的忠诚，而是……而是在草原上一座简陋学校里的那个人啊！我知道，她希望主人回去。

血雾连着爆开，主人的子弹也打了不知多少，我撞开了靠近主人的最后一只狼，终于，主人离开了。

我的眼睛很沉，我的身子很冷，好像堕入地狱，世间的一切跟我都没有了关系，我的眼皮沉沉的，沉沉睡去，不知会不会睡着，也不知要睡多久，只知道就这样睡去了。

阳光扎在眼皮上，不疼，但却刺得慌，刺痛了我的双眼，刺醒了我的灵魂。我从没想过我还能醒来，更想不到我会被阳光叫醒。

阳光是世上最急最烫的一眼泉，从皮肤烫进去，沿着藏獒高贵的被撕扯得乱七八糟的血脉，烫暖四肢，烫暖皮肉，烫进心里，直到把狗烫醒。

"嗷！"

我醒了以后就一个感觉，那就是痛，不是从内到外，也不是从外到内，是里外一起疼痛，一边用刀刮骨头一边撕扯皮肤那样疼。

痛是这么痛，可伴随着痛，我的知觉也在慢慢恢复，随着知觉的恢复，我能感觉到有一只脚踏在我的身上，臭烘烘的，指甲刺进皮肤，让人难受，这该死的狼爪子。

"你……醒了吧？"

一个清冷的声音传进我尚自混沌的脑袋里，跟阳光合到一处，彻底地把我唤醒。我睁开沉重的眼睛，周围都是白的。这不是身体眩晕而产生的幻想的光，而是切实存在的，雪山上反射来的光芒，雪白的银光。

我逆着这道银光看去，看到一个比这银光更加闪亮、更加圣洁的东西，浑身没有一丝杂色的雪狼王。

我的身体没法动弹，破破烂烂的皮肉流干了鲜血，不知道有多少只雪狼用它们腥臭的牙齿咬到我的皮肤里，不知道多少只雪狼肮脏的唾液玷污了我的毛发。上下颚很痛，喉咙也很痛，我的声音嘶哑，但我还要大声对着肮脏的狼王嚎叫：

"要杀就杀，卑劣的狼，你们也配看高贵藏獒的笑话吗？"

狼王白爪笑了，嘴角习惯性地勾起一弯轻蔑。纯白的爪子慢慢抬起，我看得到它的爪子沾上了我身上的血污，爪子黑了一块，又红了一块。

好像白璧上的瑕疵，虽然不影响玉璧整体的圆润，但却让人的眼睛不悦，就像在视网膜上扎了根钉子。

"我不会杀你，如果我要杀你那根本不用我动手，我的弟兄们早就把你撕碎了。我会留下你，但请你在我面前收起你藏獒可笑的尊严。也许藏獒是值得尊敬的，但它的尊严不在这里。"

我想站起来，可是残破的身体却让我站不起来，我站起来的动作就只能算是挣扎。

"嗷嗷！你妄想对一只藏獒做什么！"

狼王白爪昂着头，没有一丝杂色的毛发随风而舞，这身姿让我想起了一只狗，这种高傲的表情，什么也不放在眼里，永远挺拔的身姿，仿佛一切都只是玩笑而已。

我不禁把灰头和白爪在心里暗暗作比，如果小镇上那只嚣张的黑背狼犬遇上这只没有一根杂毛的狼王又会怎么样，黑与白的碰撞，孰强孰弱，我真的不知道该怎么对比。一个是狗，普通的狗，一个是狼，凶狠的狼，它们两个或许势均力敌，但是为什么我没有把我自己也加进去与它们对比呢？

或许在内心深处，我自己根本没办法跟他们比。但我理解不了，为什么它们身上流着平凡的血，长着肮脏的毛，但却敢于对着一只高贵的藏獒嚎叫呢。

"不要整天把什么高贵，藏獒之类的词语串联在一起，也不要整个世界都是你的主人是对的，更不要把肮脏低贱套在我的身上，我是狼王，不容玷污。"

我昂着头，不去理睬这家伙。狼王白爪笑笑，一爪子打低了我的头，很痛，但又不致受伤。

"希望你搞清楚，你现在是我的俘虏。"

第二十章
另一种狼

在我的心里，藏獒一直是站在高原山巅上的生灵。藏獒是高大的，是神圣的，而唯一能与藏獒的神圣相媲美的，同样处于高原山巅上的就是人类了。

可现在，我切切实实做了狼的俘虏，走在狼群的中间，一群狼对我横眉冷对，吆五喝六，只是迫于狼王的命令才没有把爪子按在我的眼睛上，从那里插进我的脑子。我走不脱，只能跟着狼群行进。

加入狼群我才知道，原来狼群并不是一直在的，在平时，狼群分散成一个个小的团体在雪山，草原游荡。或是两三只一伙，或是五六只一伙，一伙一伙的狼散遍了雪山，散遍了草原，给草原带来无数危机，带来无数杀戮与肮脏。

狼群散去，乱成一团，我不知所措，究竟是应该趁乱逃走，还是应该留在这里等着狼王的下文呢？作为藏獒，就算是狼的俘虏也该维护藏獒的尊严。

想到李若兰在学校里教书的样子，门缝里一瞥，只看得到一抹倩影，一闪而逝，别的什么也看不到。想到李若兰的身影，再想到主人……我必须离开这里，我要去找主人，也不知道主人逃出了狼群的包围有没有遇上什么别的猛兽。

我抬起脚，肌肉里蓄满了力量，只待狼群完全溃散我就可以逃出此地，在雪山上奔跑，走出雪山，回到草原，寻找我的主人，看一看李若兰……

"嗷呜——"

狼嗥，一声浑厚的狼嗥，很有气势，让我为之一震，脚下的步子也为之一顿，我还没弄明白怎么回事，就有一只狼脚踩在我的头上，力量极大，我被这一脚踩在地上，爬不起来。

狼王平静的声音从我头顶上响起，带着猫抓老鼠一样的腔调，让我难受。

"怎么了勇敢的藏獒，你想走吗？"

我奋力挣扎，挣脱了它的踩踏，站起了身子，也昂起头，挺起胸，傲然挺立，和一身雪白的狼王白爪对峙着。

"有本事就来一场公平的战斗，如果输了就放我走，我要去找我的主人！"

相比我的粗野，狼王白爪优雅得就像个绅士，每一个动作都恰到好处，让人挑不出半点毛病，这让我很不舒服。

"好，既然你觉得上次败得冤枉，我可以跟你打一场，如果你赢了你可以走，但是你输了，你就要跟着我，因为你是我的俘虏。"

我别无选择，只能答应它。对方是整个雪山的狼王，势力非常大，我势单力孤，能在一大群雪狼的眼皮底下跑掉，着实不易，一群藏獒或可直冲出去，但一只藏獒就只好选择跟狼王一战，这是我唯一的机会。

狼群散去，白爪好像对自己很自信，连护卫队都没留，只自己一只狼昂着头挺着胸眯着眼睛看着我，没有什么戒备，但又全都是戒备。我只能亮出带着棱的刀牙，弹出利爪，榨干肌肉里全部的爆发力，向着狼王扑过去，把对准了它的刀牙和利爪扎进它的血肉，换取离开的权利。

我从没想过藏獒会不如只懂得以多欺少的狼，我也从没把狼同强大划上等号。可今天，这只名字叫做白爪的狼，真真正正让我对狼的实力重新估量。我扑得猛，爪牙利，可白爪就好像没看到似的，猛地转身，白色的狼尾扫过一抹云光。一只雪白的狼爪在我眼前越来越大，带着挟雷赶风的力量。狼爪拍在我的身上，下一秒我就出现在了十几米外，喘着粗气，耗尽了体力来遏住继续后退的势头。

"嗷！嗷嗷！"

我吼着叫着，用我仅剩的力量一次次扑向狼王白爪，可无论我多么努力，无论我在多么刁钻的角度用多么锋利的牙爪抓向他，它都是动也不动，只是抬起狼爪，一次次拍向我，把我拍回原地。

我不知道我们之间的差距到底有多大，但我绝不承认这是藏獒和狼之间的差距，只是我技不如人，我败给狼王，但我们藏獒的獒王一定能打败它。

黑夜总会过去，太阳永远替换着月亮。藏獒不败，并非因为力量强大到无可匹敌，而是藏獒永远站在正义的一方。

趴在冰冷的地上，阳光晒在打蔫的毛发上，暖暖的，给我一种趴在那不愿起来的冲动。我到底要不要起来？哪怕打不过狼王，可我还要作为藏獒战斗，事关藏獒的尊严，藏獒在狼面前的地位，我必须坚挺气势，绝不退缩。

跟着主人在雪山狩猎有一段时间了，这段时间里我们一起杀死了不少山中猛兽，自信心也是逐渐高涨。我越来越多地去想：我是一只藏獒，藏獒是多么强大，藏獒有着怎样的尊严，我又该怎样捍卫藏獒的尊严，藏獒的勇敢，藏獒的忠诚，为主人立下怎样的功劳。可一件以前我常常想起的事现在却被忽略了。

我是一个串儿，并不是纯粹的藏獒，我的母亲是东北地地道道的土狗，这个世界上与我有关系的纯种藏獒只有我的父亲，可父亲又在哪里呢？我是藏獒，我也不是藏獒。如果是藏獒，那就得不停战斗，永不停止，直到生命的最后一息；而我不是藏獒，我有权利倒下。

血统，真的可以影响勇敢、智慧，一切的荣誉吗？这时的我深信不疑，可在我真正领悟藏獒真谛以后我才明白，我今天的所思所想，只是给我的软弱寻一个借口。

我瘫倒在地上，大口呼着气，没有一点藏獒的高贵，也失去了藏獒的英勇，就像一只流浪狗一样，不停地喘气，在失败面前低头，在狼面前低头。

白爪缓缓走到我面前，我鼻子里呼出的气吹到了它白色的脚爪上，丝毫没有改变它的颜色，还是那样的颜色，白得纯净，白得发亮，好像由金属浇筑而成，蕴含无尽的力量。

"你和别的藏獒不太一样。"

不一样，到底还是被看出来了，我不是真正的藏獒，我只是一个串儿，串儿，当然不一样。

"呼哧，我只有一半藏獒的血统，当然跟别的藏獒不一样。"

白爪笑了，笑得还是那样的轻蔑，惹人厌恶，好像不把雪山上的王者藏獒放在眼里一样，真是无理至极。

"我说你不一样，不是说你的血统，也不是说藏獒这个种族，我说的是你这只狗跟别的不一样。"

我这只狗？我，也能单独拿出来说吗？我不知道是不是真的可以。一直以来我的身上就缠绕着两种身份，一是藏獒，伟大的藏獒，一是串，低贱的串儿，可我从未想过，除了藏獒，除了串，我还会有另一个身份，那就是我自己，我这只狗。

"我……哪里不一样？"

狼王把我拉了起来，抖了抖它雪白的皮毛，抖尽上面的灰尘，白狼胜雪。

"这个不重要，你要是休息够了那就跟我去个地方，有一天你自己会明白的。"

老实说，我从未想过"我"这个概念可以提升到与"藏獒"、"串儿"这两个名词同等的高度，我也很惊讶，第一次把"我"和"种族"的观念提升到一个高度的家伙是一只雪狼，低劣的雪狼。

而我是这低劣生物的俘虏。

狼王白爪没有再为难我，而是带着我伏击了草原上的羊群，叼走了一只又大又肥的羊。看守羊群的藏狗不停吠叫，穷追不舍。可那些藏狗又怎么追得上狼王的速度？白爪叼起肥羊，如同一道白色的旋风，瞬间消失不见，只留下一群乱了阵脚的羊，一只愤怒的藏狗。

这过程中，我始终没有露面。虽然我从未牧羊，但我知道这不是一只狗的所为。我可以做狼的俘虏，可我不能做狗的叛徒。

白爪抓了一只肥羊并没有用利爪把它撕裂，然后吃掉。它甚至没吸那只羊的血。我不知道它要做什么，它叼着羊，也说不出什么话来，只是甩甩尾巴，示意我跟着它，我只好跟着它。

一个小山谷，很小，虽然地方小，但我能闻到这里腥冷的味道，狼的味道。

狼，一直都是在整个草原游荡，永不停息，把厄运和杀戮带给其他生灵的东西，它们少有静止的时候，也少有固定的窝点，它们嗜血好杀，为整个草原厌恶和仇视。可我在这山谷里却看到了另一种狼，颠覆了我对狼的印象。

这里的狼，眼睛里绿色光芒微弱，皮毛一点也不光滑，十分黯淡，就像发霉的稻草。它们的皮毛色是很杂的，黑色，灰色，黑灰色，跟一身白毛的狼王白爪比起来根本就是杂种。可白爪这次就是来看它们的。

我的出现让这群狼表现出强烈的敌意，狼们伸出利爪，龇出獠牙，拿出所有的一切看家本领向我示威。可它们看到我健壮的肌肉和带棱的刀牙就本能地向后退去，而我看到了它们一层薄皮下包裹的纤细骨头。

这些狼，或老，或弱，或病，但更多的是残疾。有的狼少一只前爪，有的少一只后爪，还有的半边身子血肉模糊，散发着恶臭。它们是狼，面目可憎，带着凶恶。可在它们丑陋的外表下，我实在没法产生什么敌意，有的只是同情。

我看着白爪，它正把肥羊发给那些狼，我不明白到底发生了什么，这里我认识的只有白爪，狼王白爪。

"它们这是怎么了？"

白爪看着我，平静道：

"它们是狼，另一个样子的狼。"

第二十一章
像狼一样

　　草原上有羊，像云朵一样洁白的羊，在绵绵的毛下是肥肥的肉，羊肉味道鲜美，羊的胃不知被施了什么咒法，竟然有着能把水灵灵的青草变成肥滋滋羊肉的魔力。老实说，我喜欢吃羊肉，它有着一种独特的膻味，肉质嫩滑，肉香浓郁，一块流干了羊血的羊肉若是到了嘴里，那美妙的肉味就会刺激舌头上的每一个味蕾，让它们跳舞，欢呼，每一个味蕾都摇着尾巴，好像要迎接这美味进入喉咙。

　　我以前没少吃羊肉，在老王的砖厂最辉煌的时候，我的伙食水平极高，天天红烧肉，月月有羊汤，隔三差五还能啃上红艳艳、油滋滋的酱猪蹄，那段日子我虽然在笼子里，但好吃好喝又有小镇首富的主人是何等的风光！到后来，离开了那无论我怎么抓怎么咬也奈何不得的钢筋铁笼，来到了西藏，生活差了不少，也没了每天吃到肉的条件，但隔三岔五还是吃得到美味的羊肉，那是我主人王兵的恩赐。

　　哪怕是作为狗中野兽的藏獒，我也很少自己捕食，我的食物都来自主人的喂饲，不管是肉，还是其他的什么，都来自主人的喂饲。如果说在我并不漫长的生命力有着自己捕食的经历，那就是我和主人在雪山上疯狂狩猎的那段时间，没有放干净血的狼肉，硬邦邦的，散发着腥臭，进到胃里，令人作呕。别人的捕食都是快乐的，都是让胃囊慢慢填满美食的过程，而我的捕食则是把胃里填满垃圾。

与其说是捕食，不如说是杀戮，更贴切些就是为主人清除废料。

今天，我真真正正参与了一场快乐的捕食，到嘴的是滋味从舌尖滋润到尾根的肉味，我为这肉味迷醉。为了吃到这美味的羊肉，我受尽屈辱，出尽洋相，丑态百出，在一群狼和羊的面前丢尽藏獒一族的颜面。

草原上有羊，像云朵一样洁白的羊，绵绵的毛下盖着肥嘟嘟的肉，惹人垂涎，惹狗垂涎，惹狼垂涎。草原上不只有如云朵般洁白的羊，围在羊周围的，还有三两一群到处都是的狼。作为一只狗，对人类无比忠诚的藏獒，我本该傲然立在羊群前面，拼尽全力跟狼群战斗，保护人类的财产，还有那些羊的生命、血肉、毛发。

我在狼群之中，帮助这些狼抓羊。这羊群很大，里面有很多羊，也有很多看守羊群的藏狗，今天是狼群少有的集体觅食的日子，这些藏狗又怎会是几百只雪狼的对手，在草原上能跟狼对抗的狗唯有藏獒一种罢了，而现在场上唯一的藏獒就在狼群之中，帮助群狼对付藏狗，帮助群狼抓羊。说来颇有些讽刺意味，可这确实是真实的，这只藏獒是狼的俘虏，但这只藏獒永远都不会承认。当俘虏的只是个串儿，并不是藏獒。

说起来，我还从没参与过这么大的阵仗，被狼群围攻我经历过，但混在狼群里围杀羊群还是第一次。羊群都聚在了一起，灰的狼围上了白花花的羊，一圈又一圈，一层又一层，里三层外三层，就算羊群有不止一只藏狗的保护，这些羊也绝没有全数逃脱的可能，就算现在羊主人拿着猎枪出现也无济于事。

白爪没有冲到最前面去跟那些藏狗战斗，那是普通雪狼干的活儿，那些身上长着灰色杂毛的狼，它是全身雪白的雪狼王，这种工作不需要它去做，它只是静静的，像往常一样，眯缝着墨绿色的眼睛，不知在想什么。

狼的工作很简单，围住羊，叼走羊。而我，狼群里唯一的藏獒，极其特殊的存在，白爪交给我的任务则是牵制住看守羊群的藏狗。

我的身材高大，不逊于老虎或者狮子，刀牙带刃而狭长，闪烁着金属的光泽。而我面前的这些藏狗，毛色斑驳，脚爪粗糙，脸色晦暗，无神的双眼冒着浓浓的傻气，我只要用一只脚爪就能让它们肚破肠开，可是我不能这样做，它们是狗，我又何尝不是？

我束手束脚，生怕伤了它们。它们守护主人的羊群，哪里有半点过错？它们忠心耿耿，又为何招致噩运？我不敢去想。

"嗷嗷！你们快走吧，这里狼多势众，你们是无论如何也敌不过的，还是快走吧！"

藏狗们听懂了我的意思，也看出了我藏獒的身份，向我狂吠：

"汪汪，汪，汪汪！藏獒，你是藏獒，为什么帮助狼来对付我们！"

就这么简单的一句话，让我无言以对。我该说些什么呢？我又能对它们说什么呢？告诉它们我是迫不得已，我是狼的俘虏？还是告诉它们我根本就不是藏獒，我只是个串儿？不不不，这些我都不能说，我没有勇气践踏藏獒的尊严，践踏我父亲的荣誉，眼前这几只藏狗让我自卑，我不想把我碎铁断金的利爪插进它们羸弱的身体，我不想说什么也不敢说什么，可我不得不跟它们再次对话，再次劝告。

"你们快走吧，你们打不过我们的，不要留在这里白白丧了命，快走吧！"

就算身体不如藏獒这般强壮，就算没有雪狼那样强大的战斗欲望，它们只是最普通的藏狗，可它们在面对藏獒与数不清的野狼的时候没有半点退缩。我没有主动进攻，主动进攻的是它们。

狼群牵制住了几只藏狗，把它们围在那里，待包围散开，恐怕连毛都不会剩。我面前的藏狗，只剩下了四只。老实说，对藏狗这种东西我不会有丝毫的畏惧，我也从没有看得起过它们，他们不过是生活在藏獒荫庇下的一群看门狗罢了。这个时代，是一个文明的时代，藏獒作为一种威名远播又凶名赫赫的大型犬不是什么人都能饲养的，也不是什么人都有能力饲养的，就是这草原上的藏民，有能力饲养藏獒的也是不多。在几十年前，这里是藏獒的天下，看护羊群更是藏獒的职责，藏獒有着强大的实力，又怎会容许狼群的欺凌？可惜现在藏獒稀少，更不知道该到哪里去找，守护草原守护羊群的职责就这样落到了这些普通的藏狗身上。

我鄙视它们，它们也鄙视我。可我的鄙视到了它们那里全数转化为愤怒，它们对我的鄙视到了我这里让我心烦意乱。它们没有退走，它们展现在我面前的是普通藏狗的尊严，没有藏獒那样强大的力量，也没有什么高贵的血统，只是普普通通的藏狗，它们给我看了属于它们的忠诚，忠诚就是狗类的尊严。

身在狼群，我却背叛了主人，背叛了藏獒，甚至背叛了狗，更是背叛了我的父亲。比起这些普通的藏狗，我都不如，我心有愧疚。不知道哪位伟大的藏獒说过，一只狗，如果心里有了愧疚这种东西，那么它的爪将被无形的锁链桎梏，它的刀牙也被叹息的锈迹蚀朽，它将不再无敌，不再配做一只藏獒。

而现在，我就是这样。它们根本不是我的对手，无论是力量还是身体的敏捷程度，他们拼尽全力，爪子只能擦到我的鼻子前，却再也不能前进分毫，虽然只是一点点，可这一点点，就是血统的差距，是藏獒与藏狗的差距，永远也无法填补的差距。

我知道，它们今天都得死，那几只被狼群围上的更是必死无疑。可我却不希望它们就这样死去，所以我手下留情。它们身上有一样很珍贵的东西，对于狗来说，无比珍贵，视若生命，这就是忠诚、荣誉。

在我被狼群俘虏的那一刻，在我被逼面对这四只藏狗的那一刻，我的忠诚和荣誉就像从骨子里被生生地剥夺了一样，痛彻骨髓，直到心扉。

狼，果然是一种极其嗜血好杀的动物，一大群羊被狼围到现在已经被叼走了一小半，只剩下一群较为灵巧健壮的羊还能略闪躲它们，饶是如此，抓羊的行动还是接近了尾声。

如果说这次抓羊还有什么需要解决而又没有解决的东西，那就是跟我缠斗这四只藏狗了。

"你们还是快走吧，你们护不住这群羊，打不过我，更打不过狼群，还是快走，说不定还能带走一些羊。"

回答我的不是理性，也不是感性，而是没有任何含义的犬吠，尽是疯狂。

"汪呜，汪，汪汪！"

我不愿出手，只是用狮子般的威猛把它们撞离我的周围，收敛尖牙和利爪，可是……

就算我再努力，这也是在狼群之中，我是一个独立的个体，是一个外人，而狼群要怎么做我无能为力。依照它们那嗜血好杀的本性，果然……

"嗷呜——"

一只白色的利爪冲破重重狼群和羊群的阻碍从我身边擦了过去，穿进了一只藏狗的心脏。紧接着，一阵白色旋风刮过，四只藏狗死了非命。

白爪的爪子变成了红色，白色的面孔依旧洁白。

"你就不能像一只狼一样杀伐果断吗？"

第二十二章
狼之生活

一连几天我都没心情去吃什么东西，最多也只是捡点肉渣舔舔羊脂充饥。那次围羊行动对我的刺激太大，我无法接受四只活蹦乱跳的藏狗在我的面前被开膛破肚，他们毕竟是我的同胞啊。屠夫牙尖爪利，干净利落，几乎是在一瞬间就夺走了四条生命，把它们变成了爪子上没来得及舔净的鲜血。

随后，四只藏狗惨遭分尸，就连骨头毛发也被这群怪物生咽下去。我不知道这算什么，弱肉强食吗？也许是的，可是又不是，仅仅是弱肉强食又怎么能让藏獒飙泪、茶饭不思呢？这究竟是一个怎样的世界，让身为藏獒的我混迹狼群，又让我在狼群之中逼死了四只同类，同类相残，原来不只在人类中有，我身上也有。这算是所谓命运吗？

我是该骄傲还是哭泣？

所有的狼都在啃食它们的战利品，能吃上好几天的肥羊肉，鲜嫩多汁，滑过口腔内壁将有着无法形容的美妙感觉，那种腥膻，那种鲜血，让人恶心，让狼迷醉，也让藏獒迷醉。

可此时的我嘴里咀嚼的却不是这世上第一等的血食，而是随处可见的牧草，多汁，清爽，富含丰富的植物纤维，带着一种清香，能中和掉血腥之气，这清香令狼和藏獒难以下咽，但我却咀嚼着它。

又水又涩的青草味从舌头舔进去，又从鼻子喷出来，这个过程持续不断，循环不止，好像我不是一只吃肉喝血跟着主人在雪山上经历过无数战斗的藏獒，而是一只在草原上懒洋洋散步，沐浴着金色阳光的牛羊。可我不是牛羊，我的嘴不知咬碎过多少骨头，我的皮毛浸渍着血污，我是勇敢的藏獒，可我却做了狼的俘虏，我是一只藏獒，可我又何尝不是一个屠夫？

我就坐在那里，咀嚼青草，像一只真正的牛羊，往肚子里填充青草，仿佛这样能够洗刷干净身上的污血。可我的心里明白，来不及了。从我离开砖厂的钢筋铁笼跟着主人来到雪山的那天起就来不及了。

"你在想什么，是在为那些羊流泪，还是在为那几只狗超度？"

在这个声音响起之前，我无知无觉。藏獒的耳朵灵敏，嗅觉强大，对于周围事物的感知比起其他种族要强大得多，就算说我们是活的地上雷达也毫不夸大，可我丝毫没有察觉说话的这个家伙是什么时候出现在我身边的，好像刚刚来到，又好像一直都在。出现这种情况的原因有两个，一个是我聋了瞎了失去味觉了，还有一个就是那家伙有着很强的隐迹本领，答案当然是后者。

狼王白爪还是老样子，一身白毛像雪一样，一尘不染，纯洁的雪。它站在我身后，眯起那双眼睛，让我心里很不踏实。

"我没在想那些，嗯……或者说，都在想。"

我不知道为什么要回答它的问题，或许是身在屋檐下，不得不低头？抑或是在这狼群之中唯一能说得上话的就只有它了？再或者……我是真的想找个人说说吧，迷茫的人都是这样。

狼王白爪永远是一身白毛，不染一丝杂色，看起来是那么圣洁，可这圣洁的皮毛下却流淌着狼族狂暴的血。但我觉得它是一只不一样的狼，与别的狼比起来，它没有那么残忍嗜杀，哪怕它在我面前把那漂亮的白爪插进四只藏狗的胸膛，带出热乎乎的鲜血。

"知道吗，你是一只不一样的藏獒，所以你现在还是一只藏獒的形状，而不是一堆碎片，或者一坨粪便。"

藏獒本该是最强壮的种族，身材堪比狮子，而狼的身材与普通藏狗无异，藏獒站起来应该会高出狼一头才对，可眼前的狼王白爪显然是狼群中的一个异数，只是坐着就跟我站着差不多高，身材匀称修长，好像天空划过的一只苍鹰，更像大海中游过的蛟龙。

狼王的身姿让藏獒自惭形秽。

"我觉得我很普通，跟普通的藏獒比都不如，倒是你，高大威猛，在狼群里你才不一样呢。"

白爪看了看我，一双绿得发黑的眼睛眯成了一条线，两条线里射出两道精光。让人心悸。

"你没接触过其他的藏獒吧。"

我点点头，我预感到它将要告诉我一些有关藏獒的事，老实说，我很期待。那个强壮的种族，高傲的种族，忠诚的种族，流淌着西藏草原上最神圣最高贵的黄金血液的种族，可以说我对它们知之甚详，就连身体里也流着它们的血液，也可以说我对藏獒一无所知，因为我没有见过一只真正的藏獒。

白爪，作为整个雪山雪狼的首领，藏獒的死对头，它对藏獒的了解恐怕要比我这个外来客多得多。狼与藏獒并不是天敌的关系，但它们是敌人，是敌人，互相的了解恐怕要比天敌还要多。

"如果我问你藏獒是什么，你可能会说它是什么草原上最伟大的精灵，或者什么最高贵的种族，各种各样的词汇，可我觉得都是在浮夸，藏獒，都是天真的蠢货，毫无例外，就连獒王也是这样。"

藏獒是蠢货，它怎么能这样说？藏獒的本能让我不由得拔高了身子，弹起并不能言善辩的舌头。

"你怎么能这么说，藏獒……"

一只如冰雪雕成的利爪横在我的面前，上面的寒气逼得我不能说话，于是我不说话，只看着白爪，等它说话。只有爪子锋利的人才能说话。

"你可能不知道别的藏獒是什么样子，我可以告诉你。我每次遇到藏獒都免不了一场恶战，跟它们没法交流，只能用尖牙和利爪让它们清醒。每次一见到狼，或者熊，它们都是喊打喊杀的，伴随着扑过来的藏獒还有枪声、炮火，藏獒是草原守护者，可在雪山，它们远没有我们狼族受山上的动物欢迎。"

如果说世界上什么最荒谬，以前的我可能会说一只藏獒能跳得出钢筋浇筑的铁笼是最荒谬的事；如果说世界上什么最荒谬，刚刚的我可能会说一只藏獒被狼俘虏混迹狼群是最荒谬的事。

但是现在，如果你问我什么是世界上最最荒谬的事，我一定会告诉你，狼王白爪说的话就是世界上最荒谬的事。

藏獒在雪山上一直都不是一个受欢迎的种族，这该是多大的一个笑话！

白爪眯起的绿眼把我的表情动作一丝不落地扫了进去，嘴角勾勒出一个招牌式的轻蔑微笑。

"你可能不信，但我告诉你，是这样的。无论是狼，还是熊，抑或是狐狸，没有一种动物会喜欢藏獒，比起藏獒，它们更喜欢狼，我们比它们受欢迎得多。"

狼，熊，狐狸，都是坏蛋中的坏蛋，都是残忍嗜杀的种族，它们的骨头里流着卑劣的血，它们怎么配跟藏獒相提并论？随着心脏一下又一下的跳动，我的血液在沸腾，脑子里的愤怒和这些念头犹如失控的野草，在疯长着。

但很奇怪的，除了这些，我的心里还有另一个声音在告诉我，白爪说的这些都是对的。

这是我的声音，串儿的声音。

"为什么会这样？"

白爪没有马上回答我的问题，它还在笑，笑得是那样轻蔑，那样高贵，那样典雅，笑容中带着一点苦涩无奈。山风吹过，吹起了它身上雪白的毛，它仰望天空，好像看到了什么，其实什么也没看到。我第一次看清了它的眼睛，绿得发黑，绿得透彻，好像能看透时间一切迷障，好像一块翠绿的树叶被泼了墨似的。

"暂且不说这个，我想你很想从狼群里离开吧，我可以让你离开，不过在离开之前你得为我做一些事情，也得学一些东西，做完了自然可以离开。"

离开，被放走？我本来对短期内离开已经不抱希望，只指望着狼群空虚的机会好逃离狼群，可白爪的话让我对离开又升起了希望，我是多么渴望离开这里，去寻找我的主人，去看看学校里的孩子们，去看看……那个女人。

"我需要做些什么？"

白爪笑笑，从它身后叼来一块撕去了皮毛的羊肉，羊肉已经放干了血，颜色粉红诱人。

"很简单，吃了它。"

羊肉味传到了我的鼻子里，香香的，有着独特的腥膻气味，让我的舌下开始积聚唾液，我听从了白爪的命令，用舌头把它钩进喉咙，享受着羊肉咀嚼物从食道滑进胃里的快感。

周围的狼都在看我，眼睛里闪着绿色的光，幽幽的，犹如鬼火。

"就这么简单吗？"

白爪满意地点了点头，周围的狼，不满地轰鸣着喉咙。

"很好，当然没那么简单，这只是第一步，我让你做的是学着像狼一样生活，学会了我就放你走，我以狼王的名义起誓，说话算话。"

很好，我知道它的话是真的，可我却不知道为什么，这只狼王的说话和做事总是让人难以理解，出人意料。

"为什么？"

白爪已经站起了身，雪白的毛发没有染上一点尘埃。

"因为你是一只不一样的藏獒。"

我是一只不一样的藏獒吗？我不知道，因为我没见过别的藏獒，可我知道，白爪绝对是一只不一样的狼。学白爪算是过狼的生活了吗？我不知道，也许算，也许不算，白爪到底是不是一只狼？

无论白爪如何，我都得去学着过狼的生活，因为我要摆脱在狼群里的生活。

第二十三章
王兵变化

　　上次在雪山被狼群围攻实在凶险，直到现在，王兵一见到白色还是忍不住地哆嗦。那一天，串儿拼尽了全力给王兵争取到了逃生的机会，自己被围在狼群之中，性命难得周全。而现在的王兵却躲在帐篷里，闭门不出，享受大难不死捡来的生命。

　　人是一种很脆弱的动物，要比藏獒脆弱得多。藏獒可以狠狠地撞击钢筋铁笼，哪怕头破血流，一千次，一万次，它还是会坚定地撞去第一万零一次，可人不行，人若是撞疼了，定会把自己安置在家里，慢慢舔舐伤口疗伤，不让别人看到。

　　王兵就是这样，把自己关在帐篷里，不想让任何人看到他失魂落魄的样子，可事与愿违，他的帐篷每天都被强行打开，有人每天都来骚扰，每天都看到他这副衰样，每天都带来安慰。

　　今天也是一样。

　　清晨的雾刚刚散去，阳光得以毫无阻碍地照耀人间，这是普通人起床的时间，可我们勤劳的藏民却已经赶着数不清的牛羊不知到哪里去了。王兵是个普通人，毫无疑问，要把他跟勤劳联系在一起是不搭的，所以他刚刚起床。

　　口是干的，口腔黏膜之间好像没有一滴水来滋润，让人担心会不会粘在一起又无法分开，变成剥了皮的冻柿子。舌是燥的，所有味蕾都已枯萎，一旦舌头扭动，它们都将脱落，粉碎在咽喉里。肚子是饿的，它在收缩，它在呻吟，它的问题是口和舌问题的根源……

　　"咕噜，咕噜。"

　　好吧，王兵确实饿了。

　　"王兵，你起床了吗？"

　　帐篷外响起了一个声音，站着一位佳人。这佳人从内到外的美丽，这声音又美又甜，在这草原上这样的佳人也只有李若兰了。

　　老实说，王兵希望她进来，又不希望她进来。王兵想要看看她，用酸软无力的手抚摸她的脸，却又不想让她看到自己憔悴的面容。人，真的是很奇怪。藏獒与狼矛盾，熊与狐狸矛盾，人与自己矛盾。

　　"我起床了，你等一下，我马上就来给你开门。"

　　最终，想要见到李若兰的念头还是占了上风，王兵收拾了乱七八糟的帐篷，打开了门，迎来了穿着整齐得体，犹如一阵春风般温暖的李若兰。

　　"王兵，你最近怎么了，看你状态不太好啊，串儿呢？还没回来吗？"

　　她的问题如往常一样，还是得不到回答。王兵就那样坐在那里，双手掩面，好像是不想让她看到他那张灰蒙蒙的脸，也可能是他对自己的指缝能拦住眼泪有着绝对的自信。

　　"我没事，真的没事，不用管我，你回去给学生上课吧。"

　　王兵这个样子，李若兰又怎么能放心地离开呢？

　　"王兵，你别这样，你这个样子我真的放心不下，到底发生了什么，让你变成现在这副样子？"

　　王兵不知道应该怎么回答她，甚至不知道应不应该作出回答。"现在这副样子"，说得真好，王兵现在到底是怎样一副样子，是胡子拉碴，还是头发糟乱，抑或是身上积满泥垢，这些都不重要。

　　看在李若兰眼里的"这副样子"，只是王兵那双空洞无神的眼睛。

　　王兵还是用双手捂住脸，蜷在被子里，被子的大半披在他身上，少半搂在他怀里。王兵真的不愿意李若兰进他的帐篷，看到他现在的样子，可他又不能阻止李若兰进来，因为他太想要见到她了，这念头太强大、太疯狂，压过了理智。

"我真的没事，你快走吧，我没事！"

如果王兵是透明的，那么李若兰此时一定看得到王兵扯开的嗓子，逐渐尖锐的声音和变态的情绪，可惜王兵不是，所以李若兰没有察觉到这微妙的变化，没有随之变化。

"对了王兵，你还没吃饭吧，我今天起早给你包了饺子，很久没吃了吧，你们家串儿也是特别爱吃饺子呢，快来尝尝！"

老子说过上善若水。水，无坚不破，无孔不入。事实证明，老子是对的，纸里包不住火，手指拦不住水，王兵的眼泪从指缝里渗了出来，一滴又一滴，好像穿石之水，击溃了王兵内心的坚强。

"串儿……串儿不在了。"

串儿？饺子从李若兰的手里滑落，滑进了王兵的被子，可惜被子没有嘴不能享受这美味，不然它一定感激涕零。

"串儿不在了？串儿怎么了？是谁干的？"

串儿怎么了，它当然是死了，在王兵心里，它的骨头能不能剩下都得两说呢。是谁干的，当然是狼干的，王兵亲眼所见，亲身经历，整个雪山上都是雪狼，那偏灰的白毛像极了雪的颜色，站在雪地里如若无物，身姿健美，可就是这些白花花的东西，逼得王兵放光了枪里所有的子弹，逼得串儿付出生命，这才为他争取到逃走的时间。

颜色太像了，狼的颜色，雪山的颜色，有的时候王兵都会想，到底是狼群要亡他还是雪山要亡他。串儿被狼群撕碎了他很难过，而羞涩的钱囊让他更加难过。没有了串儿的护佑，他在雪山上很难立足，会遇到什么样的危险实在难说，以后还怎么去打猎。没有这些，他王兵又算什么，李若兰还能跟他在一起吗？

没有人会在草原待上一辈子，李若兰也不会。不管会不会，王兵是这样想的。

"串儿……它吃了毒老鼠死了，我……我不能没有它。"

王兵很聪明，他把自己悲伤的原因从以后的日子里在雪山上的孤立无援，转移到了串儿的死。不但回避了自己失败的事实，也从另一个层面表达了哀思。

李若兰脸上的温情一下子消失了，神情变得黯淡，黯淡中带着浓浓的怀念。她喜欢王兵，也很喜欢王兵那只听话的藏獒，串儿。那粗糙的舌头舔过她的玉手，总是有一种触电般的麻痒使她发笑。

人们都说藏獒是最死忠的一种狗，除了主人，见谁都咬。可串儿不是这样，它从来都没对李若兰露出一点凶相，它的尾巴是蓬松的，像一卷绒云，漂亮，又充满动感。

可是现在，串儿不在了，李若兰想哭，眼泪却被王兵抢先流了出来。

"你也别太伤心，串儿都已经走了，伤心也没用，越是这种时候，越要振作。"

振作，让王兵振作，究竟该怎么振作？又为什么振作？能让王兵振作的除了一只威猛无比的猎狗，一杆能喷出魔火的猎枪还有什么呢。至于振作的原因，除了红艳艳的票子，不用挨饿受穷，能过上可以给李若兰买礼物的潇洒日子，仅此而已。

串儿离开，虽然让王兵很伤心，但这种伤心还无法与失去财源相比。

"我没事，你不用管我，让我自己静一静吧，学校那边等我好一点了会回去的。"

李若兰点点头，把掉进被窝里的饺子收拾了一下，转身就要离开，可是，王兵突然抓住了她的手，把她揽在了怀里。

"若兰，我……"

李若兰没有挣扎，她的身体瞬间就僵硬了。王兵的体温直接传到她的身上，让她心醉，不知如何动作，更不知如何是好。虽然李若兰在心里是喜欢王兵的，王兵也喜欢李若兰，可两个相互爱慕的人从未有过如此亲密的举动。

李若兰没有挣扎，她慢慢放松，使僵硬的身体重新变得柔软，她想用这种方式安抚王兵的情绪。跟身体同步柔软的还有她紧张的神经。她很享受这种感觉、这种气氛，虽然这种气氛让她尴尬，但是她又很享受这种暧昧。

"王兵，好好的，不要因为串儿的离开悲伤，不管串儿在不在，生活还要继续。再说，还有我呢。"

王兵点点头，把她抱得更紧了。他有一种真实与虚幻之间的感觉，有一股强大的力量把李若兰拉离他的怀抱，无论他怎样用力，搂得怎样紧都无济于事，李若兰会被这种力量拉开，他将永远也见不到她。

没有了串儿，生活还将继续，王兵知道，他的生活随着串儿的离开将发生一些变化。去雪山打猎变成了一件很难的事，那群恶狼也给他上了生动的一课，告诉了他雪山上这群原住民的威严不可侵犯。

王兵的情绪已经稳定下来，眼泪不再流，心脏也不再颤抖。他紧紧抱住的李若兰与他身心相连，她能感觉到王兵的好转，那个王兵回来了，李若兰相信，在不远的将来他还会站在学校的讲台上，笑着给孩子们讲课。

"若兰，放心吧，我没事了，我会好好的。"

李若兰挣脱了他的怀抱，接着做回刚才的活儿，把那些饺子收拾干净，很自然地在屋里忙活着做起了饭。

看着李若兰的背影，就这一刻，王兵才真正明白有个人给自己做饭是多么的幸福。

第二十四章
狼熊之争

　　若要问雪山上最强大的动物，那非灰熊莫属。锋利的牙齿，厚重的熊掌，铁塔一般的身躯，钢针一样的熊毛，走起路来整个雪山上的积雪都在颤抖，而在熊之下的，就是那成群结党，目射幽光的狼。

　　灰狼、雪狼，所有的狼，在雪山上，自然以雪狼为尊。不只是因为雪狼那圣洁的毛色，还因为雪狼之中有着一个全身雪白没有一丝杂色的最高狼王。

　　狼王白爪，统摄整个雪山上的狼族，无论是灰狼、雪狼，还是那些跟狼族沾上一点边的动物，狼王一啸，群狼莫敢不从，就连那些狐狸一类的其他种族也要给白爪几分薄面，可以说白爪就是这个雪山上兽类之中的魁首。

　　如果说在这里有什么是不服狼王白爪管辖的，那就只有三种东西，第一是人类，万物之灵，创造了猎枪、火炮这些杀器，处于食物链最顶端，不惧任何种族。第二就是藏獒，藏獒是一个忠诚的种族，只对主人负责，为人类护佑牛羊，厌恶狼身上浓重的血腥气。与其他任何种族的关系都不怎么好，也不买他这笔账。而第三个，就是身强体壮，实力强横还在狼族之上的熊了。

狼王白爪蹲在雪山上，雪山上的寒风虽然刺骨，却不能吹透白爪那与雪山一样洁白的狼毛。

"嗷呜——"

狼王向着雪山发出了一声长啸，整个雪山的野兽都被惊动，弱小一些的甚至匍匐在地，以此来表达对狼王的尊敬。狼群还是那个样子，四散成三五一群的小队，如果没有狼王的召唤，狼群一直都会是这样一个散沙状态。

而我，就被分在了狼王白爪这一小群，而这一群只有两只狼，一直是狼王，一直是被当作狼的藏獒。

"你为什么要叫，你这样整个雪山的动物听到了就不得安宁，你不觉得你是在影响雪山的秩序吗？"

白爪看了看我，眼睛里的绿光照进了我的眼睛深处，纯净的墨绿映在我浑浊的串眼里，让我肌肉紧张，皮肤发寒。

"你觉得我影响了雪山的秩序吗？恰恰相反，我是在维持雪山的秩序。"

我不明白它这样做怎么算是维护雪山的秩序，吓唬山上的动物不让它们安静地生活这就是维护雪山秩序了吗？如果是这样，那白爪的逻辑实在荒诞。

"我不懂，你这样做怎么会是在维护雪山秩序，雪山上的动物听到你的嚎叫一个个诚惶诚恐，强大如灰熊，弱小如老鼠，都被震动，我真的不知道你是在影响秩序还是维护秩序，你到底想要干什么？"

白爪直起身子，抖了抖身上的雪，傲然站立，又是一阵狼嚎，震得我耳膜生疼。虽然这狼嚎对于身具藏獒血统的我并没有震慑的效果，可是一遍又一遍地听也会让人厌烦。

"我之所以隔一段时间就嚎叫一次是因为我要告诉这雪山上的动物，我白爪还活着，只要我活着，弱小的就没那么容易被欺凌，一些想要为所欲为的家伙也就不能为所欲为。这雪山有一套秩序，没有让每只动物依照本性陷入疯狂的状态，可你看到的只是表象，换句话说，你看到的只是个结果，这雪山秩序的核心是我，我死了，秩序也就不复存在了。"

一只狼在跟我谈秩序，在藏獒看来这真是世上最可笑的事，可是在串儿看来，这一点也不可笑，这秩序很严肃，很认真，是由我眼前这只绝世狼王建立并维持的。

"由狼来维持秩序，我觉得一点也不靠谱。狼是最难控制的动物，它们见到鲜血就红眼，什么也做不了了，狼本身就是雪山和草原最不安分的东西。"

我的话刚刚从嘴里出来，还没有完全释放到这雪山的空气里，我的胸口好像被一柄千斤铁锤击中了。不过下一秒我就知道了那不是什么铁锤，一只纯白色的狼爪压在我的胸口，它携带的力量把我扑倒在地。

白爪的脚踩在我的身上，我试图挣扎起来，可我起不来，它的力量太大了，让我喘不上气，更使不上力。它的头凑近了我，让我更加清晰地看到了它墨绿色的眼睛，以及眼里幽幽的光。

"你认为狼是雪山和草原秩序中不安分的东西吗？那我现在告诉你，我们狼就是草原和雪山秩序的维护者，不只是我，所有的狼都是！"

我不信，哪怕我不是藏獒我都不信。狼，是雪山和草原最嗜血的动物，是藏獒的敌人。它们吃狐狸，吃熊，吃藏獒，吃牛羊，甚至吃人，我想不到它们有什么不吃的，这种生物居然说它们是秩序的维护者，这真是西藏草原的一个大笑话。

"用武力来强撑的秩序也算是秩序吗？"

白爪眼中幽光一闪，幽光中还有些伤口才有的暗红。

"不用武力，又用什么？藏獒那天真又神圣的幻想吗？"

白爪没有像每次一样放开我，那只按住我的爪子力量更大了，好像要按透我的胸腔，抓出我的心脏。它不会这样做的，它留着我有别的用处，我是这么觉得的。

"知道吗，我在跟自己打一个赌。"

我不懂它的意思，但我还是在狼爪对我胸腔的压迫中挤出了一句话，以此作为对它的回应。

"你跟自己……打的是什么赌？"

白爪的白色狼爪就按在我胸前，它能感觉得到我的心跳、呼吸，还有我胸腔受到挤压的窘况。

"我在赌你是不是像其他藏獒那样呆蠢。"

在我心里，藏獒一直是伟大的，在他嘴里，藏獒一直是呆蠢的。我也不知道藏獒究竟该是个什么样子，一直以来的信仰在这段日子里轰然倒塌。

"藏獒，为什么是呆蠢的？"

白爪的嘴唇动了动，好像想对我说什么。可是它的嘴唇只是动了动，没有发出半点的声音，很快地，它的狼爪也离开了我的身上，看向另一个方向。

我趁势起来，看向白爪看着的方向，我看到了白爪停下的原因，一个雪山上最可怕的存在，跟狼王一样可怕的东西，熊。

这是一只大得出奇了的灰熊，身高接近两米，熊掌都比我的脸大。狼王白爪在狼群里已经是大得出奇了，比一般的藏獒还要大上一些，可跟这只大灰熊相比还是差上不少。

无论是藏獒还是狼，这些凶猛的动物都有它们的王。可是熊与它们不同，每一只熊都是一个单独的个体，没有熊群，也没有熊王。正因为如此，熊在雪山上并不是大批出没，要不然凭借熊那强悍的体魄和一定的数量这西藏势力最大的种族非熊莫属，狼王白爪所带领的狼族在雪山上也就不会有那么高的地位了。

白爪在雪山上就像一道无声的闪电，瞬间就划到了熊的对面，绿眼睛冷冷地看着灰熊。即使熊的肌肉要比它坚韧，即使熊要比它强壮，可是这只没有一丝杂色的狼王没有半点惧意，两只绿眼眯成了一条线。

"嗷呜——大熊，又是你，今天你又想怎么样？"

原来白爪跟这只大熊认识，这倒不奇怪，它们都是这雪山上的强者，自然少不了交际和摩擦，可这只大熊到底想做什么呢？秩序，这个词又一次浮在我的心上，也许白爪真的是在维护这里的秩序，这是个无法想象其中难度的工作。可建立在武力之上，征服与被征服间的秩序，真的牢靠吗？

"白爪，以前你身边有别的狼在，我不能把你怎么样，可是现在就你一个，单打独斗你不是我对手，你觉得你今天还能活着走出这块土地吗？"

白爪耸耸肩，对于大熊说的话没有否认，但它表现出了足够的不屑，就像它的嘴角勾勒出的弧度一样，根本就没把这个能撕裂它的大块头放在眼里。

"大熊，你在想什么我知道，你想做什么我也知道。你想在这山上称王称霸，可惜不行，你要走现在可以走，不走咱们就开始吧。跟狼战斗，有给过你便宜吗？"

大熊咆了一声，这声音跟狼嗥区别很大，极具威猛雄壮之感，可谓气壮山河，但却没有狼嗥中那种孤傲世间的意味。

白爪重心下沉，摆了个攻击的架势，长啸一声。听了这一声狼嗥，大熊知道，整个雪山的狼只要听到这声狼嗥就会在最快速度赶过来，一旦群狼来到，自己想要解决掉这只影响力笼罩整个雪山的绝世狼王就会难于登天。

"藏獒，你还不上吗？"

白爪与大熊对峙，我毫不犹豫地站到了白爪一边。这是我逃跑的最好机会，周围没有别的狼，白爪和大熊又互相牵制，结局很可能是两败俱伤，渔利一定是我的。

可我没有离开，我默默地站到了白爪一边，露出刀牙，伸出利爪，大熊的注意力这才分了一些在我身上。忠诚，是藏獒最大的美德，对主人忠诚，对种族忠诚，也许……也要对敌人忠诚，最后这一点没有人教我，藏獒骨子里的传承也没有这一条，可我还是这么做了。

"藏獒，咱雪山上还有这东西，还落了单，藏獒，你也是来把白爪撕成碎片的吗？"

看它现在的样子和现在的话，我能感觉得到它没有对我动手的意思，可能它觉得狼和藏獒是敌人，我们没有在一起对付它的道理，哪怕我和白爪已经站在了一起。

"嗷！嗷！大熊，对吧，我不是来对付白爪的，我是跟白爪一起对付你的！"

大熊的眼神一下子就冷了，不过没关系，我的身边升起了一丝暖意，那是白爪的，自从我认识了这只狼王，它看我的眼神第一次带了温暖，第一次有着赞许。

火药味越来越重，就算冰雪也不能冻结，狼熊之战一触即发。

第二十五章
狼中之王

　　说到王者，就一定要有仁，有威，有智，在猛兽中的王者，不光要有仁、威和智，还要有力。一只没有力量的兽王只有一个结果，被活活撕碎。而一只残暴不仁，但力量无比的兽王还是坐得住王的宝座，因为它强。

　　我只见过两只兽王，一个是在小镇上的狗王灰头，不过它毕竟只是家狗野狗一类的头头，发展有着极大局限，在当时我并没有觉得它这王做得如何，只是感觉到它自身实力强大。而眼前的狼王白爪，它真正让我感觉到了什么是王者。

　　我确确实实看到了大熊的肌肉违背常理地膨胀，膨胀，再膨胀，它的身高也在不断地向上拔，再向上拔，最终的结果就是我们面前的大熊身高超过了两米，两只熊臂都接近我的腰粗。我只听说过水里的河豚在遇到危险时会把自己吹成一只胖气球，可我从未听说陆地上的灰熊也有这特性，而且显然还是进化过的，带有战斗功能。

　　我知道这种时候不能表现出惧意，事实上我们也没必要特别惧怕，灰熊的身体越强壮，它的速度就越迟缓，如果我和白爪决意要跑，灰熊是追不上我们的。只是一只狼王面对熊的挑衅掉头就跑是绝对不可能的，如果回头跑了，即使群狼还立它为王，它也不会再当狼王。这就是人和兽的区别，任何人都可以说留得青山在，不怕没柴烧，哪怕是人中之王也可以。可是兽不行，作为一只骄傲的狼王，它绝不可以退却。这便是纯粹的意志，不倒的精神。

我悄悄凑到白爪身边，悄悄说道：

"白爪，这只大熊到底怎么回事，一下子长得这么大，这是个什么原理？"

白爪看都没看我，它把注意力全都集中在了比它大上整整两圈的大熊身上，根本就无暇回答我的问题。可能高手过招都是这样，没声音，更没先兆，只是大眼瞪小眼。

它们就那样瞪着对方，一动不动，我也陪着它们瞪来瞪去，一会儿看看白爪的白毛有没有变成红色，一会儿看看大熊的身体有没有缩水回去，它们越来越紧张，我倒是越来越放松了。

"嗷！"

终于有一方沉不住气冲了过来，挟着拔山撼岳的气势，每一步落实在大地上，都会引发一阵晃动，让我的脚下都有了不稳的感觉。这时，大熊冲了上来。

大熊张开了两只熊臂，做了个大大的拥抱的动作，就这样直直地向我们冲了过来。别看熊的个儿大，好像很笨重很不灵活似的，其实它们的速度非常快，反应也很敏捷，而且皮糙肉厚，这才是它们被称为雪山上最可怕野兽的原因。

一只身高两米猛冲过来的熊，我相信就算是狮子老虎遇见了也难免发怵，不敢试其锋芒。我的心在颤抖，这颤抖传到了四肢变成了肌肉跳动的节奏，我蹭的一下闪到一旁，看着大熊迎向白爪。

如果我是白爪，面对这么一个对手，我一定会跳到一旁，避其锋芒，再寻找机会攻击它。可是真正的白爪却没有那么做。白爪睁大了墨绿的眼睛，绿得发亮，绿得兴奋。白爪弓起了腰，蓄足了力量向着大熊撞去。

"大熊，你不可能在雪山上称王称霸！"

白爪一下子撞到了大熊的怀里，虽然大熊身高体大，拥有强悍的力量，可狼王毕竟是狼王，白爪这一撞也使得它倒退了好几步，堪堪收住脚步，没有跌倒。

白爪撞退了大熊以后没有停留，快速跑开了，如果它不跑开，大熊两只粗壮的熊臂那么一搂，白爪一定筋断骨折。

这时候，我知道我该上了，白爪已经给我做了一个最好的示范，我也绷紧了身子冲了上去，狠狠地咬在大熊的肩上。我不知道子弹打进钢铁里是什么感觉，能不能穿透，我觉得我的刀牙就像子弹一样，有着子弹一样的坚硬，子弹一样的果决。我把嘴里的子弹咬进大熊的肩膀，可这并没有给我子弹射穿钢铁的感觉。我觉得我的两把刀牙就像两颗子弹，射进了钢铁里，不是铁板，是铁墙，是厚得看不到边际的铁墙。

以前跟着主人在山上打猎的时候，每次咬上什么狼、狐狸，甚至熊的时候都会有一种牙齿刺破皮肉引出鲜血的感觉，整个嘴里甜甜的、腥腥的。可是现在我完全没有这种感觉。

大熊好像不是血肉之躯，根本就是木头做的，我能咬进它的皮，可我却咬不进它的肉，甚至咬不出任何的液体，只是干干的，就像咬进树皮。

这只大熊的皮到底有多硬，到底有多厚，我的刀牙起码有六厘米长，还是咬不透。没等我思考出它这身熊皮为什么这么厚，一股奇大无比的力量把我直接甩回了白爪身旁，如果不是我松口及时，我的刀牙一定会断掉。

"白爪，这只熊的皮为什么这么厚，力气为什么这么大，我觉得我全身的骨头都要断了。"

白爪一下子眯起双眼，声音也到了冰点，冷冷道：

"要是你每天都在大树上不停地蹭，就算脱毛，就算满身鲜血也不停地蹭，那你也能长出这样一身厚皮。"

这只熊是疯了吗？这种锻炼身体增强身体强度的方法我确实听说过，只有野猪一类的山林野兽才会用。灰熊，已经是雪山这条食物链中最顶尖的存在了，再没有什么野兽能够跟熊抗衡，就算同属于雪山猛兽的狼都不行，我实在想不通大熊为什么要去磨练这样一身厚皮，就算它不这样做也没有任何野兽能够伤害到它。

"它为什么要这样，它已经是一只熊了，为什么还要磨一身厚皮？"

白爪没有直接回答我，它站起身子，昂起了纯白的狼首，狼首上镶嵌着两颗绿幽幽的狼眼，迸射幽光。

"嗷呜——"

一声狼嚎，响彻雪山，我的耳膜好像被金属划过，使得耳朵抽搐，对面的大熊也被这一声狼嗥震住了，不过只是一瞬间，下一秒它就又动了起来，而且更加狂躁，更加凶悍。狼王的嗥叫激发了它的凶性。

我敢打赌，以我主人老王之名，以我主人小王之名，甚至那个女人，我敢打赌，白爪刚才那一声嗥叫整个雪山半个草原上的狼都能听得到，它们会用最快速度赶来，为狼王助阵。不只是狼，诸如狐狸、老鼠这类其他动物也听得到。

大熊又冲了过来，还是身高两米以上，威势无比，不是狼和狗这样的生物所能抵挡。不过幸运的是我们这里有一只不一般的狼，一只狼王。

白爪没有半点闪躲的意思，它知道，闪也没用，既然要闪，那么逃走不是更好吗？不逃走，选择了留在这里跟大熊战斗，那就没了闪躲的必要，熊这种以力量见长的动物，如果不在力量上让它们吃亏，那它们是不会真正服你的。

熊是以力量见长，那藏獒又是以什么见长呢？凶猛吗？若说凶猛，狼和狮子也是凶猛的，一只狼在饥饿的状态下要比一只藏獒更凶更猛，藏獒虽然凶猛，但别的猛兽也都凶猛，说凶猛是藏獒的特质显然是武断的。不是凶猛，那就是勇敢了？白爪面对比它高了不知道多少个头的大熊还在奋力搏斗，狼尚如此，藏獒……或许勇敢也不能用来作为藏獒的特质。凶猛和勇敢都不行，藏獒值得称道的就只有忠诚了，熊的力量要用力量来征服，那藏獒的忠诚又该用什么来征服？骨血深处有一个声音告诉我，藏獒不可征服。现世的记忆且在我脑海里浮出这样一抹倩影……

愣神的工夫，白爪和大熊已经打得不可开交。白爪咬上了大熊全身上下最脆弱的耳朵，只要它用力一扯，大熊马上就会失去一只血淋淋的熊耳，扯得漂亮甚至还会伤到它的眼睛，而大熊也把白爪紧紧地抱在怀里，只要它用力那么一搂，再往地上那么一捆，白爪半条性命就算交待在这里了，双方相持不下，大熊舍不得自己的耳朵，白爪舍不得自己的命。

一只耳朵和一条命，这笔买卖谁都会算，可这买卖却做不成，因为只要人活着，它就会怕失去，无论是一只耳朵还是一条命。人是这样，狼是这样，熊也是这样，就连忠诚勇敢的藏獒，也是这样。

白爪和大熊就这样僵持着，谁也奈何不了谁。我围着它们两个，不敢有任何的动作。我不一定能伤得到大熊，可我一定会激怒它。一旦大熊发怒，白爪的骨头断得会很有节奏。

"嗷呜——"

狼嗥，这是狼嗥，那种野兽在嚎叫。我从未觉得狼嗥这样亲切，可今天它就是这样亲切。

狼来了，成百上千，都是灰的，黑的，不纯的白的。大熊怀里的白爪好像消失了，在群狼的最前面，我看到了一只亦真亦假的狼王。

第二十六章
牧羊夕阳

　　这个世界，是金色的。金色的天空，金色的大地，金色的牛羊，金色的你我，甚至于草原上每一株牧草的尖梢都是金色的，金得耀眼又圣洁。在这金色世界的中心，是一轮金灿灿的太阳，阳光毫无阻碍地照到了帐篷上，照到了牛马的食槽上，照到了大地上，照到了藏狗的涎水上，把一切都变成了金色，把西藏草原照成了一个金色的世界。

　　这不是朝阳，朝阳的力量还很微弱，照不出这样耀眼的金色。这是夕阳，人们心中无比衰颓的夕阳，即将沉入地平线的夕阳。可夕阳又是耀眼的，它积聚了太阳一天所散发的力量，把它们凝练成金色，慢慢沉淀，一起释放，最终酿成一抹最最美丽的红霞，在夕阳沉入地平线以后红霞还在绽放。

　　照理来说，喜欢朝阳的人应该多些，可朝阳总是出现得那么早，能看到它的人少之又少。幸运的是大多数人睡得都是晚的，所以迷恋夕阳的人来得更多。

　　李若兰和王兵坐在一起，他们都在看夕阳。他们都是头倚在帐篷上，手搭在牧草里，四只晶莹的眼睛对准了太阳落山的方向，皮肤都被染成了金色，映出由金色向红色转变的光芒。

夕阳是梦幻的，人人都这么说，与其说夕阳梦幻，倒不如说它是在时刻变幻的。在那由金变红的光影中，李若兰看到了远在家乡的亲人，看到了可爱的孩子们，看到了曾经对她摇尾巴的串儿，看到了人世间不应该存在的许多美好的东西。这些都是人间所没有的，但它们现在确实出现在人间，金灿灿的。王兵眼里的夕阳不是金色的，而是红色居多，一片红霞中带着一点淡淡的金色。那点金色很淡，依稀是一只狗的形状，这只狗身形高大，耷拉着两只耳朵，分明是一只藏獒，而缠绕在藏獒身边的，是一大群红色的狼。狼的身上缠满罗刹，它们向藏獒扑来，藏獒奋力反抗，但红色的狼实在太多太凶，那抹淡淡的金色渐渐消退了……

红色的夕阳，如同那一日雪山上串儿的鲜血，染红了天光，染红了大地，染得王兵本已平复的心情再次颤抖。他不会知道串儿没死，串儿跟着狼群在雪山和草原之间游荡，像一只狼一样生活。如果说李若兰心中的串儿还是在她面前蹦跳摇尾巴的那一只，那在王兵的心里，串儿这个名字只是一摊暗红色的血液，一堆被啃得干干净净的白骨。

李若兰的美目似乎能看透这世上的一切迷障，这双眼睛看破了包在人心外面的骨头，皮肉，直接看到人心。李若兰把目光从由金变红的夕阳转到了王兵身上，叹道：

"你又在想串儿吗？"

王兵点点头，被夕阳映得通红的脸另一面是阴影，一红一黑是那样诡异，可在夕阳面前，又是那样的自然，顺理成章。其实最诡异的是王兵的脸无论因为阳光晚霞的原因或金或红或黑，都透着一种掩饰不住的苍白。

李若兰皱着眉，她不知道该怎么劝王兵，让他放下一只跟了他那么久的狗，那么可爱的狗。就连她自己也放不下，那只会蹦会跳，在她面前摇着尾巴，嗷嗷叫的狗。在她心里，这是一只长得很大，却又憨厚可爱懂事的狗；在王兵心里，那是一堆被群狼啃噬干净的白骨。

人对一件事物的印象决定了人对它的记忆。美好的事物稍纵即逝，在人们心里或许会留下一抹痕迹，但更多的却埋在了心底，滋润着心田。而恐怖的事物，往往让人终身难忘，深深地刻在头脑里，让人忘不掉，赶不走，变成噩梦。据说有一种极限记忆方法，就是把要记忆的东西转变成最恐怖的事物，铭刻在心里，让人忘不掉。

李若兰对串儿的记忆是美好的，王兵对串儿的记忆是一生中所遇到的事情里最可怕的。

"王兵，你看那些牛羊，都金灿灿红艳艳的，漂不漂亮？"

草原上的时间没有意义，空间好像也是这样，似乎没有距离的界限，远处的东西无遮无拦，纵使千里之遥也触手可及。近处的东西，就像帐篷，就像风，就像身边的李若兰，就算是只在伸手的距离，这手也伸不出，这人也碰不到。

"如果能一直在草原上，挥动小皮鞭，赶着一群羊，这也挺好。"

她笑了，笑如夕阳，金色的夕阳。

"你也愿意一直留在草原上吗？"

王兵摇摇头，笑了笑，笑得很勉强，脸上的皮用它单薄的力量，带起了贴骨的肌肉，笑得难看无比。

"若兰，人是世界上最矛盾的东西，不是想不想就能决定怎么做的，有很多问题都需要认真考虑，这些问题也是最现实的，若兰，你能明白我的意思吗？"

李若兰笑笑，笑得也很勉强，美丽的脸好像大自然最完美的艺术品，可是属于人类那拙劣的雕刻却把这美丽毁了，她的笑容也难看得吓人。

男人是理智的产物，女人却偏向于浪漫，浪漫是什么东西？浪漫是幻想的派生品，是一种酿坏了的酒，香得过了气，烈得吓人。男人往往不知道女人的这个特质，把女人当成与自己一样理智的生物来看待，那是他们不了解女人，如果说男人活在现世，活在人间，那女人永远都在半梦半醒之间，不愿醒来，也不必醒来，如果她们醒来了，那才是一场开天辟地以来最大的灾难。

两个笑得难看的人坐在一起，两颗笑得难看的头慢慢靠拢，依偎成一个僵硬难看的姿势，在落山的夕阳中慢慢享受这份尴尬。王兵不动，李若兰也不动，因为她们都知道他们现在这种状态非常脆弱，可能一个小动作，一只小虫子，就能把这尴尬又迷人的气氛破坏干净。人真的是很矛盾的动物，明明都知道应该怎样，可却都不能这样，知道和做这两件明明有联系的事情好像毫无联系。如果人不这么复杂，王兵不会上雪山，串儿不会死，一些事也就不会发生，当然，世界也不会这样有趣。

就这样，不知多久，有可能过了一万年，但夕阳还没有沉到地平线下一半。李若兰活动了一下，她伸出柔软的手臂，指着夕阳的方向，那里已经彻底红了，红得化不开，那里有一个红透了的牧人和一群除了红以外没有其他颜色的羊。

"看，在草原上放牧多幸福！"

王兵也动了，他站起身来，活动了下坐酸了的身体，向着牧人跑了过去。这牧人也是熟人，王兵的老朋友巴伦。

"巴伦，怎么这么晚才回来啊？"

巴伦见是王兵，豪爽的牧人露出了爽朗的笑容，拍了拍王兵的肩膀道：

"王兵，好久不见了，走，一会儿到我家喝点，小巴伦可是很想你呢。"

王兵也热情地拍了拍自己的这位牧人朋友，笑着摇了摇头。可能是受巴伦爽朗笑容的影响，王兵现在笑得很自然，很漂亮。

"不了，巴伦，我还有事，改天我去找你。哥们儿求你点事，你看怎么样？"

巴伦大手一拍胸脯，小皮鞭子啪的一响。

"王兵，你随便说，我以草原上日头的名义起誓，只要我做得到的，不管什么都行。"

王兵连连摆手，指了指那边的李若兰，露出了一个甜蜜的笑。

"巴伦，李老师她挺想试试放羊的，你看……能不能……"

巴伦也是结过婚的人，对于情侣之间的这些浪漫自然了然，王兵这么一说他就全明白了。于是下一刻，王兵就带着李若兰挥着巴伦的皮鞭，跟羊群走在一起。巴伦家的藏狗跑前跑后，左右指挥那些羊。

"你看，在草原上牧羊，这是多么好的一件事，没有外面的浮华烦躁，也没有外面的钩心斗角，只有你，有我，有这么一群羊，一起走在草原上看太阳，多好！"

王兵抚着一只羊的头，叹道：

"若兰，话是这样说，可是现在这个社会，需要竞争，我们必须得努力工作，努力挣钱，草原虽然好，没有了外面的喧嚣，可是我们离得开喧嚣吗？"

李若兰挥动皮鞭，皮鞭抽在空气里，发出呼呼的风声，什么也没有抽到。

"王兵，起码我们现在在草原上，能赶着牛羊，像牧人一样引吭高歌，这就是幸福，最最简单的幸福，这样过一辈子，不好吗?"

王兵笑笑，世上的人总是在笑，好像一切都是那样好笑，每天都在幸福。可是其中有多少真情流露，又有多少是强颜欢笑，这些只有自己知道。

"也对，起码现在我们能开心地在草原上放羊，这就够了，美人，英雄，羊群，还有怎么走也走不到边的大草原，什么也不缺了!"

汪呜，汪汪!

巴伦家的藏狗把一只离队的羊赶回羊群，王兵的脸色一下子就变了，李若兰看看天边，金光还没完全退去，红霞如血。

"还缺一只牧羊犬。"

牧羊犬吗? 好像很有默契似的，王兵也抬头看了看晚霞，还是像血一样，让他想起雪山上可怕的那一天。也许不是牧羊犬，而是猎犬。

第二十七章
非常藏獒

　　跟着白爪已经将近两个月了，上雪山，下草原，其间虽然也有狼群聚会，也跟灰熊有过搏斗，甚至跟着狼王参与了整个雪山草原动物的集会，但大多数的时候还是只有我和白爪两个人，一只狼，一只藏獒，像狼一样在雪山和草原游荡，像狼一样生活。

　　"嗷！嗷！"

　　"嗷呜——"

　　一白一杂两道身影从雪山以极快的速度冲了下来，如同交杂在一起的两道狂风，卷起地上的砂、地上的石、地上的雪。山下，是两只藏羚羊。藏羚羊是西藏地区特有的一种野生动物，身体强健，速度奇快，擅长跳跃，就算是草原上的速度之王猎豹也不敢说能百分百地抓住藏羚羊。

　　我和白爪一前一后，从雪山上借着大力冲下来，那两只藏羚羊感官灵敏，在我们还没完全接近就已经开始了逃跑的脚步。藏獒的鼻子灵，眼睛也像鹰一样锐利，我甚至能清晰地看到它们的耳朵一下子竖起，然后抖动，紧接着身上的肌肉由心脏开始绷紧，向远方跑去。

　　藏羚羊筋骨强健，能跑能跳，不是一般的动物能追上的。可白爪是一只能够震慑整个雪山整个草原的狼王，就算我们藏獒中的獒王也要让它三分。白爪的速度自然是极快的，一只藏羚羊才跑出五十米就被它的白爪打翻在地，狼牙用最干脆利落的方式嵌进了藏羚羊的咽喉，鲜血汩汩地冒了出来，好像掘出了一眼新泉，不过别担心，所有的血都被白爪吸进了肚子里，一滴不漏，没有半点染红它一身白毛的可能。

我就远不如它了，我的速度尚可，但持久力不行，一旦藏羚羊跑远我是绝对追不上的，所以我并没有跟白爪一样采取用速度追赶的方法，而是算准了藏羚羊将会往哪个方向哪个位置跑，提前站在那里，正面地把藏羚羊咬成一坨美味的肉。

"你干得不错，干净利落，一点不拖泥带水，这段时间你的战斗能力进步不少啊。"

白爪已经撕了羊腿上最强壮最筋道的那一条肉吸进了嘴里，慢慢咀嚼着，它吃东西的时候也是那样优雅，即使前一秒它刚刚杀了一只活蹦乱跳的藏羚羊，但下一秒这一切就好像跟它没了关系，它就那样平静地站在战利品前平静地吃着，连一滴血水都没有粘在它的毛上。

"这段时间跟着你也算是见过了不少草原上的东西，有点进步也是正常的。"

白爪的眼睛还是眯着，好像睁不开一样，两条缝虽小，但里面却写了四个大字——老谋深算。白爪的嘴角又一次勾起了一道玄妙的弧度，这一次不是轻蔑，也不是纯粹的笑，它的表情耐人寻味，好像很僵硬，但又是真情流露。

"你不是一直想听我讲讲藏獒的事吗，我一直都没讲，倒是跟你说了不少狼的故事，今天正好，正好有些时间，我就给你讲一讲藏獒吧，这也是你一直想听的。"

在狗的心里，在人的心里，藏獒的形象有着很大的差别。一般的狗可能会把藏獒看成是狗中的领袖，狗会认为藏獒是狗中的骄傲，身上流着贵族的血液。而在人的心里，藏獒是一种很凶猛，很危险，又很容易使唤的狗，藏獒的特点就是块头大，听话，说得冠冕些，就是勇敢和忠诚。

我没见过其他藏獒，也不愿去相信狼对自己对手的评价。藏獒，厌恶血腥，追求和平，身体和灵魂，每一处都是正义之光的汇聚。我有时觉得，这是个生活在美丽梦境中的神圣一族。

"其实这段时间，我已经带着你做了不少普通藏獒不会做的事，而你也都做了，这个你知道吗？"

我茫然地摇摇头，白爪这一阵子确实带我做了不少的事情，可大多数还都是正常的，不违背草原的道义，也不违背公理，我不知道什么是藏獒不会做的事，藏獒又应该做什么事。

在狼的眼里，藏獒是草原上最蛮横、最天真、最愚笨的种族。它们不认同狼创造的秩序，盲目追求现实中不可能存在的和谐。它们厌恶杀戮，却又杀戮猛兽，希望以此使雪山安宁。它们太天真，为了一个理想中的和谐世界而与自身矛盾着。

"串儿，我可以告诉你，无论是牧羊还是藏羚羊，抑或是牛之类的吃草的动物，藏獒都是不吃的，它们只吃食肉的猛兽，说是什么维护藏獒的尊严，哼哼，现在的草原，吃草的要比吃肉的多多了，按照藏獒这个吃法，你说会怎么样？"

就算是吃，藏獒也有着自己的尊严，绝对不吃没有抵抗能力的食草动物，这……好像是藏獒的优点吧？藏獒是一个极其骄傲的种族，它不允许任何生命践踏它的尊严，哪怕是一只统御整个雪山草原上兽类的狼王也不行。

"这个……应该是藏獒的优点吧，这样做牧人的牛羊就安全了啊，是件好事？"

真的是这样吗？白爪提的问题有过如此简单的吗？如果真那么简单，我就不会那么多次都被它耍得团团转，像一个彻头彻尾的白痴。

"要知道，无论是狼，还是羊，抑或是牛、狐狸、老鼠，都是一样的，它们都是草原上的生灵，或是靠草来养活，或是靠肉来养活，都是一样，都逃脱不了一个规律，那就是草原。"

白爪说的没错，无论是吃草的，还是吃肉的，我们吃的都是草原，我们都是靠草原来养活的，遵守草原的秩序，尊重草原的意志，这就是草原的规律，可这跟藏獒又有什么关系呢？

白爪道："串儿，跟着狼群这段时间，咱俩也去抓过不少次羊，你觉得咱们抓到的藏羚羊，抑或是其他动物，你感觉到什么特征了吗？"

特征？牛羊那些食物又有什么特征。鲜嫩？肥美？油滋滋？这些算特征吗？我觉得算，不过我知道说出来白爪一定会狠狠地骂我一顿，他问的绝不是这个，这段时间抓到的动物一定有什么我没注意到的共同点，到底是什么呢。

白爪身子还是挺得笔直，眉宇间带着一点淡淡的愁绪，还有些恨铁不成钢的意味。

"我问你，咱们这么长时间捕杀的动物，无论是吃草的还是吃肉的，是身强力壮的多，还是一看就五痨七伤的那种多？"

这个问题我连想都不用想，直接回答，这个问题对于一直凶猛的食肉动物来说可以算是一种条件反射。

"当然是体弱有病的要多一些，身体强壮的不好捉。"

白爪点点头，嘴角惯例似的翘起了一道意味深长的弧度。

"就是这个道理，这就是草原的法则，雪山的法则，一切狼、鹰、熊、牛、羊，甚至老鼠的法则，物竞天择，适者生存，只有有能力的动物才能在雪山和草原上活下来，没有能力的，只能被淘汰，如果它们不被淘汰那将会影响一个族群的质量，甚至是草原的质量，瘟疫、战争，就由这个引发。你懂了吗？"

我懂，似懂非懂。适者生存我自然是懂的，正因为懂我才会每天锻炼身手，因为我要活下去。而在这雪山和草原上要活下去的生灵太多了，自然承担不了这么大的负荷，所以要淘汰弱者，这是一条不可改变的铁律。

"我们狼，付出了极大代价，用铁血维护这个秩序，可那些藏獒……它们为了一个虚妄的梦，竟肆意残踏我们辛苦稳定下来的规则！"

可是藏獒跟这个又有什么关系呢？按白爪的意思，藏獒是规则的践踏者，真的是这样吗？

"你可能觉得我所说的都是错的，都是狼的一家之言，代表不了草原的公义，但我告诉你，这并不只是狼的想法，也是草原和雪山众生共同的想法。藏獒才是草原秩序最不安定的因素。"

白爪的声音又低沉又沙哑，还带着一种近乎妖异的磁性，让人不由自主地信服。即使我身为藏獒的后代，听了它的话，我还是对我一直以来信奉的"藏獒是草原守护神"的说法产生了怀疑。我需要一个理由来说服我自己，告诉自己藏獒在草原上到底是怎样的一种地位，可我对自己并不自信，我的理由在这只快成精的狼王面前一定幼稚得不堪一击。

我清楚，这是狼对我的一种洗脑，在狼的立场上，这些说辞天经地义，藏獒那边一定也有另外一种观点，也是无懈可击。夹在狼獒之间的我——串儿，我又当如何？藏獒究竟有一个怎样的梦想，在狼王眼中如此的不切实际。

"真的是所有的动物都这样认为吗？"

白爪墨绿色的眼睛闪着星光，亮亮的、冷冷的，让藏獒生畏。

"是的，是这样。无论是狼和熊这样的猛兽，还是牛和羊这样的家畜，所有动物都认为藏獒在践踏草原的规则。"

我不知道我应该怎么想，也不知道我该说些什么。好像有千言万语，可这千言万语都是稿纸上的空格子，有格没字，强说出来也不过是一个嗝。我活了这么久，在砖厂当过家狗，在镇上又是狗王，多次跟随主人进山狩猎，也算是身经百战了。可这样的我遇到这样的问题还是只有三个字可说。

"为什么？"

白爪一字字答道：

"因为藏獒身后有人类的影子。"

人类，一个至善至美的种族，这个世界真正的主人，让万兽臣服的种族。为什么白爪要说起这个？

"其实，狼也好，人也好，藏獒也好，都是一样的，没什么分别。不过人在大多数的时候都摆不正自己的位置。"

我不懂，不过白爪亲昵地蹭了蹭我的肩，声音里多了一丝暖意。

"幸运的是你是一只不一般的藏獒。"

我感受着白爪蹭过来的温暖，心里有句话，终究是没有问出口。藏獒是规则的破坏者，规则是狼用血杀出来的，藏獒对抗的，究竟是规则还是狼？

不同立场下的幻影让我心里矛盾重重，我又确实能感受到白爪体温里的真诚。

第二十八章
真的藏獒

寒风呼啸，卷起地上的积雪，天上的飞雪。整个世界都是银白的颜色，天上的颜色落到地上，盖白了雪山，白得晶莹剔透，可谁又知道这漂亮的白雪下浸透了多少鲜血，又掩住多少白骨。

风就像一把把细若游丝的钢刀，从人领口袖口的缝隙钻入，从每一个毛孔钻进身体，带起一阵冰冷的杀气，刮着筋骨，让人冻得僵硬。王兵躲在帐篷里，帐篷外点着篝火。他嘴里呵着气，身边就是一杆比冰雪还要冷的猎枪。串儿已经不在了，可王兵还在，王兵的烦恼也还在，他还要继续生活，还要留在草原追随李若兰追逐自己的爱情，他还要赡养父母，这一切的一切看似简单，实则不简单，简而言之，需要钱罢了。

要钱，就是最不简单的事。一分钱难倒英雄汉，原以为在串儿死了以后自己就再也没有上山打猎的机会了，可手头无钱，生活和爱情的窘迫还真是一剂猛药，能让人浑身有劲，头脑发热，无所畏惧。不过是药三分毒，这种鞭策可以是教人向上的良药，也可以是让人入渊为魔的毒药。

"我行的，我可以的，就算没有串儿在外面守着我也可以，为了爸妈，为了若兰，为了未来，我都可以的！"

王兵紧紧攥着那杆冰冷的猎枪，身上干干爽爽，帐篷外燃起的火焰让他的身体始终保持着一定的温度，与猎枪相抗。和猎枪相连的是他那颗比猎枪还冰冷的心。帐外熊咆狼嗥。

白爪这几日带着我在雪山上各处走动，跟着它我见到了数不清的狼，数不清的狐狸、熊，甚至老鼠。它们的表情很纠结，它们的对话很奇怪，它们在做的事让人无法理解。

一只灰狼低着头弯着腰趴在狼王面前，拜道：

"大王，前几天在雪山山前，他……又来了，我们该怎么办，要不要……"

不知道为什么，这只灰狼在跟白爪说话的时候一直在偷瞄我，这件事跟我又有什么关系？难道是主人？不，不会的。主人上一次已经逃走了，没有我的保护他是不会再进山冒险的。如果主人来了，那……若兰……主人是不会来的，不是主人又会是什么呢，难道是藏獒？

思想仿佛一直在我们这个世界之上的另一个世界，无论思了几分，想了多少，在这个真实的世界里一切也只在电光火石之间。有的人灵魂上的年轮远多于肉体，恐怕就是这个原因。闲话少说，白爪略想了一下道：

"我这次就是为这件事来的，整个雪山上的狼和狐狸都已经约定好了，后天把他引到后山。我就不去了，你们自行集结吧。"

这样的话，我已经听白爪说了好多次。

"你们到底在说什么事，为什么说得模模糊糊的，我都听不懂。"

白爪甩甩头，示意那只狼离开，它自己站直了身子，山风吹过他的身子，衬出它狼王世间独立的孤傲。

"不关你的事，这是雪山众生的事，你虽然也是雪山的一份子，但你是极特殊的一个。现在的你还在雪山之外。好了，这件事结束了，走，我带你去捕食。"

我跟着白爪的脚步，它一身白毛，迎风而舞，飘逸潇洒，没有一丝杂质。如果没有那双幽幽鬼火般的绿眼睛任谁也不会想到这是一只在尸山上舔血的魔头。他的脚爪也是白色的，走在雪地上分不出雪和爪，狼王白爪好像凭空而立，它的白毛里藏着整个雪山和草原的秘密。

在夏风吹拂的麦田里，夏虫在叫；在绿茵遍地的树林里，阵阵蝉鸣；在这危险又漂亮，带着从远古传承至今的苍茫雪山上，有狼在叫。王兵来雪山就是为了杀狼的,上一次串儿的事情使他后怕。夜色苍茫,王兵一个人在苍茫夜色中是那样的渺小,山风呼啸,风雪打在帐篷上,帐篷摇曳不止,好像王兵这异乡过活的飘摇命运。王兵抱着枪蜷在睡袋里,半梦半醒,时间就这样流逝而去,不知不觉,火熄了。

"嗷呜——"

两三点钟,天还蒙蒙亮,晨曦从地平线冒出了点点的头,照亮了前山,王兵在前山的帐篷被晨光照亮了,再过一会儿,太阳的热力就会唤醒这个沉睡的灵魂,而后山,狼嚎不断,在这狼独有的叫声中,有豪情,有孤傲,令人恐惧,又带着无穷无尽的诱惑。

在这里,不知集结了多少只狐狸,多少只狼。

天不亮,我还在洞中熟睡,洞里除了我和白爪再没有别的喘气的生灵。白爪仿佛有什么先知,抬起它高傲的头颅,眯起它墨绿色的两只眼睛,迎向天边的光,这两只眼好像燃起的鬼火,射出两道幽绿色的光芒。

也许连王兵自己都没有注意到,在他不断捕猎换成金钱的过程中,他脑中闪过的亲人影像慢慢被金钱的光芒所取代,而金钱光芒又慢慢地变成一抹腥红的血色,血色从双眼透出,射出两道嗜血的光芒,看出一切白雪一切迷障。

"嗷呜——"

又是一声狼嚎,把王兵吓了一跳。停住了脚步,一身冷汗,禁不住向后退去。不过后退的脚步又马上停住,紧接着,四面八方响起千万声狼嚎,无处不在,无孔不入,让王兵心生胆怯,冷汗一下子浸透了他漂亮的登山服。

"天!又来了!难道这一次我真的要葬身狼腹了吗?若兰,串儿……"

不知为什么,我总觉得今天晴朗的天气很阴沉,肃杀的寒风刺骨吓人。我有些心慌,今天格外清净,可越清净就越能勾起人心中种种潜在的恐惧。人的恐惧往往不是来自外界,而是来自于内心。安静,正好给了喧嚣一个去处,释放内心的恐惧。有什么能比心中的恐惧更让人恐惧,也许只有那一片虚无的苍白中透出的两点墨绿。

"串儿,今天跟我到草原上猎藏羚羊吧,正好看看你的速度练得怎么样。"

在心慌意乱的时候,要结束这种状态最好的方法就是去找些事做,转移精力,抑制住胡思乱想,去猎藏羚羊的确是一个不错的选择。我跟着白爪从雪山直下草原，走得极快，无论是雪还是树在我们的速度下都缩成了一道道光影。快下山了，却听到了一阵熟悉又陌生的吠叫。

"嗷！嗷嗷！"

"这是什么在叫？"

这叫声让我再次心慌意乱，却又热血沸腾，仿佛这身皮毛这身骨血都在瞬间烧化，变成一团熊熊烈火，随着叫声释放着一波又一波的热浪。

白爪停下了脚步，看了看叫声传过来的方向，表情和眼神，都是我看不懂的复杂。

"这些家伙怎么又出来了，看来这是天意。串儿，你别紧张，这是领地藏獒的吠叫。"

藏獒，真正的藏獒！我不禁跳了起来，翻了个大大的筋斗。这种骨子里的亲切让我忘记了一切，只想快点到藏獒群里与我的兄弟亲族相见。我想到母亲，想到我那纯种藏獒的父亲，若是有缘，我们可以在獒群相见！忘记了雪山，忘记了草原，忘记了主人，忘记了一切！甚至忘记了我身边这只全身没有一丝杂质的白爪狼王。

"别撒欢了，快走吧，再晚些别说藏羚羊了，连老鼠都要回家了。"

白爪及时的话语和里面的杀气提醒了我，我现在是狼的俘虏。即使我一直都享受着优待，也改变不了我俘虏的身份，我原以为我和白爪已经成为了完完全全的朋友，现在看来，似乎还差着一些。没有办法，我只能跟着白爪下山，去捕猎对我已无一点吸引力的藏羚羊。

"嗷呜——"

王兵已经开了十几枪，地上被放倒的狼虽远不及他放出子弹的数目，鲜血狼尸却也骇人，刺激着王兵杀戮的欲望。握着猎枪的手在不断颤抖，只要再有狼扑过来，他就会毫不犹豫地开枪。一方是数不清的狐狸和狼，一方是一杆雪山逞威的猎枪，双方相持着，狼群不敢扑过来，王兵也不敢开枪。

"嗷呜——"

狼群把王兵团团围住，狼换来换去，始终保持着昂扬的斗志和旺盛的精力，王兵却又饥又乏，这注定是一场消耗战，孤身一人的王兵注定会在这上面失败。

在这个苍茫的世界，我们是如此的孤立无援，远方并没有温暖的援手，我们能做的只是在这里不断战斗。王兵在苍茫之中，所有的依仗只是一杆钢枪。随着时间的流逝，他饥饿乏力，严重的温情渐渐退却，取而代之的是嗜血的光芒。这群该死的畜生，我若是有机会，一定把它们杀光，杀光，全杀光！

又饥又渴又累，王兵不知道这群狼会把他咬成粉还是末。狼群一步步逼近，他甚至已经能感受到那些狼鼻头上的寒气。

闭紧眼睛，咬紧牙，慷慨赴死！这时，一阵不同于狼嗥的嚎叫由远及近，越来越响，越来越清晰。王兵对这声音既熟悉又陌生，可狼群对这声音却是怎么也忘不掉的，听到这声音，狼群一下子乱成一团，狼嗥阵阵，紧接着，一哄而散，无暇再去理会王兵。

"嗷！嗷嗷！"

在狼群散尽后，一队比狼更加威猛更加有纪律的藏獒从远方疾行而至，没有了那几百只狼和狐狸的喘息声，周围一下子静了下来，王兵察觉到这份安静，睁开双眼，几百盏幽绿色的狼眼已经不见，一触即发的危机形势犹如冰山般化去，还站在那里的，只有一队威猛的藏獒。

领头的一只，头像老虎，身材高大，不输狮子，威猛无比，风中飞舞着它那不染一丝杂质的白毛，一只雪獒。

也许这就是藏獒的领地吧。

第二十九章
重获自由

时间是最奇妙的东西，它无形无相，能带给你力量、金钱、友情，也能在无形之中把它带给你的这些统统带走，甚至消磨掉你原有的东西。这是个魔鬼，这魔鬼也像是海里的水，无处不在，早就是世界的一部分，不增不减，不消不磨，增减消磨的只是在时间之中的你我而已。

时间说来奇妙，其实不过是日出日落。

金色的阳光，红色的晚霞，好像九天之上泼下来的熔岩，给草原镀金，让雪山融化。白爪站在山洞口，它一身的白毛都变成了金色，眩人眼目，带着无限的尊崇华贵。可我倒觉得金色并不是最尊贵的颜色，在这雪山和草原，只有白色才是最圣洁，最尊贵的，那是雪花的颜色，能映衬世间一切的颜色。听说雪山上的狼王，草原上的獒王，都是这个颜色。

白爪墨绿色的眸子在天际金光的渲染下没有变成金色，还是那样墨绿，绿得幽暗，绿得吓人，好像这绿光看得透太阳的金光。

"嗷呜——"

狼是一种很喜欢叫的动物，孤山之巅，对月长啸，对夜高歌，就算对着太阳也是这样，狼性十足。

"串儿，你在狼群这段时间，有什么新的想法吗？"

白爪突然问到我了，自打我跟在这只狼身边，它总是会隔三岔五问我些奇奇怪怪的问题。我能感觉到，它的立场虽然是狼，却又不是一般的狼，它能理解藏獒的理想，也懂人的欲望，可它还是狼。跟着这样的狼很危险，思想一不小心便会被它同化。用武力维持秩序，虽然太过暴力，却又真的发挥着作用。

"有是有一些，只不过……"

白爪眯缝的双眼似乎睁开了一些，笑道：

"只不过什么？"

我低下了头。最近心里的想法确实很多，也有很多这辈子从未想过的东西在脑子里出现，我觉得我现在不像一只藏獒，也不像一只狼，更像一个人，却又不是完整的人，我变成一个怪物，奇怪的念头很难停下，我也只能说给白爪来听。

"只不过，就连我也不知道我该不该有这些念头。"

白爪扬扬脖子，扭过头来看着我，它很平静，身上甚至没有了一直以来的杀气。

"但说无妨，雪山和草原这么大，如果连话都不能说，那它们白长了这么大了。"

我点点头，对这种无论说什么都要把雪山和草原挂在嘴上的讲话方式我已经习惯了。

"我觉得，无论是羊也好，狼也好，什么熊和狐狸都好，大家都生活在草原上，扮演着不同的角色，共同维持着草原的规律。所以……所以……"

说到这里，我已经感觉到我所说的话开始大逆不道，这些话违背了我狗娘的教育，违背了我骨血中的烙印，甚至违背忠诚……身为一只狗，除了忠诚，活着还有别的理由吗？

"你需要说下去，即便你的话像腐烂的山怪尸体，臭不可闻，但你还是可以说下去，因为雪山和草原会宽恕你所说的一切，因为它无碍其他动物的生存。"

我想白爪是对的，我可以说下去，因为这白茫茫的世界是自由的，无论是蹦是跳抑或做其他一切事情。

"无论什么动物，只要生存着，都需要食物，杀戮并非邪恶，只是为了生存。这个获取食物的网络，就是狼一直维护的秩序。"白爪赞许地点点头，蹭了蹭我的额头，好像是位才得爱徒的师父。

"说得对，你可以继续说下去。"

得到它的允许，我继续说下去。

"物竞天择，适者生存，这是自然给所有生命的残酷法则。无论是羊群，藏羚羊、牛，还是其他什么动物，它们都会有生老病死，只有不断的淘汰才能强壮地活下去，让族群的后代一代比一代更强！无论是狼还是狐狸，或者是其他什么食肉的野兽，你们在做的，都是把弱者淘汰，让强者活下去，这也就是草原和雪山上生灵一代比一代强，疫病减少发生的原因……"

说到这里，我顿了一顿，在白爪面前，我头一次直起身子，昂起头，让自己处于跟它同样的高度，淡淡问他："对吗？"

白爪点了点头，绿色的眼睛盯着我的两只眼睛。它的眼睛绿得通透，意味深长，我的眼睛颜色驳杂，好像两枚杂种的烙印。可就是这样两双眼睛对在了一起，四块琥珀间，好像隐藏着雪山和草原的秘密。

"对，你说的全都对，现在你理解我为什么说藏獒是规则的践踏者了吗？"

我的反应似乎出乎它的意料，从它的眼神中我能感觉到一点吃惊。我把头抬得更高，身子挺得更直，傲然道："藏獒是整个雪山上最神圣的种族，是神犬，藏獒把忠诚献给人类，人类是整个世界上最聪明的，所以他们拥有整个世界！我不认为藏獒错了，或者藏獒践踏了草原的规则，正相反，人类的一切都是有道理的，我相信藏獒所做的都是与藏獒身份相称的事，就像狼一样。我相信，为这座伟大雪山，藏獒绝不是漠视规则者。藏獒为雪山做的，绝不比狼少，藏獒会有藏獒的方式，藏獒的理想！"

白爪皱起了眉头，就像黑暗遇见光明时的收缩，极不舒服。自从我认识这只绝世狼王，它还是第一次露出这种表情，就像是见了对头。

"藏獒终究是藏獒，天真，倔强，都是这样。"

这是它第二次跟我谈起别的藏獒，而且带着极深的感情。我暗自高兴，在它心里，我终于跟别的藏獒一样了。

"藏獒都是一样的皮毛，一样的骨血，血统……改不了的。"

我说的话出了白爪的意料，同样，白爪也出了我的意料。它点点头，又摇摇头，叹道：

"不能说你对了，你确实不对，可是错，又说不上，也许对与错真的不重要。串儿，你看到我这一身白毛了吗？"

我点点头，白爪的白毛每一根都是那样的晶莹，尽显狼王的尊贵。就是不知道传说中的藏獒獒王，雪獒是否也有这样晶莹剔透的白毛呢？

白爪笑了，它的墨绿色眼睛眯缝着，嘴角又勾勒出一道轻蔑的弧度，就像我第一次见到它时那样，是一只什么也不放在眼里的狼中之王。

"它们就只是一些白毛而已，什么也说明不了，什么也不是。"

白爪的话让我摸不到头脑，我不懂它的意思，白毛是狼王的象征，还是白毛，还是什么呢？所有的问题纠结在了一起，在我的脑袋里打结，让我思考不出别的问题。

"串儿，你现在觉得你是什么？"

我是什么，一个最简单又最难以回答的问题，我就是我，而我又是谁？并不是每个人都能认清自己，起码我就不能。

"我是串儿，一只杂种的藏獒。"

那只白色的狼王没有回应，良久才道：

"串儿，你可以离开狼群了。"

离开狼群……我在狼群里已经有一段时日了，跟着狼群捕猎战斗，有的时候，我甚至会忘记我是一只藏獒，把自己幻想成狼。进入狼群之前的事渐渐模糊了，清晰的只有在狼群里生活的点滴，白爪一下子要我离开狼群，我真的不知道这是为什么，我又该怎么做。是欣喜若狂地大步离去，毫无留恋，连回头也没有一下，还是依依不舍，含泪离去，抑或是拜托白爪把我留在狼群里。我不知道，真的不知道。

"你……为什么要放我走？"

白爪摇了摇头。

"不是我要放你走，而是你已经能走了。串儿，你看这雪山上的无数生灵，强大的、弱小的，数也数不清，可是能成为狼王的只有一个，你说这是为什么？"

我毫不犹豫地回答：

"因为你比它们强大。"

白爪摇头叹道：

"仅仅因为强大就可以成为领袖吗？你有些天真了。还记得那只名叫大熊的灰熊吗，它身体强壮，远比我来得强大，可是它却没有得到雪山众生的认可，没有成为雪山的领袖，这又是为什么？"

白爪问出的问题永远不是看起来那么简单，或者说，白爪看问题永远没有看得简单。我认真地思考着它的问题，在头脑里回顾着它的话。大熊的强大我是见识过的，将我和白爪以及狼群的力量合在一起都不能把它怎么样，而仅仅是驱逐，它那条熊臂的威力是谁也受不了的。可是即使有这样的力量，大熊还是没有成为雪山上的领袖，反而使得大家都团结起来对付它，可见力量真的不是成为领袖的原因，不是这个……那又是什么呢……

我看着白爪，百思不得其解。

"是因为你长着一身白毛吗？"

白爪还是摇头。

"白毛黑毛其实都是一样的，挡风御寒，就算没有毛又能怎样？你认为这也能算是一个原因吗？"

我觉得大脑直欲炸开，原因原因，为什么什么都要有一个原因，又是为什么一定要我来找这个原因！我赌气趴在地上，想不出原因，干脆耍赖直接等白爪的答案。

可能真的没见过我这样的，白爪有些不耐烦了，直接开口道：

"做领袖，就一定要超越种族、个体的限制，看到其他人看不到的东西。"

我看着它，还是一身白毛，看不到它所说的那种东西。

白爪看我一身傻样，几脚把我踹了起来，指了指山下道：

"如果只看周围，你只能看到山洞，如果不看周围，你能看到整座山。"

确实，夕阳西下，山下的景色也是美丽宜人，可……

"这意味着什么呢？"

白爪像个兄长，拍了拍我的肩膀。

"意味着你可以走了。"

第三十章
寻找主人

　　想一想，这世界是多么的广大，看不到一丝一毫边际，包容天地，包容四海，包容了我们所有人。而在这世界中苟延残喘的我们与世界相比，又是多么的渺小，世界如恒河，我们如恒河之沙。

　　把一只麻雀囚在阳台里，就算打开一扇窗子，对它"网开一面"，它也未必走得出去，只会在阳台里扑腾翅膀，闪转腾挪，因为阳台对它来说实在是太大了，它找不到出去的路径。我们都是囚在这世上的麻雀，尽全力在这世上闪转腾挪，妄图找到自己要找的那扇窗，可这世界太大了。

　　离开白爪以后，我在这雪山上已经游荡了两天。可能是因为白爪的缘故，只要是狼见到我都挺友好的。而除了狼和熊，别的动物对我根本就构不成威胁，所以我没受什么苦，也没受什么伤，只在这山中游荡，打探着消息。

　　迷途者需要的是灯塔，这世上的我们尽皆迷途，幸运的是世界上有很多灯塔。对于我来说，主人就是那座指引我的灯塔，得到自由后的我想到的第一件事就是去寻找我的主人，继续为主人服务。至于在狼群里经历的一切，终将变成一场虚空幻梦，不见痕迹。藏獒的理想，我还未全部了解，在我心中其实只有膨胀的正义和无限的忠诚。我的生命只属于主人，燃烧出的忠诚甚至忠诚的灰烬，也只属于主人，无论他是对是错，是否违反了所谓草原的规则。

"嗷！嗷嗷！"

跟白爪在一起的时候我就一直受到这只绝世狼王的压制，耳边能听到的只有狼嗥，狼嗥，还是狼嗥，再没有其他。久而久之，藏獒的犬吠都要被我遗忘了，现在经由自己的口叫出来，竟觉得亦真亦幻。

"也许一切真的是一场梦，狼的规则藏獒的理想，只是个梦幻吧。"

我一个人自言自语，自思自想，虽然自由无际，却也不免有些孤单，我还是应该快点回到主人身边去，去看看主人怎么样了，看看主人身边的那个女人怎么样了。人与人的爱情固然可以情比金坚，情续百年，而狗对人的爱情却能情续海角天涯。现在的我已经明白我是爱上她了，可我却不能爱她，她是一个人，我是一只藏獒，我们之间注定不能有爱情，只能有忠诚，而这忠诚还是建立在主人这道桥梁上的。如果她离开了主人，我们之间就连忠诚都没法有了，所以他们得在一起。

"这儿有人吗？有人吗……"

远方的呼喊声若隐若现，我的耳朵一下子支棱起来，整个雪山在我的耳朵里都是那样清晰，我循着声音找了过去，声音原来不是来自地上，而是来自地下。

"有人在上面吗？我在下面，上面有人吗？"

这儿有一个直径一米五，不知多深的坑，声音就是从坑里传出来的，听得出，这是狐狸的声音。闻得出，这个坑有我主人的气息，很可能就是我主人挖的。

我走到坑边，看到了坑里的狐狸，它不算很大，在狐狸中也算是小个子，一身皮毛是灰黄色，身上有浓浓的狐狸气息。我跟着白爪已经见过了不少的狐狸，可是无论哪一只都要比这只狐狸来得高大，来得气派，看来这一只就是狐狸一族中最普通的狐狸，甚至要比普通狐狸还要弱小，要不它也不会掉进这样一个坑里。

"嗷嗷！狐狸，你怎么会掉到这样的坑里？"

听到上面有人，小狐狸很开心。它的命运也许不会长眠于这个深坑了，它有了出去的机会。

"你是什么？狼还是别的？"

为什么它要先问问我是不是狼呢？是狼是熊是藏獒又能怎样呢？无论我是什么，我都看到了它，又有什么区别呢？

"我是藏獒！"

小狐狸在下面兴奋地跳了起来。

"藏獒，你能救我出去吗？"

"这个……"

小狐狸不再蹦了，直接叹了口气坐在地上。

"我算是完了。"

小狐狸的话让我的心一阵灰暗，我不救它，我真的无力救它吗？弱肉强食是由自然制定狼来维护的雪山法则，它终会变成主人手上的皮毛和我肚中的温暖，我却开心不起来。我第一次如此直观地感悟到生命。

"小狐狸，你这是什么意思，我就一定不会救你出来吗？"

狐狸一族，最是乖滑，它们也最聪明，懂得解决问题最简单的方法。见我这样说，小狐狸一昂头，两只眼珠透着机灵，不像白爪的绿眼一样看透一切，令人心生畏惧，但却有着另一种通透。

世间的事真是奇妙，更是奇怪，偏偏跟你对着来，弄得你与本心相违。我原本因为小狐狸说它完了而不服气，我想救它只为对生命的怜惜，现在看来，我真的做不到。一问一答，再简单不过，我不能救它。

"我就知道！早就听说有个猎人带着一只藏獒进山了，就是你吧？一看就知道你不是什么好东西！算了，藏獒永远是人类那一边的，本就不该指望你。"

我想说点什么，可又该说什么呢？告诉它我主人的不易，告诉它作为藏獒我无法背叛，还是告诉它这就是雪山残酷的法则？在生命陨落面前，唯有血是鲜亮的，其他都无比苍白。

"对不起……"

坑里传来扑通的一声，想是小狐狸在里面折腾累了趴下了。也苦了这小东西了，会被困在这么深的洞里，就算是我也未必跳得出去。更苦的是它还要被活活剥皮，弃尸荒野。

"小狐狸，你别着急，等主人来了我会给你求情让他放你走的。"

等到主人来了把小狐狸弄上来之后，我扯住主人的裤脚，呜呜地叫，主人应该会理解我的意思放过这只小狐狸吧。好吧，只是我的一厢情愿，主人多半会笑着把我踢开，对我说：看不出来，串儿这么馋牛肉啊。

坑里的小狐狸似乎很疲倦了，有气无力道：

"你呀，就别哄我了，我累了，现在要睡一觉，你要是想帮我要么把我弄上去，要么弄点吃的扔下来，别的就不用说了。"

把它弄上来不行，它是主人要的我不能把它放走，可只是给它放点吃的下去这倒容易。我应承了小狐狸就到远处找食物了。我并没有拂起地上的土扫去那些断开的枯枝来掩盖我的气味，扫去脚印，我把这些都留着，这样别的动物很容易就能找到那个坑。说白了，我想给小狐狸一线生机，能被谁救走，就被谁救走吧。弱肉强食，除了狐狸，还有什么动物肯去救它呢？这也只是我的一厢情愿罢了。

我下到草原上随便抓了点什么，不管是吃草的还是吃肉的，有肉能给我吃就行。这种行为可能严重违背了藏獒的生存准则，谁让我是一只不一样的藏獒呢，这是白爪说的。

"小狐狸，你还在吗？"

我明知故问着，小狐狸小小的身子还蜷在坑里，小小的，连坑的一角都占不满，楚楚可怜。

"我还在……藏獒，你弄到什么吃的了吗？"

它的声音不像白爪那样沉稳又暗藏玄机，它的声音是很机灵的，像是音符在跨栏，在栏架上舞蹈，让人心里舒服，乐于与它对话。

"我弄到了，你现在就要吃吗？"

坑里的土沙沙响着，小狐狸站起来了，昂起它的小脑袋，不是墨绿色的眼睛也放着光。

"你长得这么大怎么这么呆呀，弄到了吃的就快扔下来，我都快饿死了！"

我忙用鼻子把那些食物拱下去，通通的声音，伴随着一声"哎呦"，接着是一阵咒骂。

"你砸到我的头了！"

不知为什么，跟这只小狐狸认识的时间很短，甚至连它的名字都不知道，可我能对它说的话，我对它说得最多的话却是对不起。我们萍水相逢，我真的对不起它吗？想到等着它的抽筋扒皮，也许我是真的对不起它。

天色暗了下来，周围也静了。因为是雪山，没有虫鸣，只有小兽的叫声，吹过雪地的风声，还有坑里吧唧吧唧的小狐狸吃东西的声音。

"小狐狸，你够吃吗？"

我纯属是在跟它搭话，我弄回来的食物足够撑死两个小狐狸了。

"吧唧吧唧，够，你这只狗虽然呆呆的，不过心肠还不错，吧唧吧唧。"

我把脑袋探进坑里，一下子就遮住了月光，使得坑里变得黑漆漆的。没了光源，小狐狸自然有感应，抬头看到了我被黑暗衬得阴森恐怖的脸。

"那当然，我可是藏獒啊！"

藏獒的吼叫把小狐狸吓得一跌，不过它在坑里，我在坑外，我是不会进坑去陪它的，就像以前我的钢筋铁笼，是种保护，所以它并不怕我，用一种调侃的语气道：

"好好好，藏獒，藏獒！你们藏獒都一样的，自命不凡，不许人说，蛮不讲理，不说就不说！"

它对藏獒的认知不同于白爪，倒多了几分温情。小狐狸的遭遇让我感觉到，只在利爪与铁血维持下的规则总是少点什么，是什么呢？答案也许不复杂，却难寻得，我不禁想起了那个我还未理解的藏獒理想。

小狐狸在坑里，背风背雪，睡得香甜，我却在坑外，寒风凛冽，我得守在这里等我主人。

"喂，我说藏獒，大冷的天你不找个背风的地方待着偏偏等在这里干嘛？又没人给你发工资，就算发工资你也不至于这么用功啊！"

……

"我找主人！"

第三十一章
好生之德

　　小狐狸在坑里对我甩了甩尾巴，不屑的意味很浓，那种跳跃的音调又开始舞蹈了。

　　"得了吧，真是理解不了你们这些狗，整天除了打打杀杀，就是主人主人，最讨厌的是跟你们主人一起打打杀杀，多没劲，生活这么美好，美好的生活就应该享受，哪来那么多的官司，理解不了，就是理解不了。"

　　小狐狸理解不了我，我又何尝能理解它呢？看似只有一个坑的距离，可这坑却像是天堑，我们在坑的上面和下面，呼吸可闻，叫喊有应，可我们却生活在两个世界。我的世界里，只有我的主人，我要为主人活，服从主人的命令，完成主人的一切心愿。而小狐狸……或许它只知道雪山苍茫广大，尽情游戏，无处不可快乐，处处都能开心……这是两个世界，我跟它比不了，它也不必与我相比。

　　"坑里的小狐狸，你要是饿了你就说，我去弄吃的给你，我会在这一直守着，等我的主人来。"

　　跟小狐狸比起来，我要好得多，不光是因为我在坑上，还因为我在等的是主人，小狐狸在等的是死亡，而这死亡对它来说还是未知，这是最可怕，最可怜的。

"算你这狗有良心，嘿嘿，坑里呢，又暖和又背风，我就在这小宫殿里先睡一觉，你在外面守着吧，记得天亮了叫我起来啊！别忘了！"

这小狐狸真是豁达，豁达得过了头，简直就是没心没肺。身处险境尚不自知，还要睡觉，一副自命不凡的样子，真是拿它没办法。不过这个样子，也挺可爱的。不知道李若兰会不会像这个样子，她又会怎样。

"真是拿它没办法，这种情况，我还真是替它守着呢！"

想我堂堂一只藏獒，虽然没有百分百的血统，但我怎么说也算草原上的霸主，狐狸和狼这种角色应该是不放在眼里的。可现在我竟然真的在替一只杂毛小狐狸站岗，世上的事，真是太难说了，怪不得都说世事无常呢。

想到了这一层，我的心慌得厉害，我隐约感觉到这一回我可能见不到我的主人了。可我主人已经在这里挖了坑，他又怎么会不回来收他的猎物呢？脑子好像进了马蜂，嗡嗡地响个不停，每一声嗡鸣在脑子里就是一丝想法，我胡思乱想得厉害，停不下来。

雪山上的风依旧吹拂，月亮悄然横在夜空，月与雪在这一瞬间都变成了一样的颜色、一样的质感，不是简简单单的白色，而是一种皎洁，让人觉得正在沐浴月光，神游月宫。这种情景，着实令人痴迷，触动人心中那一点最最柔软的情感，月光和雪仿佛最温柔的手，在梳理我乱蓬蓬的毛发。我看月亮，我的眼睛颜色浑浊，瞳孔斑驳，污染了月亮。而在那遥远的月宫里，住着一位女神，她衣袖飘飘，秀气的小脚赤裸肌肤踏在冰凉的雪地上跳舞，一颦一笑，倾国倾城，迷倒众生。

我知道这是个没有睡着的梦，超越了种族，让人和狗都不愿醒来的梦。坑口不大，里面有月光没有月亮，是以睡着了的小狐狸倒没有做这个梦，呼吸均匀，睡得香甜。我也屏住呼吸，呆呆地看着那月中仙子，笼着月纱轻舞，背影婀娜动人，勾勒出不属于人间的弧度，让人心醉，全部的生命全都扑到那曲线上。这道弧度与白爪嘴角那道很像，很像，不知道他是不是也做过这样一个美梦呢？

女神慢慢转了过来，脸上，分明是李若兰的模样。

我的梦一下子醒了，月光碎了一地，碎成苍白的雪。失去光芒的月亮仿佛被抽干了血，无比苍白。舞蹈的月中女神，消失不见了。

"该死，怎么会有这种白日梦，小狐狸把我搞得也神经了。"

我确实神经了，自言自语。有人说，自言自语是信心不足的人肯定自己的行为。是这样吗？谁知道呢，不过是人类说的，应该错不了。有的时候，做一个梦要比干一天活，打一天猎累得多。我伏在地上，迎着寒风，沐月休息，等待朝阳。

"喂！外面的藏獒！你还在不在？我知道你还在那，快点回答我，喂！"

可能是昨晚的梦做得太开心，忘记了睡眠，第二天早上倒是小狐狸醒得早些。可是这家伙醒得越早越成麻烦，越添麻烦越是祸害，把我从睡梦中祸害醒来。

不过还好，我身强力壮，精神也不错，即使是昨晚的无眠之梦耽误了睡觉，即使是小狐狸大牌的声音搅扰了睡眠，即使……我还是精神抖擞地站起来了。

"小狐狸，大清早的不在坑里老老实实趴着，叫我干什么？"

可见起床气是所有会睡觉生物的通病，即便温和如我，对小狐狸同情如我，被它这样从睡梦中叫起来，语气中还是带了几分真火。

好在，小狐狸那么乖滑，对藏獒的性格认识得无比深刻，我这两句牢骚到它耳朵里就直接过滤了，什么作用都起不到，它还是那么嚣张。

"喂，藏獒，我饿了，要吃早餐，你去给我弄点来，别回来晚了把我饿坏了！"

我看看天光，蒙蒙亮着，太阳就像小荷才露出的尖尖之角，害羞地躲在地平线下，却不知自己已被发现了。这么早，主人应该还不会找来吧，可是主人万一在我去给小狐狸找食物的这段时间来了怎么办，这个时间，主人一般会来检查猎物的，一时之间我也不知道去还是不去好，我必须抉择，否则再拖一会儿就真的不能去了。

"小狐狸，你昨晚吃了那么多，今天你就不能忍一忍吗？要不会消化不良的。"

小狐狸这么刁钻，哪里肯买我的账。

"藏獒，昨天是谁口口声声说要给我找吃的的？你别忘了！我就是饿，就是想吃！我说你好歹是个藏獒，那么大个子，说话到底还算不算数？"

小狐狸虽然刁钻，虽然嚣张，它也是讲理的。我不去给它找吃的确实是说话不算话，可我这一走若是主人回来带走了它，我再要找主人可就难了。难难难，我才是两难！

"小狐狸，是这样，我在这等我主人，万一我主人在我出去的时候回来……"

小狐狸在里面甩了甩它蓬松的小尾巴，喷了喷鼻子，我能感觉到它对我一口一个主人该是有多么不屑，这也难怪，狡猾的狐狸跟忠诚的藏獒怎么能一样，这是在我们出生的时候就贴好了的标签，看不到，拔不下，只是存在着，拔也拔不掉，也没有人想过去拔。

"好！好！你在这等你主人，我等死。你等到了主人，主人一高兴给你根骨头，你这狗乐颠颠地叼到一边去了，我呢？我肯定死路一条，不知道是放血，还是吃肉。我还是饿死鬼呢！我做鬼也不会放过你的！"

我不怪它，我没有理由怪它。一条鲜活的生命即将在我主人的手上变成一张并不漂亮的皮毛，还有一坨被丢弃的血淋淋的不停抽搐的东西。这是种罪孽，罪孽由我主人造下，我能否认说这一切与我无关吗？我应该做点什么，以此来赎罪，为了良心，为了月中女神，也为了我的主人。

"小狐狸，你等着，我这就给你找吃的去！"

我觉得我的血管的血浆流淌，肌肉在燃烧，爆炸，宣泄着心中那想喊却不能言出的力量。白爪这段时间对我的训练让我的身体素质大大提升，我像闪电，划了出去。最快的速度，最诚的忏悔，小狐狸，原谅我。

这一路上，我眼前的都是急急掠过的风景和被高速掀起的白沙一般的雪，一路上脚不沾地，绝不停留，状如疯魔。在一场杀戮之后得到了食物，我叼着吃的又像疯魔一样往回疯跑。

但愿主人没这么早来，可我又希望主人能早些回来。最好是我叼着食物刚走到坑边，就能看到主人也到了，我扑过去在主人腿上蹭来蹭去……还是不要这么早的好，小狐狸最后这餐饭还没吃到呢。

念头快得吓人，转眼间我回来了。坑还是我走时那个样子，周围连个痕迹也没有。小狐狸也还是我走时那熊样，蹦蹦哒哒的就是爬不上来，我舒了口气，把食物给它扔了下去，看它在那里大吃大嚼，小嘴还不及一块肉大，甚是可爱。

我是个优秀的猎人，深知动物与肉的关系。可今天我有些动摇了，看着小狐狸的吃相，我突然明白了一个无论是跟着白爪还是跟着主人都学不到的道理，虽然世界很残酷，弱肉强食。但世界也有它可爱的一面，就如现在吃得开心的小狐狸，虽然它现在的快乐建立在被它吃那只动物的生命之上，可谁又能说这不是快乐呢？

　　我趴在洞口，想也想不通。难道这世上就没有一个万能的道理能告诉我该怎么做吗？

第三十二章
一起等待

我曾想过，有一天，我要登上雪山之巅，整个草原甚至整个世界都在我的脚下。看着近在咫尺的天空，看着踏在脚下的大地，呼吸着高处清凉的空气，这一切都有着一种无法用语言来形容的痛快，有着一种在六月把自己砸进一库冰西瓜的爽意。现在，我也想登上高处，抬起头看着无论在哪里都无边无垠的蓝天，卑微地嗅着厚土万丈的大地，沐浴云海，在无人之处，大声嚎叫，无论是狼嗥熊咆还是藏獒的嚎叫，一切都好，我只要尽情地嚎，尽情地叫，宣泄着世界留在我心中的不满。

可真实的我并没有爬得那么高。我离天很远，也未登上地之高处。整天为了主人生计愁虑，无论是云还是海，就连大声嚎叫都是奢望，那会引来无数的熊还有狼。我很羡慕白爪，羡慕它想做什么就可以做什么，想在哪里嚎叫就在哪里嚎叫，孤傲于世，天地间再没有第二个狼王白爪。我也羡慕小狐狸，它虽然在坑里，任人宰割，但它的心要比我纯净得多，哪有这些忧愁的杂质，所以它能在坑里大吃大嚼，倒头便睡，陷阱囚笼的坑对它来说也是一处避风的港湾。

真实的我，没有白爪孤傲的姿态，无所畏惧。也没有小狐狸澄澈的心，所遇皆欣。我只是一只可怜的藏獒，甚至连藏獒都不是，只是一个长着藏獒外表流着藏獒血统的可怜虫。我满以为自己对主人忠诚，可对李若兰我又有着非分的念想。对主人的猎物，我本应不留一点同情，刀牙咬上喉咙，可我却受不了小狐狸委屈的面孔，一度萌生想要放它走的想法。这样的我，又算什么呢？不完全的野兽，不合格的狗，我在忠诚与现实间挣扎，最终会被漩涡绞死。

"小狐狸，给你的东西够不够吃，不够吃我再给你弄点来。"

小狐狸抚着自己圆溜溜的肚子，一脸茫然地看着我。两只眼睛亮晶晶，圆溜溜的，看得我只想抽自己两个大嘴巴。我还真是虚伪，明知小狐狸就快死了，还去问这种蠢问题，这算是表现我对它的关心，还是我对它的爱心呢？都不算，自诩是草原最正义最高贵藏獒的我原来这般虚伪。

"好吧，吃饱了你就睡一会儿吧，我在外面给你守着，放心吧。"

我还真是个小人，彻头彻尾的小人，做着藏獒应该做的事，却给藏獒丢人。

"你这只狗啊，真是理解不了你。既然你愿意守着你就守着吧，我要美美地睡上一觉了，希望我能一觉不起，无病无痛地睡到下辈子。"

说者无意，听者有心，我该做些什么，真的。

可能是因为我身上浓烈藏獒气息的缘故，坑周围一直都没有什么野兽经过，风吹过雪地，刮起的只有地上积雪。也许这是件好事，在主人到来之前我能有清净的生活，我想念主人，想念那段教书的日子。

生存还是死亡，这是一个头大的问题，不只在抉择自身命运时头大，在主宰他人命运时一样的头大。或许我们可以随意替他人选择，但良心的锁链会狠狠地扎透我们暗红色的心脏，隐隐的刺痛迫使我们谨慎选择。日后，面对小狐狸的遗骨时，我那藏獒强健的心跳会不会出现难以抑制的颤抖，我驳杂的瞳孔射出的目光，会不会带着愧疚。

我头一次萌生了撒谎的想法，不管这是否有损藏獒忠诚的声誉，对不对得起我那未曾谋面的父亲的英名。

放学了，学生们像小燕子一样飞出教室，飞向草原，飞向那个天真烂漫，没有痛苦也没有烦恼的世界。欢歌奏起，好像永不停息，越奏越远，最终停止。

李若兰微皱眉，凝脂般的脸色头一次显现出了灰暗，每一根头发都有气无力地垂在那里，整个人的精神差到了极点，想来今天的课她也是硬撑下来的。

王兵又走了。自从串儿死了以后，王兵消停了一段时间，整天躲在帐篷里，偶尔来帮他教几课书。可是没过多久，王兵又开始了他的间断性失踪，每次失踪回来还会给李若兰带礼物，有的时候是漂亮的衣服，有的时候是美丽的首饰，甚至更加名贵的一些东西。礼越重，王兵笑得就越开心，李若兰的心就越不安。好像这些礼物都是王兵凿开骨髓，熬出鲜血换来的，李若兰甚至还在这些礼物上找过血液的痕迹。

虽然没有找到自己想象中鲜血的痕迹，但她秀气的琼鼻还是嗅得到一抹淡淡的血腥气，哪怕是刚从商店里买来的衣服。

"王兵，你什么时候回来，你到底在哪里，到底想要做什么，有谁知道，或许串儿知道，可是串儿已经不在了。"

李若兰什么也不能做，即使身处一望无际的大草原，蓝天与碧草相接，有这一条不知是蓝是绿的光带，遥不可及，生存空间广阔无比，悠然天地，可她还是觉得她像一个处在深闺的怨妇。

人都说爱情是牢不可摧的，除非天荒地老，海枯石烂。其实天真的会荒芜，地也真的会老去，海枯石烂也并非不能。如果心死了，干涩的眼看天，那天就荒了，摸摸地，地老了。流一滴泪，倾尽了大海之水，一声叹息，顽石烂了。

李若兰知道自己身上发生着一些改变，就连她自己也不知道是什么的改变。随着王兵离开次数的不断叠加，她期盼王兵回来的那颗心也淡了。少女情怀总是诗，这一首草原情诗吟来吟去，终于吟到了头，李若兰心里的柔情就这样，慢慢变硬，慢慢变淡，这是少了藏獒的缘故吗？

雪山冷风吹拂，坑里温暖依旧。也许我应该跳到坑里，去跟小狐狸作伴。去跟它挤，换来一点温暖。可我能这么做吗？在这个世界，总有人活在温暖里，也总有人在守护着温暖。看看天色，寒风又快到了，主人还是没有来。我得在这里守着主人，主人会如期而至吗？坑里，小狐狸还在蹦啊蹦的，它努力地往上跳，想要跳上来。它那小胳膊小腿，又哪里跳得上来？

"小狐狸，上来真的那么好吗？"

小狐狸在下面奋力一跳，小小的脚爪扒住坑壁，吃力地向上爬，每移动一小步，小狐狸就要花费很大的力气，被我这么一问，小狐狸下意识回答：

"你说的全都是废话，能上去，当然好过在下面等死了！"

它本来爬得就很吃力，这样一开口说话，蓄着的力一下子全泄了，一个不稳，啪的一下，小狐狸又掉回了坑底。

"你这狗，太卑鄙了，你不救我上来，我自己上去你还阴我，太可恶了！"

小狐狸在下面皱着鼻子，张牙舞爪的，好像要活吃了我。其实，它和我都知道，像它那样爬是无论如何也爬不上来的。它这奋力一跃也只是消遣罢了。

我喜欢在草地上打滚，自由地奔跑。一切阳光能照到的地方都是我所喜欢的。如果把我关在那么一个小小的坑里，就算有人每天送吃的不会饿死，闷也闷死我了。藏獒不是一个小小的坑就关得住的种族，狐狸就是吗？

如果坑里没有了小狐狸，主人可能会一无所获。一无所获，这又有什么大不了的，如果小狐狸被主人捉到了……脑子里那团暗红色的肉球又出现了，它抽搐蠕动，依稀就是小狐狸的形状。

都说意识支配肉体，现在我的意识就被肉体支配。我麻利地找了一段枯枝，叼着甩下洞去。

"小狐狸，爬上来吧！"

不必我说，小狐狸麻利地咬上枯枝蹬着小脚爪就这么上来了。

"呜哈哈！我终于自由了！"

小狐狸显得很兴奋，围着那个坑又蹦又跳，偶尔还冲坑里吐一口唾沫，看来这两天把它闷得不轻。

"喂，藏獒，你不是不救我吗？怎么又放我出来了，良心发现啦？"

这家伙，个头不大，一张小嘴倒是毒得很，不过，被它说说我的心情却是好了许多。

"就算我良心发现吧，你快走吧，我留下来等我主人。"

说着，我趴在坑边，蜷起身子。这一天我的精力消耗太大，我要养养神了。不只是养神，我还要想想清楚，怎么才算是忠诚。

小狐狸也不急着离开，在我身边拱啊拱的，拱出了一块地方，趴在我的身边。

"我看你呀，还有点良心。自己在这傻等多没意思，我就好人做到底，陪你等着吧，不用太感谢我，弄点好吃的就行！"

小狐狸还是那么可爱，一双眼睛没有半分李若兰课上讲出的属于狐狸的狡猾邪恶，圆溜溜，亮晶晶，分明是活泼和天真。

"你不怕我吃了你?"

它很鄙视地瞪着我，亮晶晶的小眼睛瞪得溜圆，里面尽是我读不出的复杂情愫，复杂中又带着童趣。这是在主人，在白爪的眼里都读不到的东西。

"大叔，这个笑话很老土，说了陪你等就等着，啰嗦什么呀！"

第三十三章
杀戮狂魔

　　总去做一件事，即便是不喜欢的事，时间久了，也是会上瘾的。

　　瘾这东西，给人以地狱深处终极的快乐。

　　若论嗜血，雪山上最嗜血的当属狼了。只要一滴血液，哪怕已经冻结，整个雪山上的狼也会倾巢而出，只为把它舔干净。而现在，狼正被一个更加嗜血的杀戮狂魔逼得节节败退，眼睛里的幽光也变淡了，没有了饥饿时晃人的红芒。

　　砰！砰！砰！枪声连连响起，几只狼在这人类与地狱中创造的杀戮机器面前如同婴儿一般，毫无还手之力，被子弹崩得到处都是，崩到地上，像烫了热水的虾一样。

　　"死狼！让你们嚣张！让你们看看厉害！畜生就是畜生！串儿！看到了吗？报仇了！哈哈哈哈！"

　　王兵崭新的登山服穿了这么久也有些旧了，刚来西藏时那文质彬彬的面容越发的狰狞，两边嘴角咧开的角度越来越大，露出的牙床越来越多，就连眼睛里的血丝也多了，瞳孔迸射着猩红的光芒，很像白爪眼里的墨绿。不过白爪那双眼是一汪潭水，深不可测，没有涟漪，无比淡漠。而王兵这双眼，透着的是兴奋，嗜血，杀戮。

血染红了雪，王兵扛着一杆比以前大了两倍的猎枪，拖着刚打下的猎物，大笑着走下山去。

……

扎西今天很开心，他的老主顾又来了，还带来了新货。

"哦！亲爱的王兵，看你的气色不是太好，你这是怎么了，我的朋友？有需要我效劳的吗？雪山日光能见证我们的友情，无论是刀山火海，还是无边炼狱，你最忠诚的朋友扎西都会毫不犹豫地为你效劳。"

"扎西，我很好，前两天进山，又有了新的皮子，你给我个合适的价格。"

攀交情，谈感情，喝点小酒都没问题，扎西连眉头都不皱一下，可是要说起这价格，扎西豪爽的样子一下子消失不见，好像从未有过。扎西嘴唇抿了起来，包起了他因抽烟而发黄的牙齿，两道眉毛皱了起来，变成两条蚯蚓，挤在一起，甚是可怖。

"王兵啊，你也知道，现在做这行不容易，兄弟我也是勉力维持，小心翼翼，唯恐亏了本钱，那可就永世不得翻身了。这行当不景气，虽然说老哥干了这么多年可都是在保本，你看……"

砰！

不是枪响，这一声没有枪响那样响，却又比枪响沉重许多。王兵把一杆大出了号的猎枪摆在了扎西的桌子上，震得扎西桌上的茶杯都震动了，险些变成碎片，看到这杆枪，一向见惯了大场面的扎西心里也有点突突，赔笑道：

"我说王兵，说得好好的，怎么把它拿出来了，你这是怎么了？"

王兵一字一顿的，好像已经失去了作为人的情感，只是一个能站在这里的说话的机器。

"我只要一个合理的价格。"

扎西咬着嘴唇，好像在犹豫着什么。那杆大枪被王兵保养得极好，即使这小隔间里光线很微弱它上面反射的寒光也清晰动人。

"比以往上涨百分之十怎么样？"

王兵拿起那杆大枪，照旧扛在肩上，打脚下拿出了一个鲜血淋淋的包裹，随手丢给扎西，声音比之刚才还要冰冷。

"成交！"

……

在辽阔的草原上，有着一所小小的学校。这所学校没有宽敞明亮的教室，没有现代化教学必不可少的多功能厅，没有宽阔的操场和供学生锻炼的体育设施，有的只是两个勉力支撑的年轻老师。

一个，每天吃住在学校里，为学生们的学习操劳，生活简朴；另一个，已经看不到影了。

李若兰希望王兵能回来，又不希望他回来。王兵现在变化越来越大，态度也越来越冷淡蛮横。好多孩子都说害怕王兵老师，不敢上他的课了。所幸他们的王兵老师现在忙得很，根本没有心思给这群小鬼头上课。

皮靴落在草地上，发出啪嗒啪嗒的响声。由远及近，由不可闻到清晰可闻。王兵冰雕似的脸没有一点表情，那双眼睛让人心寒。

"若兰，我回来了。"

冷冰冰，硬邦邦，他这句话没什么腔调，好像不是说给恋人的，而是说给路人的。李若兰心里不舒服，不过王兵回来总是件好事，起码他回来能让李若兰知道他平安无事。

"这是给你的礼物。"

王兵伸手从包里掏出一个包装精美的礼品盒子，盒子是蓝色的，丝带是粉色的，只看上面装饰的美丽花纹就能感受到这份礼物里浓浓的爱意。可李若兰并不这么觉得，这样精美的盒子她已经收过好几个了，里面不是化妆品就是衣服，其中不乏很名贵的礼物。开始的时候李若兰还不太敢收，不过次数多了，也就习惯了，为了让王兵开心，只能欣然接受，而王兵送的次数越多，神情也就越疲惫，态度也就越冷淡。

王兵，怎么会变成这副模样？

"这次回来，还走吗？"

王兵皱着眉头，这个问题他回答了已经不知多少遍了，即便是李若兰问的，依王兵在雪山野兽里练出来的那脾气，他也该烦了。

"我都说了多少遍了，我是去工作！工作！要经常出去，在家里待不了多久，是你耳朵聋了，还是你根本听不懂！"

王兵这段时间在雪山上过活，跟那些狼和狐狸斗，神经绷得紧紧的，一肚子的火气也都憋着，没处发泄。回来之前在扎西那里摔枪，本身就是一种发泄，不过扎西太过晓事，让他这一肚子火回到肚子里，再没有发泄的机会。李若兰这一问就把王兵给问恼了，王兵一肚子火可有了发泄的机会，一股脑全给了李若兰。

李若兰没有想到王兵会这样吼她，一时竟是愣住了，忘了哭，也忘了走，就那样呆呆地看着王兵，一双美目里尽是王兵看不懂的光彩，带着凄然意味。不知过了多久，可能只是一瞬间，不过王兵却觉得他被折磨了一万年，李若兰看着他，不带什么愤怒，却把他看得毛毛的。

"对不起，若兰，别这样……"

李若兰转身跑了出去，头也不回，包装精美的盒子在地上摔破了，摔出了里面做工精美的华衣。

王兵自嘲地笑笑，他现在的笑容难看得很，不下于他第一次见到的扎西。这是亡命徒通用的笑容，让人心悸。收拾好行装，他又走了。看着他离开的背影，李若兰没有落泪，她的眼睛里透着决然，瞳孔闪烁出琥珀色的光泽。

"走吧，要走就走吧！"

……

而雪山上，又来了那个杀戮狂魔，他拿着一杆大大的猎枪，枪口喷出长长的火舌。

狼王知晓了这号人物，它当然不会让破坏草原秩序的人如此猖獗。就如串儿受围那次一样，整个雪山和草原的狼都围住了这个杀戮狂魔，也就是它们的老对手，王兵。

白爪立于狼群的最前面，昂着一颗漂亮的狼头，一双墨绿色的眼睛闪着幽光，尽是淡漠，与那双红色的嗜血的眼睛对视着。

双方僵持不下，王兵手握钢枪，四面围着数不清的狼。

第三十四章
狼獒之战

狼王白爪是雪山之王，这我早就知道。白爪凭借着狼族数量多，战斗力强，还有它自身超绝的实力，斗败了雪山上不知多少英豪，这才摘得了雪山之王的桂冠。想那大熊，能让身形暴涨三四倍，其力量速度，非但不弱，反而远强于白爪。似这般人物，面对白爪的手段，仍要居于其下，每每与之作对都未讨得好处，只是一次次的遍体鳞伤，白爪这雪山之王的威势可见一斑。

雪山有主，那么草原呢。草原尽是牧草，气候要好过雪山，又有那么多的牧羊和食草动物，这就是食物啊，雪山上那些食肉动物又怎能放过。可白爪这样食肉动物中的魁首也不过统御雪山，并没有将势力扩展到同时覆盖草原的程度，草原之王的力量一定不会弱于白爪。

我曾经问过白爪，到底草原由谁统领。白爪的答案不似它平时的淡漠，倒是有几分风趣，它是这么说的：

"草原，你看在草原上谁最自命不凡，那就是谁了。"

思来想去，能有骄傲这个特点，而且有统御草原实力的，就只有藏獒的獒王了。我从没见过獒王，只知道他是一头雪獒，全身都是白色的，如同雪山一样圣洁，如果不是雪山已经归到白爪的治下，让它来统领也算合适。我觉得这獒王的实力应该在白爪之上，可我苦于没有见过它，更苦于在坑边跟小狐狸苦守。我没有想到的是，我的主人竟然先见过了这只不下于狼王白爪的绝世獒王。

白爪带着狼群把王兵围了一圈又一圈，上次因为獒群的缘故，致王兵于死地的计划没有成功。这一次，由白爪亲自带队，整个雪山上方圆百里的狼都聚集了起来，王兵非死不可。

"这个人这么凶恶，能养出串儿那样的狗，也真是有趣。"

白爪直视王兵，幽绿色的目光与猩红相接，不知道他们是否能读得出对方眼睛里的含义，一狼一人就这样默默对视着，谁也不肯先动手。而狼群都唯白爪马首是瞻，白爪不动，其他的狼也是不会动的，两方就这样僵持着，与其说比的是战力，倒不如说比的是耐心、定力。

"嗷呜——"

一声狼嗥，千万声狼嗥。王兵沉得住气，白爪也沉得住气，最终沉不住气的还是那些不识大体的狼。

砰！砰砰！

这段时间在雪山上的磨练，王兵已不是初上雪山的那个菜鸟了，无论是应变能力还是勇气，王兵都有了很大的提升，莫说是这些狼，就算来的狼再多十倍，就算王兵怕得要死，他也会微微一笑，绝不表现出分毫的怯懦。这才是一个合格的猎人应该做到的东西，怕，但打死也不会说自己怕。

王兵的枪很有准头，那些扑上来的狼都被他的子弹打中了，倒在地上，流出殷红的血。血不止流在地上，还挥发到空气中，变成了最有效的催狂剂，让那些还没来得及扑上来的狼凶性大增，龇出的獠牙更大，眼睛里幽光更冷，绷紧了肌肉，只等待王兵出现破绽就会扑过去，把他撕个粉碎，一根一根地把他的骨头嚼成渣子。

冷汗从他的额头流下来，不过他倒没有觉得有多冷，因为雪山上已经很冷了，这儿聚集了几百只的狼，虽说在理论上有了这些狼的体温应该暖和一些，但事实却是更冷了。看着眼前这只全身白毛没有一点杂色的畜生，看着它白毛里透出的那两个幽绿幽绿的窟窿，王兵知道，这一定就是这群狼的狼王。看这只雪狼的个头、品相，估计周围几百公里的狼都要听它的。如果这只狼死了，啧啧，且不说它身上那张毛皮能值多少，单说雪狼王一死，周围的狼该变得多么混乱，多么好打，到时候……

在王兵的脑子里，白爪的身上已经有了不知多少个窟窿，里面汩汩地淌出鲜血，染红雪地，融化雪山，开满鲜花，散尽芬芳，等窟窿里的血流干了，里面又闪出金色的光，紧接着，掉出花也花不完的金子。

王兵下了决心，一定要狙杀白爪，既是为了生存，也是为了生活。

砰！

这是一枪快枪，王兵打得是既快又准，瞄的正是白爪的脑袋，而且真的瞄准了，子弹就这样挟着强大的杀伤力朝着白爪的脑袋打了过来，除了刚开始砰的一声再没有别的声息。

白爪的眼睛还是墨绿的颜色，目光透着淡漠，好像没看到这颗子弹一样，更好像没有把这颗子弹看在眼里。子弹的速度自然是快的，快过了风，快过了雷。子弹近了，又近了，它马上就要打爆白爪的头了。

白爪微微一笑，谁知道它笑没笑，它嘴上那道高深莫测的弧度是一直都在的，让人捉摸不透它要干什么，它在想什么，甚至它到底是个什么表情。

白爪偏过了头，纵身一跳，子弹就这样打到了空处，射在地上，噗的射出了一簇雪，映在阳光下，分外漂亮。白爪一身白毛比这雪还要晶莹，再配上它矫健的身手，更是漂亮。可惜王兵与它是对手，更是个人类，不懂得欣赏它这种别样的美感，只觉得心惊，不自觉地拍了拍胸脯，好像要按回去他不知何时透胸而出的惧怕。

"好厉害的畜生，看来真的要给你点厉害尝尝了！"

王兵把那杆猎枪横在身前，使枪成棍，那精气神，活像是京剧里的武松。就像王兵无法欣赏白爪那一跳的美感一样，白爪也理解不了人类京剧的魅力，一人一狼就这样又恢复了开始大眼瞪小眼的状态，都不主动出击，都蓄势待发。

"獒多吉！獒多吉！"

王兵嘴里不知道喊着什么魔咒，喊得声嘶力竭，好像这道咒语能让他良心安宁，能带给他坚不可摧的心，能让他拥有战胜一切的力量，让他打败眼前这只狼，剥下它的狼皮作为自己的卧榻。

对于王兵口中这三个字，大部分狼的反应并不大，好像这三个字与糌粑、酥油、饺子、馒头没有什么区别，只是闻得其音却不知其义的人类语言，与狼无关。可狼王白爪听到这三个字却是真的色变了。

白爪把两只从未真正睁开的墨绿色眼睛睁开了，瞪得好大，射出冷冷的光，这冷光不再淡漠，不再无所谓，不再高高在上地视一切为蝼蚁，这眼神中蕴含的是战意，浓浓的战意，冷到了极致的战意，虽然冷，却又有着兴奋的律动。

"嗷呜——"

狼王狼头昂起，仰天嚎叫，所有的狼也都跟着嗥叫，一时间雪山狼嚎阵阵，毫无间歇，狼成了雪山毫无疑问的王者。就在狼的气势提升到了极点的时候，另一种不同于狼嗥的叫声从远方传来了，由远及近，速度快极了，这声音是——

"嗷！嗷嗷！嗷！"

"嗷嗷！嗷嗷！嗷！"

"嗷！嗷！"

打远方，来了这样一群猛兽，它们的身体要比狼大上一圈，肌肉也要强壮上不少。如果说群狼这边是一水的灰狼，那来的这一群身上的颜色可要丰富不少。黑的、灰的、黄的、杂的，就像一锅大杂烩。

不过这群家伙倒是跟狼群也有相似的地方，那就是它们的头领跟白爪一样，也是一身雪白，没有一点杂色，洁白无瑕，就像是新降下雪花垒成的。

它那双眼睛是黑色的，像浓墨凝成的深潭，一旦陷入，再难拔出。

这是一群藏獒，数量虽然不及狼多，可威势却一点不比狼少。

"嗷！嗷嗷！"

在前面獒王的带领下，这群藏獒冲进狼群，把群狼搅得七零八落，它们冲杀进去，把王兵围在了中间，并且不断冲着白爪一伙狂吠示警。

狼王是一身白毛，獒王也是一身白毛。一个统率整个雪山，狼王令下，莫敢不从；另一个，是整个草原的王者，保护着草原上大部分的牛羊牲畜，还有人的安全，忠诚勇敢。两个王者今天聚在了一起，究竟孰强孰弱？

"獒王，这里是雪山，是我的地盘，你今天可是管得越界了！"

獒王没有白爪眯眼睛的习惯，它的黑眼睛睁得很大，好像要把能看到的不能看到的一切都看得清清楚楚。

"这是人类，藏獒的天职之一就是保护人类，草原日头告诉我，天职没有雪山和草原的界定。"

白爪的眼眯得更小了。

"都说藏獒忠厚，獒王，我看你是越来越狡猾了，你不是最讨厌狡猾的人吗，今天怎么自己狡猾起来了?"

獒王毕竟与狼王不同，藏獒是草原的守护神，獒王更是自视甚高，不愿与狼王争执，倒显得掉了身价，只道:

"你们来草原抓我牛羊的事还少吗?"

白爪嘴上的弧度大了起来，这一次它笑了。

"这个人杀了多少狼，多少狐狸，我让他偿命，很过分吗?"

不管白爪有多白，也不管白爪是多么的客气，獒王已经扑上来了。

第三十五章
为何这样

一切的事情都会有他的脉络走向，或是如人意，或是不如人意，或是不尽如人意，但至少也有个线索可循，不会像死蛇一样断成几截，让人完全摸不着头脑。而现在我主人的去向就真的像死蛇一样，而且不只断成了几节，这蛇死得够惨，被挫骨扬灰，骨灰还完全烂掉，泯灭于天地，只留下了一个装棺木的大坑，坑里还没有棺材。

我和小狐狸在这里等了几天，冻得骨头都要裂了，可我主人还是没有半点回来的迹象。这几天风有些大，吹起地上的积雪，坑都快被填平了，估计再等上几日就完全不见踪迹了。

我用厚实的尾巴扫出了一块干净的土地，雄壮的身子趴在上面，把这块地占满了。小狐狸也是会找地方，蜷在我的身边，缩在我厚实的皮毛里，用我的体温来取暖。

"我说傻狗，咱们别再等了，这两天风刮得这么大，别说记号，就连坑都快填平了，你主人记性再好也找不过来的，还是别傻等了，白费力气。"

小狐狸说得在情在理，照这样的情形看来，再这么等下去真是有害无益。可眼前除了这个坑外我实在是没有其他的线索。为了寻找主人，就算只有一线生机我也不会放过，错过了这一线生机……万一……

见我神情这么犹豫，小狐狸马上就明白了我心中所想，又道：

"你这样傻等也不是办法，万一别处有了你主人的消息你就又白白错过了，不如听我的，在这雪山四处找找，问问狐狸老鼠什么的，好过你一个人在这傻等。"

俗话说，在家靠父母，出外靠朋友，打听和问路确实是出门在外难免要做的事，没什么丢人的，再正常不过。也许是这几天我和小狐狸在这坑边守着的缘故，消息闭塞，刚一出去打听就把我们委实吓了一跳。

"你是说那个拿着枪的人类吗？这几天他很嚣张啊，拿着那杆大枪，又有一群狗帮他，已经有数不清多少的动物都遭了他的毒手了，无论是狼还是狐狸，都对他恨之入骨啊！"

眼前这只狐狸说的，真的是我的主人吗？

"怎么可能会这样，白爪可是狼王啊，它不管吗？"

狐狸摇了摇头，一边摇头一边发出了沉重的叹息。

"白爪，它现在都自身难保了，上次它带着狼群围杀那个人类，谁知道那个人类怎么做的，居然把獒王给招来了，白爪虽然厉害，可哪里斗得过獒王？只一招！唉，好好一个狼王，据说被獒王给咬成了重伤。"

怎么会这样！死蛇又活了，串联起来线索就是：主人在雪山大肆杀戮，獒王在保护帮助它，白爪被獒王咬成重伤已经不能跟他们对抗了，雪山一片混乱……

怎么会这样？我下意识地后退了几步，也许潜意识里我想逃离这可怕的现实，可几步又怎么退得掉呢？白爪那样厉害的人物，真的会被獒王咬成重伤吗？

"小狐狸，你说，真的是这样吗？它们说的会是真的吗？"

小狐狸不愧是以狡猾著称的狐狸，眼珠子转了转就有了主意。

"我看八成是真的，最多也就是有些添油加醋了，你要是想知道怎么样了，不妨去问问狼王，狼王虽然重伤，可也不至于就这么死了，獒王也没厉害到这个程度，你要是真想要个结果，不如咱们去问狼王！"

若要问，不如去问狼王。如果说我串儿出生以来最佩服的，而且人狗不限，那么这个人不是我的主人王兵，而是这雪山上的狼王白爪。我对王兵的信服来自于多年的恩情，我对白爪的信服则是因为白爪的实力和智慧。可以说，白爪在我心中就像一座山一样，坚实，根基深厚，根本就不可能撼动。

"对！对！问白爪，问白爪，找狼，找狼！"

我觉得我失去了大脑，脑壳里面只是一片混沌，除了问白爪和找狼的只言片语，再没有其他，我整个儿好像疯了一样，奋力扑出去。

小狐狸也跟了出来，我们两个就这样，满雪山地瞎跑。就像两个快乐的傻子。看似快乐，实则满腹愁虑。

"嗷！嗷嗷！"

狼呢？应该会有狼出现的，狼呢？我找狼！狼王白爪居无定所，只有狼才知道他的所在，是以我和小狐狸像疯了一样满世界找狼。可是，原本雪山上最常见的猛兽，到处都是的狼，现在一只也看不到了，好像雪山上所有的狼都销声匿迹了。

"这是怎么回事，山上那些狼都哪去了，怎么一只也看不见？"

小狐狸嘟着嘴，显然对群狼消失也是非常的困惑。

"别找了，就算你们翻遍整个雪山也超不过五只狼了。"

我回过头一看，是一只老狼，走路一高一矮的，又老又瘸，毛色暗淡。我还认得它，就是我跟着白爪去送饭的老弱病残之一。

"你还认得我吗？白爪在哪里，快告诉我，快！"

老狼抬起浑黄的双眼看了看我，从它的眼神里，我看得出它已经认出我了。毕竟我跟白爪在一起走过，这老狼也是认得的，一时警惕大减，叹道：

"你们真的要找狼王吗？"

我用力地点点头，自出生以来我就从未用过这么大的力量，好像要把脑袋都点下来一样，这时间，我唯剩点头的力量了。

老狼没有再说什么，只是一瘸一拐地引路，我们跟着老狼一步步按照我所熟悉的路线走下去，我还记得，上次走这条路我们带了很多羊肉。我知道，路的尽头是一群老弱病残的狼。

"堂堂狼王白爪，他怎么会在这里？"

老狼苦笑一声，又是叹道：

"等你见到狼王大人，它自然会对你有所托付的，现在不要想太多了。"

没有别的办法，我只能一步一步跟着老狼，不知走了多久，有可能是百步，也有可能是千步，更可能走不完，不过就这样，我看到了绝世狼王白爪。

就是狼中老弱病残住的那个山洞，白爪趴在那里，身下是冰凉的石头。它的皮毛不再洁白无瑕，而是很红，很脏，是狼血的颜色，它自己鲜血的颜色。它的耳朵缺了一只，不过两只眼睛依旧明亮，好像还有往日的气概，压得所有人都得矮上一头的气概。

看到我来了，白爪好像并不惊讶，一切似乎理所应当，它应当躺在这烂地方，我也应该来这里看它，墨绿色的眼睛没有半点惊讶，如同深潭一般平静。

"你来了？来了就好。"

它趴在那里，中气十足，我也无法判断它受的伤究竟有多重，不过一向孤傲于世的白爪都被咬掉了耳朵，这肯定比断了脖颈更让它不可承受。

"你怎么了？是谁把你伤成这样？我去给你报仇！"

我咬牙切齿，驳杂不堪的眼睛里喷着怒火，这一切都来得太突然了，突然得让我一时都无法完全接受，心里的一座大山就这样崩塌了，只有愤怒才能让我看起来正常些。

"我说过你是一只不一样的藏獒，可现在遇到事情你还是用普通人的方法解决问题，唉，还是不成器，可惜我时间已经不多了。你想问什么我都知道，不过……还是长话短说吧，你别打岔，让我一口气说完，你能做到吗？"

虽然不知道应该怎么做，可我还是点了点头，对于白爪，我完全的信任，哪怕想法不同，可它却是个真正的英雄，这只狼值得藏獒尊敬。

"我如今命不久矣，可是现在还有几件事放心不下。我一死，狼族没了倚仗和约束，久了必会作乱，这是其一；我死了，雪山上那些想称霸的家伙怕是再也忍不了了，藏獒不会看着雪山大乱，可它们若来了……我也不知是福是祸。所以，咳咳，我要你来维护这一切。我知道你会说你做不到，我不逼你，雪山上有位叫乌金的人，想来你一定早有听闻，你就去那里找他，至于怎么做，就听他的吧，我……管不了那么多了……咳咳……"

我离得更近了，见白爪的面色一下子极差，我已做了最坏的打算，白爪一去，我真是不知道该怎么办了。

"是是是！我都记下了，我都记下了，你快告诉我，是谁把你伤成这个样子的，快告诉我！"

我急得眼眶欲裂，几乎流下血泪，这个白爪，到底是谁把它伤成了这个样子，这只狼王，白爪！

白爪笑了，不是嘴角的那一道弧度，而是咧开了嘴，露出了整齐的獠牙，真真正正地笑了。

"只愿风宁静，何必报冤仇……"

白爪的身子一软，就这么去了。

直到它死去我才知道它的致命伤到底在哪里，他的身体软下来之后，流出一摊殷红的鲜血，除了鲜血，在它身下还流出了一摊白花花的肠子。

好一个狼王白爪，即使身受重伤，宁死也不肯喊出一个痛字，也未放出一句软话。这才是我心中那座屹立不倒的山，这才是我从前看得到的那只屹立于雪山之巅从未有过变化的绝世狼王。

事情，怎么会这样？

第三十六章
天地苍茫

　　雪是那样洁白，血是那样猩红，人类真的是一个奇怪的种族，猜不到，摸不透，也只有他们的文字里，雪和血的发音是如此相近，几乎完全一样。白爪现已深埋雪下，它艳红的鲜血已不为我们所能见，这个世界关于白爪的痕迹就像那溃散的狼群，成了一场虚空，还能为世人所见的就只剩下这一捧掩埋了那绝世狼王的白雪，跟白爪毛皮一样洁白的雪。

　　我呆呆地看着这片白雪，小狐狸陪着我看着。雪无比洁白，又是无比苍白，为什么两种截然不同的情怀竟只差了一个字，白爪的死让我的头脑一片混沌，直到现在还没有完全清醒。我没有白爪的胸襟，也没有白爪的智慧。如果死的是我，我想白爪可能只会站在我的坟前，静静看着，默默放下一朵干枯的花朵，然后转身离去，绝不会有半分不舍。而现在的我，有在坟前站着的傻气，却没有转身离去的坚强。

　　"白爪，白爪……"

　　小狐狸，它什么都做不了，只能在那里默默陪着我，让我看起来不那么孤独，让这白茫茫的雪山不是只有一个颜色。

　　其实，小狐狸在与不在，我都是一样的孤独。我检查过白爪的尸体，他的肚子上是有一道大大的口子，深入腹腔，导致它的肠子都流了出来，绝了生机，可是以白爪的身手，獒王又怎会那么容易地就在它的肚子上划开一道口子呢？检查了许久，终于被我想到了，在白爪被划开肚子以前它就受了不轻的枪伤，影响了它的行动，而这雪山上手里能有枪的，只有我的主人。

在见白爪之前，我还盼星星盼月亮一样盼着主人快点来，我还那么想回到主人身边。可现在，我有些怕了，见到主人，我又能怎样呢？主人是我的主人，这点无论发生了什么都不会变，可主人杀死了白爪，它就像我的兄长一样。因为主人的缘故，这雪山上的狼连一只也见不到了，走个干净，雪山和草原一定会大乱，原来的秩序土崩瓦解，未来又将如何……也许会有更多的动物死在主人猎枪之下吧。

如果白爪没死，现在站出来，它一定能傲立山巅，让一切恢复平静。可惜，白爪永远都不能回来了，而我，我能做的真的只有在这里像傻子一样站着吗？

无论我想了多少，我怎么希望雪山宁静草原和平，我怎么想念主人，还有主人爱着的那个女人……无论我想了多少，现在的我，也只是在白爪那无名的白雪之墓前，傻傻地站着。

"或许，你应该听狼王的，它死前不是让你去找那位乌金吗。"

小狐狸一直在我身边，它想要点醒我，它的声音自白爪死了之后就一直怯怯的。死亡真是可怕，它不只能带走人的生命，它更可怕的地方就在于它能震慑活着的人，没有人能避免死亡。

"去找乌金，结果无非是乌金把獒王制伏，然后对付我的主人，我不想对我的主人不利，我……我不能听白爪的话，我不能去找乌金了。"

此时，我什么都不敢再去想了，我集中精力，满脑子想到的只有忠诚。我对主人忠诚，所以我不能遵循白爪的遗命，唯有忠诚二字能让我狂热，能消解我心中的愧疚。都说狼冷血，现在看来，藏獒更是冷血，尤其是我。为了还活在人间的主人，我背叛了死去的朋友，因为藏獒的忠诚，我背叛的是这般坦然。冷血的我，现在站在死去朋友的墓前，悼念它深埋白雪之下的骸骨，道歉给它未能平息的灵魂，这世上有什么能比这个还要伪善？

我只能在这站着，守着白爪，给我的良心一个舒展的空间。虽然这块地上什么也看不见，只有皑皑的白雪，可谁又能否认从地底渗出来的殷红？

"小狐狸，你……回家去吧，我决定了，我去找主人。"

小狐狸一下子站了起来，没有离开，两只眼睛水汪汪，可怜巴巴地看着我，抿着小嘴唇。

"你……要回去找你的主人了吗?"

我点点头，不再多说什么。无论我怎么解释，在小狐狸心里，我都已经是一个背信弃义的叛徒，这是它作为雪山兽类的立场，我无力改变，无权干涉。我想做的，只是去找主人，弄清楚这一切。为什么事情会走到这一步，为什么? 本来可以回答我的白爪已经不在了，它托付的乌金又因为主人的缘故我不能去找，所以我只有回到主人身边，自己弄明白这一切，看一看……那个整天教书的身影是不是瘦了。

小狐狸目送我远去，站在那里，它身边就是白爪那没有记号的坟，除了我和小狐狸，再没有第三个能找到这里，希望白爪像一个不能说的秘密一样，永远埋在这里，它的尸体将慢慢腐烂，永远不会被那些不懂事的家伙挖出来吃掉，与它守护了一辈子的雪山融为一体。

"听说主人还在白爪受重伤那个地方，他在那里扎了营，我……现在就去吧……"

这段时间，我的速度在白爪的训炼下有了很大的提升，可现在这段不长不短的路在我的脚下却这般远，以至于我走了好久好久，连目标都没有看到。整个世界只有上面雪一样苍白的天，和下面天一样苍白的雪。

"如果现在我还能听到一声狼嗥，那该有多好!"

可能是我感动了上苍，我正自语到这里，从远方真的传来了一声隐约的狼嗥。

"嗷……"

有狼! 白爪一死，雪山上的狼少了这根擎天巨柱，又有獒王的威胁，如同烂西瓜上的苍蝇，轰的一下，全部散去，现在在雪山上想找一只狼可是难了，这里居然有狼的叫声。

不知为什么，听到狼叫我感觉异常的亲切，大概是白爪的影响，我不想让雪山上没来得及走的狼被獒群杀死，吃掉。

消失了的速度在这一瞬间又回来了，我的四条腿好像在速度的冲击中消失了，肚子下面只有风，风下面托着云。白爪复生，它也绝没有我现在的速度，而我的速度，一只藏獒的速度，居然是为了去见一只狼。

在老王最失意的那段日子，我不止一次看到他在以前啃猪蹄那条台阶上，什么也不啃的坐在那里，很颓然，叹气抱怨。他最常说的一句就是，人生在世，不如意事十之八九。说的也对，世上哪有那么多好事，更多的是惨事，白爪的死对我就是一个教训。我本不该期望事情有什么转机，可只要是能喘气能眨眼的生命，都离不了一样东西，那就是希望，因为希望，我们都在不断妄想。

李若兰还是如往常一样，站在草原上，望向天和草相接的地方，像是饭后吹吹风看看风景，也像是专门守在这里等着什么人。无论她坐在这里到底是做什么，天草相接的地方什么也没有过来，她也没有起身，只是坐在这里。王兵上次离开，她根本就没有做王兵再回来的打算。世人皆言痴心女子负心汉，好像说出了人世的几分真意，却不知人生在世，芸芸众生，并非只沉溺情爱之中，还有许许多多其他事、其他情感夹杂其间，情爱只是一部分，虽然感人，却难影响天下大势。

王兵并未负心，可李若兰却不想再痴情下去了。她喜欢的是王兵，是王兵这个人，但不是现在这个王兵。王兵变了，变得满身血腥，神情冷漠，好像一切都不重要，抑或一切都是他的敌人，他变得像个屠夫，身上的味道令人胆寒作呕。

李若兰是个聪慧的女子，虽然她面对王兵永远是一副笑颜，可她却并不是什么也不知道。王兵哪来的钱，他在做什么，虽然她不一清二楚，可长久以来王兵的种种变化，种种表现，她也能猜出个八九不离十。因为知道，她的心更寒。李若兰不愿把情感都投到这样一个人身上，她已经有了终结一段感情的打算，可对方却迟迟不来，让她没有一刀两断的机会。

"可惜了，串儿那么好的狗，怎么会跟了这么个主人。他……，唉，他也是的，怎么会变成现在这个样子。"

无论李若兰怎么想，怎么说，这都不重要，因为王兵不在这里，她也找不到，她在这里，只是在等一个她认定了不会来的人。

谁又知道谁在哪，谁在想什么，谁又有什么苦衷呢？谁也不知道，命运，就像一条脱缰的野狗，比马更加难以捉摸，且是一条凶猛的藏獒，能对它了解一二的，少之又少。

我一步又一步跑向希望之地，同时也是白爪绝命的地方，我主人驻扎的地方。这时我的脑子简单无比，全然没有到了以后见到主人和一只即将受死的狼该怎么做的打算，可这不重要，自有那时的我去考虑，我现在只要努力跑过去就够了。

命运之轮还在不紧不慢地旋转，无人察觉。大雪洞里，乌金手上的珠串也在不断旋转。

第三十七章
我是串儿

　　思想，是上天的恩赐，是动物区别于草木竹石真正的高贵之处。无论身体多么强壮，终究有更加强大的力量能将之毁灭，那就是无处不在缓缓旋转的岁月车轮。而这世上唯一不会被岁月消磨的就是思想，它磨砺于岁月，又高于岁月，岁月是它的磨刀石。

　　因为有了思想这天赐的珍宝，人，或是其他一些动物，总是会表现出一些傲然。傲然于世，总会产生一种一切尽在掌握之中的错觉。这真的是错觉，一个人无论怎样都没法跟一个世界对抗，更别提掌握了。有多少人自以为掌握了命运，生活从此没有了乐趣，只好去掌握别人的命运，作为无聊生命最后的慰藉。着实可笑，不过是命运不屑与你一起玩生命这个游戏。命运，无所不能，无论你猜到多少，做了什么，它总能给你惊喜。或是惊，或是喜，更多的却是尴尬。

　　老实说，来的时候我的脑子好像僵住了一样，一切的思想记忆全都消失不见，只是在机械地念叨着我主人的名字，念啊念啊，一直念到了下意识里。我的主人就在这里，这个概念在我的脑子里已经扎下了根，所以我所有的设想都是围绕着我主人在这里这个前提。但人尚且百密一疏，何况狗呢，

174

我还是想到了另一种结果，主人不在，什么也没有，或许这种结果我更期待，毕竟没有了尴尬，我会更好受些。可眼前这种结果，这些家伙，直让我愣在了这里，不前进，也不后退，更不向它们搭话，只是戳在这里，眼神空洞，呆住了。

这里没有主人，这个我早就想到了，能避免尴尬，倒也是不错的结果。可眼前的情况，我觉得比主人在这里更加尴尬，直接愣在了那里，不知该怎么办才好。对于这里会怎样，我打算了很多，做了很多预想，就是主人和李若兰一起出现在这里我都不会愣住，或者主人带着一大群藏獒在这里我也不至于像现在这样，现在在我面前的，没有再熟悉不过的主人，也没有那个魂牵梦绕的身影，更没有一大群藏獒那无以匹敌的威势。我眼前的，让我想到了白爪，狼王白爪。

雪山的基调就是白色，白色的一切都有着浪漫的情怀，会发生很多意想不到的故事。就如现在，就如我眼前这个跟雪一样白的动物，它是王者，跟白爪一样的王者，浑身雪白的獒王。它白色的毛皮让我不由自主地想到白爪，也是这样的白色，也是孤傲而立，仿佛没有什么能脱离它的掌握，更没有谁放在它的眼里。白爪这样的王者，尚且逃不过死亡，咽气在狼族老弱病残苟延残喘之地，开了腔膛，破了肚肠，寂寂埋骨于雪山。

它们这样白色的生命，好像天生就带着别的颜色所不具备的悲剧色彩，天生就是主角，活得精彩，死得凄美。白爪是这样，獒王也是这样。

獒王站在那里，地上虽然被风刮来一些雪浮在那里，但我还是看得出那盖不住的暗红血迹，想来，这就是白爪受伤的地方。

獒王没有让这尺寸地方变得千疮百孔，发泄它在已死狼王身上未发泄完全的怒气和精力，它只是站在那里，就像我站在白爪坟前一样，静静地站着，什么也不做，甚至闭起双眼，任由山风梳理他那柔顺的毛发。

想来……刚才那声嚎叫就是他发出的吧，离得远了，倒是没有分清犬吠和狼嚎，獒王叫的时候拉长了音调，倒是像极了狼嚎。

獒王的眼睛紧闭着，似乎是在感受着什么，我的脚步很轻，它应该还没有发现我。我该怎么办？是上去亲热地打招呼，顺便向它问起我主人的事，对和狼沾边的只字不提，好像一切都跟我没有关系，还是冲上前去，一脚踹脏它雪白的毛皮，质问它为什么要杀死白爪。或许，最好的应对是我装作什么也没看见，转身离开吧。无论怎样，我都会对不起白爪。拼了命上去报仇，这违背了白爪的遗愿，离开或是装作不知道，我的心又岂能安平？于是，我也站在这里，傻傻地看着这只白色巨兽，我们的獒中之王。

不知道过了多久，天色都有些黯淡了，仿佛老天不忍，用颜色奏了一首哀乐。无声的音乐里，獒王的双眼终于慢慢睁开，它嗅了嗅地上的血迹，好像知道我就在这里一样，向着我的方向看了过来。

"你就是串儿，对吧？"

最开始面对白爪，我还敢于说话，能够强作镇定，那是因为白爪是狼王，我们是敌对的，正是敌对给了我勇气。而现在面对獒王，我们藏獒中的王者，我没有任何理由与之敌对，心里全是臣服的念头，斩不尽，杀不绝，整个身子都僵住了，看起来比刚才等在那里更加傻气，余下的一点空余脑子只够回答獒王的问题。

"对，我就是串儿，獒王。"

獒王点点头，上下地打量了我一番，点了点头。

"筋骨不算强健，长相又带着呆气，能被狼王看重，你也算了不起。串儿，你来这儿做什么？"

我仍旧傻傻地回答。

"我听说主人在这里，来这里找他，獒王。"

不知道生白毛的东西是不是都有一双可怕的眼睛，白爪的双眼犹如绿色深潭，无法窥其一二，而獒王的双眼则是打磨了千载的利剑，时刻准备，只在此刻，拔剑出鞘，让雪山和草原变色。

"主人，我还以为从你跟在狼群那一刻起你就没有主人了呢！"

獒王的话让我全身都软了下来，唯独心还硬着，僵硬着，僵硬地颤抖。

"不，不，獒王，我是被狼群俘虏的，我没有加入狼群，我一直想逃出来找主人，可是一直没有机会啊！"

獒王正对着我，它双眼里的利剑直刺入我的眼睛，直接看透我的一切，可惜的是，我自己都想不透，头脑里一片混沌，它看到的也是一片混沌，要不它就可以帮我解惑一二了。

"从来只听过战死的藏獒，昂着头死的藏獒，从没听说过做了俘虏的藏獒，你觉得你开创了先例，是给藏獒长脸了呢，还是丢光了藏獒的脸呢？"

我伏在地上，再不敢说话。獒王的意思我又怎会不懂，我做了狼的俘虏，对于藏獒来说，本身就是一种背叛，一种奇耻大辱，我早就没有面目去想主人，去做藏獒。当初被狼俘虏，我也想过要自杀，可是，想想记忆中那个身影，锋利的石头还是没有割破我的喉管，现在，我……

"我……"

獒王转了过去，不再正对着我，可能是要用这样的方式来表达它对我的强烈不屑。它生得高大，比白爪要大出一圈，这样的身体转了过去必然会带起强烈的威势，我就是被它的威势震住，一时之间更不知道说什么好了，好在獒王它替我说了。

"不过我决定原谅你，如果别的藏獒做了这样的事，我一定会杀了它，拿它的骨头去喂狼，不过你……我原谅你。"

我僵硬冰冷的心慢慢回暖，仿佛晚期的老病人，又找到一线生机，一颗希望之心慢慢升起。

"毕竟你不是纯种藏獒，只是个串儿，可以理解。"

我的心又沉到冰底。

獒王这么说，是对我的蔑视，比拿我喂狼还要更大的侮辱。如果说别的藏獒做了这样的事情，喂狼是对藏獒尊严的维护，是对它藏獒身份最后的尊重，那獒王给我的宽恕……是给一个杂种的侮辱。

我要武力没武力，要朋友……白爪死了，如果它不死或许会承认我是它的朋友，我这么一个东西，有什么资格对獒王的决议有质疑？我该庆幸，我还活着。哪怕我心底有着强烈的不满，嘴上还是要说：

"谢谢獒王，谢谢。"

獒王点点头，看了看那摊血迹，问道：

"你既然在狼群里待过，你应该认识这位狼王吧？"

我点点头，看着血迹，满是哀意。

"是的，我认识它，獒王。"

獒王的语气不似白爪那般刁钻，那么难以捉摸。它无论哪句话都是霸气十足，让人心生惧意，却又隐隐带着希望，只是不知为何，这句话它的语气竟是软了下来。

"唉，它现在受了重伤，也不知道怎么样了，它倒是个好对手，可惜，可惜了。"

的确，白爪是一只值得尊重的狼，无论是作为朋友还是作为敌人，它当得起獒王的叹息。

"獒王，狼王它……它已经死了。"

那两道剑一样的目光又看了过来，深深扎进我的眼睛，看透一切，确定我不是在说谎，确实看到了白爪的死相。就这样，獒王看着我，好半天才冒出一句：

"死得好！"

这一声叫好，让我真的看不懂獒王了。

"它死了，狼群就能消停多了，草原上那些牧牛、牧羊也就太平了，确实是好事。"

一切为了人类，一切为了忠诚，这就是藏獒，那我又是什么？

我看得懂獒王，就如白爪看得懂我。我现在看不懂我自己了，就如我当初看不懂白爪。我到底是什么？

藏獒？不是，藏獒应该像獒王这样；狼？不是，我身上长着藏獒的皮毛。我到底是什么？一只狗，只是一只狗……

瞬间，我明白了，我是一个串儿。

第三十八章
做个藏獒

　　我原以为白爪的埋骨地这世上只有我和小狐狸两个知道，再不会有第三个找到这里，哪怕别人踏在上面，也不会知道这就是一代狼王白爪的埋骨之地。而现在，就有第三个在这里，紧闭双眼，迎风而立，身上自带了一种哀伤的气息，与地下的白色灵魂相衬相依。

　　埋在地下看着我们的是一只狼中之王，来凭吊它的怎么也该是一只狼这才符合他的身份，可今天来的不是狼，而是一只与白爪毛色一般无二的藏獒。

　　獒王站在那里，那两只黑亮的眼睛紧紧闭上，獒头昂起，傲然而立，仿佛这世间的一切都是虚幻，只有它站在那里的獒王才是真实的。我还像第一次见到它时那样，呆呆地看着这个全身没有一丝杂质的王者。獒王跟白爪太像了，都是一身雪白，都有一双与雪白皮毛极突兀的眼睛，让人捉摸不透。虽然獒王跟白爪一样的捉摸不透，虽然它们的行为有着许多相似之处，可我还是能够清楚地感觉到，它们脑子里在想的东西是不一样的，一点都不一样。

　　"它死的时候都说了些什么？"

獒王两只锋利的黑眼盯着我，刺得我灵魂生疼。我身上流着藏獒的血，服从獒王的命令是天经地义的，可白爪死前所托付的，并不是都能说给獒王听的，就如他让我去找乌金，这是绝对不能跟獒王说的，如果说了，不知道会出现怎样的结果。

可这是獒王，如果我不实话实说，藏獒的忠诚、藏獒的骄傲，又该到哪里去寻！第一次，我感觉到藏獒这血统是一圈如此大的束缚。

我哼哧了半天，就是什么也没说出来。獒王没有白爪那种等人想下去的耐性，一双黑色的利剑狠狠盯着我，看得我毛根都立起来了。我大脑一片空白，真的不知道该跟它说什么，就算它这样看着我，我也只能左顾右盼的，保持着尴尬的沉默。

"不说……这就意味着你和那些狼有着见不得人的勾当喽？串儿是吧，要知道，就算你不是真正的藏獒，我也绝不允许跟狼勾结的家伙活在世上，玷污藏獒的威名！你……还是不说吗？"

藏獒，一个神圣的名字，代表着忠诚勇敢，还有力量，是无数代藏獒用鲜血和痛苦换来的，不容许任何人玷污。越是贵重的奖牌，就越是沉重，戴在头顶就越是不稳。我是一只藏獒，本应为藏獒这个身份而荣耀，可这么久以来，藏獒两个字带给我的却多是纠结和痛苦。如果老天再给我一次选择，我真的不知道我还要不要做藏獒，并不是因为雪山上这种舔血的生活，而是眼前一片迷茫的前途让我害怕。忠诚和勇敢，藏獒烙在骨头上的两种至高品格，在现在的我看来，是如此的虚无缥缈。也许是白爪改变了我，但一只狼又怎能轻易改变藏獒的信仰呢？

也许直到今天，我还是一直在臆想。我只觉得服从主人便是对的，却一直没有找到藏獒真正的信仰。

我面前还站着整个雪山草原最强大也最可怕的獒王，我必须把这些可怕的念头抛出脑袋，小心应对。獒王的威胁并不只是简单的一句玩笑，如果我不说，它真的会杀了我，所以我说。

"狼王它临死的时候已经一点力气也没有了，并没有太多的托付，它只留下十个字。"

"哪十个字？"

我的脑海里又浮现出白爪临死前那释然的样子，好像勘破了世界一切的奥秘，真正得到了大智慧，无论是恩情还是仇恨，都随着灵魂离开了肉体，

长篇小说 我是藏獒

全部一笔勾销……

"只愿风宁静，何必报冤仇。"

不知道王者是不是都有眯眼睛的习惯，以前的白爪就是这样，无论遇到了什么事先眯起眼睛，现在的獒王也是这样。它闭上了精光四射的黑眼，收敛了身上的锋芒，白色的身影就像一座雪雕孤独地立在这天地间。良久，獒王叹道：

"唉，真没想到，它就这么死了。"

我觉得獒王和白爪很不一样，如果惹恼了獒王，后果一定比招惹白爪来得可怕。我对獒王的脾气秉性并不熟悉，可不想触了它的霉头，招来杀身之祸，这种时候，最好的选择就是——闭嘴。

我闭上嘴巴装成雕像，獒王是不会这样的，见我半天不说话，獒王肚子里的下文也接不下去，只能转过头看着我，问道：

"你对狼王这家伙有什么看法？"

我对白爪的看法……我不知道该怎么说。白爪，狼中之王，在我藏獒的词典里没有一个赞美的词或侮辱的词能够真正准确地形容它，这是一只孤傲又博大的狼，因为它的孤傲少有人能理解它的博大。我有幸了解这些，可獒王能懂吗？

"獒王，我人微言轻的，看不明白，不过听狼王死前说它不要报仇，觉得它挺豪气的。"

这个回答，是能让獒王相信，并且没有暴露我对白爪崇敬的最佳回答，我偷偷瞟着獒王，不敢正眼看它，以防獒王把怒火发泄在我的身上。獒王看着我，两只黑眼闪烁着剑样的光芒，最终，叹道：

"呵呵，你说它豪气？我来告诉你，它这是傻气，呆气，蠢气！"

在我认识的所有生物里，白爪应该是最有智慧的了，一度成为指引我人生方向的灯塔，哪怕它是一只狼，可它拥有超越种族的胸襟，让我佩服。能用来形容它的词不少，诸如聪明、智慧、沉稳、深谋远虑、深不可测……这些都可以，但傻气、呆气还有蠢气，我实在无法把它们联系到白爪身上去。

我半张着嘴巴，瞳孔涣散无神，眼睛瞪得大大的，就像被抽干了灵气的小木偶，呆呆地看着獒王，这种样子，不需发问，对方自己都会忍不住为你解答。

獒王甩甩尾巴，显然是非常不满意我这副傻像，也许是太过丢脸了，它不耐烦道：

"好了，我就来告诉你，狼王它为什么呆，为什么傻！"

我还真就不知道白爪为什么呆，为什么傻。

獒王它头昂得更高了，脸上的表情也更加高傲，更加的霸气凌人，让人心生葡匐之欲。

"只愿风宁静，何必报冤仇。狼王临死的这句话，说得确实好听，可是它以为它是谁，以为它有多大能力，不给它报仇就能换来雪山草原的宁静吗？笑话！它不过是一只狼，想用它那脆弱的爪牙创建一个弱肉强食的规则世界，这简直是胡闹。诚然，雪山草原需要秩序，但绝不是这个建立在暴力之上给人痛苦的狼之法则，而是一切生灵平等，从心中生发对雪山草原的大爱，减少争斗杀戮，自然形成的秩序。白爪，它的心是好的，只是太呆太傻了。"

我明白，可又不明白，我究竟明不明白，谁又能明白？獒王讲得虽然语气蛮横霸道，却也不无道理。用暴力建起的秩序，带来的只有痛苦。而由所有生灵对雪山的爱建立起来的秩序，一定无比美好。可是这可能吗，那些猛兽心里真的有善的种子吗？獒王的话虽然勾勒出一个美好雪山，却太过梦幻，做起来比武力维持更难。

这就是藏獒的终极梦想吗？

我不知道该相信谁的理论，白爪和獒王都有它们的道理，但相比之下，白爪更加现实。大家的目的都是一样的，让雪山安宁美好，只是狼与藏獒走上了两条路，没有殊途同归，反而越走越远。老实说，现在我更倾向白爪，可獒王心中的那个爱之雪山却又如此超越真实的美好。

"明白了，獒王，我明白了。"

我表现得足够温驯，獒王满意地点了点头，露出了平易近人的微笑。

"串儿，你想不想做一只藏獒？"

若是以前，我一定会不假思索地点头狂喜，可是现在，我不得不琢磨。就连藏獒的王者獒王都无法让我完全信任，我真不知道我成了什么。藏獒？还是狼？抑或是像白爪那样像狼又不像狼的家伙？无论我是什么，面对獒王，我都要点头，严肃道：

"獒王，我想要做一只藏獒！"

獒王对我更满意了，笑容更加亲切，亲切程度几乎让我觉得我身体里不是只有一半的藏獒血统，而是全部。

"好，很好，近些年来藏獒越来越少，养的藏獒更是没有，都已经产业化，就剩下这么一些野生的藏獒在草原游荡，而且越来越少，都快绝迹了，你的加入大家会很振奋的！"

我这是刚出狼群，又要入獒群了吗？

第三十九章
格格不入

　　以前在学校听李若兰自己念书的时候听到过这样一句话：有教养的人跟别人格格不入，智者跟自己格格不入。好像是一个外国人说的，乍听上去一点也听不懂，不停琢磨方能感受到其中韵味。若说智者，自然是白爪，可白爪外表冷得像千年的寒冰，没有人知道它跟自己是不是格格不入，若说教养，自然是李若兰，她与学生相处得很融洽，完全没有格格不入的感觉。很显然，这是句废话，我一直都这样认为。

　　而今天，我又回忆起了这句早被扣了废字戳的话，它也许真的有点道理，只是我一直以来遇到的情况都太个别了。

　　一群藏獒围着我，它们有着各种各样的毛色，或灰，或黑，或棕，或是像我一样不单纯的杂色，它们都是藏獒，而且看块头，看身板，看眼眶里的眸子，哪一只的血统都要比我来得纯。

　　"这小子长得这么山寨，哪来的？"

　　"嘘嘘，别瞎说，说不准是头儿的私生子呢！"

　　"你呀，我看你才是瞎说，头儿这么英明神武，就算要生孩子也要找个像样的吧，比如我。"

……

我被围在獒群正中，它们所有的议论我都听得清清楚楚，可听清楚又能
怎样？我不能恼怒，不能动手，不能表现出一丝不满。我只是一只新来的藏
獒，没资历，没地位，仅仅是一只普通藏獒。或许在它们心里，我连藏獒都
算不上。

獒王之于獒群就像狼王之于狼群，地位崇高，无可比拟。獒王没有待在
獒群里，它找了一块高地，蹲坐在那里，比众獒高出不止一头，显出它无比
的威严。

"静一静！"

站在高处的獒王高声地喊话，一语的威势震慑雪山，还好，这座雪山的
积雪并没有那么厚，否则我真的怀疑仅仅是獒王这一喊会不会引发雪崩。獒
王积威极深，再加上这么一声，把众獒都震慑住了，于是我结束了被围得里
三层外三层的状态，我的周围一下子空出了一大片，瞬间，我成了整个獒群
除了獒王外站得最特殊的存在。

见众藏獒一下子从我身边散去，站得整整齐齐，獒王很满意地点了点
头，清了清嗓子开口讲话，语调庄重，又震得人耳朵嗡嗡作响。

"咳咳，各位，这位你们大家都见过了，它叫串儿，是我们前两天帮助
过的那个人类养的狗，从今天起，它就要加入我们当中了，大家有什么异议
吗？可以现在提。"

獒王的声音，中气十足，霸道异常，可以说是我一生当中听到的最浑厚
的声音，也是对耳朵考验最大的声音。在听到它说话的那一刻，我在想，我
这辈子绝对听不到比这个更考验耳朵的声音了，可是很快我就发现我错了。

"什么？头儿，你没有搞错吧，就它这长相，也能加入咱们獒群？让它
去给藏狗当头儿就不错了！"

"头，它是个串儿啊，流里流气的，一点藏獒的样子都没有！"

"头儿，你不能让它进来给咱们藏獒丢人啊！"

"听说它还是狼的俘虏呢，跟狼王的关系都处得不错。"

……

一时间，各种嘲笑和讥讽一齐向我涌来，比之我被狼群俘虏的那一次更
甚，就像一把把尖刀，扎在我的耳朵里，却扎也扎不出血，难得一个痛快。
我不是一个强大的狗，更不算一只藏獒，我生性懦弱，总是想要依赖他人。

在家的时候，有主人，在狼群的时候，又有一个教我照顾我的狼王白爪，可以说，除了被狼群俘虏的那一次，我活得一直都是顺风顺水，总是能找到依靠的对象，可是这一次……

我看着上面的獒王，神色依旧倨傲，眉宇间霸道十足，这些藏獒鄙视我，唾骂我，怀疑我，对我不屑一顾，我忍耐着。而这只高高在上，一身无瑕白毛的獒中之王，从它黑亮的眸子里，我感觉得到，它对我没有鄙夷，没有轻蔑，没有那血统等级而下的不屑。

这才是王者的心胸。

我张大嘴巴，嘴里往外淌着涎水，眼神呆滞，站相僵硬呆板，就连尾巴也绷得像根铁条。

獒王把我带回獒群不是让我出丑的，可獒群的谈论又让它无法制止，就算獒王也封不住悠悠之口。可我现在这副傻样实在可怜，獒王实在是看不下去了，只得强作权威制止议论。

"嗷！静一静，听我说！"

鸦雀无声，这时的雪山，听得到雪花落地的声音。

"我知道，要你们接受它，你们确实做不到。但是，我们要认清现在的形势！"

獒王故意顿了顿，给了芸芸众獒一点思考的空间。

"现在的形势就是，藏獒一族衰败了，人类驯养藏獒已经进入产业化，真正保留着野性的藏獒不多了，而泛滥的是那些价格昂贵、没有野性的废物！我不希望我们这一支自由的獒群有一天会烟消云散，我希望獒群永远存在，保留我们高贵藏獒的最后一点尊严！实现藏獒的终极梦想！所以，我们应该让它加入，毕竟它身上还流着藏獒的血。"

并没有想象中的一呼百应，獒王的地位虽然至高无上，可让一个串儿加入獒群这种事似乎超出了獒王的威信范围，使得獒王解释以后下面仍有异议。怒，有很多种，冲冠之怒、王侯之怒、君子之怒，还有小人之怒，可这么多怒唯有一样是绝对不能犯的，那就是众怒。獒王自然明白这其中的道理，所以，虽然它贵为獒王，高高在上，却也要放下身段跟大家解释商量。

"各位，大伙不想让它加入，到底是为什么，我心里有数，无非是不想它太差劲，坏了咱们藏獒的名声。可是各位，它在外面，它长得是副藏獒的样子，一样会坏我们藏獒的名声，还不如把它留在咱们身边，就近看管，各位说，是不是这样？"

台下沉默了两秒钟，似乎是认同了獒王的说法。但群众的智慧是无限的，它们马上就想出了更一劳永逸的方法。

"头儿，杀了它，杀了它就没事了！"

"对，杀了它！"

"杀！杀！杀！"

……

底下杀的叫号声此起彼伏，大家的热情都上涨到了极点，看这架势，今天我要是不被它们杀了还真是对不起观众。这种情况，就连獒王也为难了起来。

"大家静一静，再听我说！它怎么说也有我们藏獒的血脉，杀了它显得我们不仁义！而且它在狼群也待过，狼群尚且没杀它，现在我们藏獒杀了它，雪山草原上的其他动物要怎么看我们，我们成了什么？难道我们还不如狼有良心吗？"

台下又沉默了几秒钟，不过马上又爆起了同样的呼声。

"杀了它，没人会知道！"

"杀了它，我们藏獒不能这么丢人！"

"杀了它！它就是个狼窝里长大的狼崽子！"

……

有的时候，道理毫无用处，只有暴力才是解决问题最简捷的方法。

獒王从高处疾冲了下去，挟着劲风，按倒了下面叫得最欢的一只藏獒，喝道：

"我说把它留下，你们能不能听懂！"

这一次没有了不一样的声音。

……

我做梦也没想到，我在东北砖厂就一直向往的獒群会是这个样子，让我这笨嘴拙舌说不出的样子。这个样子，到底是让我感动于獒群的团结还是为了獒王的武威而感慨。我终于留下来，不是因为藏獒血脉情深，只为了獒王的理解。无论如何，我终于留了下来。

"嗷！嗷嗷！"

獒群平日里栖息的地方也是个山洞，獒王居于其中，留下两只藏獒在洞口看守。很幸运，我就是这两只看守藏獒中的一个，重任在肩。跟我一起做看守的是一只老獒，年岁已经大了，早过了藏獒人生最巅峰的时刻，沦落得每晚守夜的地步。

"小伙子，今天你进入獒群动静闹得可是不小啊，真是想不通，獒王怎么会那么维护你，啧啧。"

没错，獒王在维护我。在藏獒这个极重血脉的种族里，我驳杂的眸子，再加上模糊的身份，獒王对我如此维护已是极为难得。想起獒王前几日怒杀白爪，现在又对我如此照顾。王，真的无法琢磨。

"谁知道呢，老人家，獒王做事也不是我们能想明白的。"

对面没有了回应，我借着夜色看去，原来老獒这么一会儿就歪头睡着了。

"唉，这叫什么看守？我看也就是在门口挡风吧。"

洞外夜风刺骨，洞内有着藏獒暖和的味道。我在洞口，二者之间。老獒睡了，我却不敢睡，藏獒威名在外，轻易不会出什么事，所以老獒敢放心地睡，但……事有万一，只要不是绝对安全，就得履行守夜的职责。

我在温暖和寒冷之间坚守着。

第四十章
我要逃走

我从来不知炼狱为何物，只因我本生自牢笼炼狱之中。如果要让这样的我感受到煎熬，只能把我丢进炼狱之炼狱。我一直认为人世间没有比炼狱更加可怕的东西，如果有，那也只是像白爪那样可怕的人物，只有它才会比炼狱更让人害怕，除此之外，再无其他。而现在，我每天每时都生活在炼狱之中，虽然没有油锅、拔舌和拷打，有的只是看不见的炼狱之火，给我看不见的痛苦。

藏獒的聚集地，依旧是那样等级森严，一点也不能逾越。最中间最舒服的位置是獒王的，永远都是，即使獒王不在也不能有其他藏獒去占据，除非它想承受整个獒群的怒火，挑战獒王权威。好像有一张无形的罗网，束缚着这一群藏獒，任何一只，都不能突破这道限制，所有藏獒的手脚都缠着看不见的锁链，有时没有重量，有时重逾千斤。

"喂！串儿，再往洞口去一点，把洞口的风都挡住，都吹到我这里了，你这门卫是怎么当的啊！真是的！"

我没有答话，默默地往洞口挪了挪，挡住了从洞外吹进来的寒风。獒王也在洞里，这一切它自然是知晓的，可它什么也没说，只是静静地趴在那里，双目微合，不知道在盘算着什么大计，或者在做着什么美梦，对我这边的事不闻不问。我真的很怀念在狼群里被白爪看重的日子，受冻站岗从来都是派不到我头上的。而在獒群里，我就是一个被派在洞口站岗的挡风石。

看向外面，一片黑暗的夜，即使是地上纯粹的白雪也照不透的夜，各种黑暗交连拼接，拼成了如我们所见的无尽的黑暗，这其中有什么，看不出，拆不破。也许所有的东西本就是铁板一块，所有的人所有的事都是一个整体，只是因为一些别的东西，大家才认为应该把一切割裂开来，最终，就是现在这个世界。

我不明白，獒王为什么要把獒群的驻地从草原迁到雪山，在我心里，我非常抵触这件事，毕竟白爪尸骨未寒。

每当人迷茫的时候，总是会胡思乱想，或许会有什么巧妙构思，又或许会有什么惊人的发现，但大多时候，都只是胡思乱想些不可能的荒唐事，或者把现实中的问题简单变复杂，复杂变更复杂，最终让自己更加痛苦。这个时候最好的选择其实是躺在那里痛痛快快地睡上一觉，遗憾的是这个时候无论是人还是藏獒根本睡不着。

我有些分不清我到底是狼还是藏獒，现在的我，如此怀念在狼群里的那段生活，哪怕它们是狼，可它们活得要比这些藏獒潇洒，尽情奔跑，快意恩仇，也许这才是我向往的。不过造化弄人，我是一只藏獒，也只能是一只藏獒，可笑的是獒群里没有人叫我藏獒，而在狼群里我的代号就是藏獒。

有多少的事，看似理所当然，但我们认真思量之后才发现，这真是最大的讽刺。

天光从地平线以下的另一个世界慢慢亮了起来，藏獒们也随着天光起来，开始了新一天的生活。自从狼王被獒王杀死，藏獒们的活动范围就扩大了一倍还不止，原本藏獒是草原的守护者，现在，藏獒的地盘扩大到了整个雪山草原。

獒王永远都站在高处，俯视着自己这些族人。獒王是虎头雪獒，有着藏獒最纯净的血统，它最高贵，也最强大，所以才做得了獒中之王。余下的藏獒成圈状围在獒王周围，一圈套着一圈，大圈套着小圈，圈圈环绕，亲疏一清二楚，而我就在最外围的一圈。

"兄弟们，多少年了，雪山一直笼罩着杀戮的阴云，纷争不断。狼用尖牙利爪制定了一个所谓规则，暴力下的安宁，是真正的安宁吗？现在，暴力下的安宁被打破了，雪山这个大舞台，终于轮到我们藏獒出场了！我和你们都热爱生命，厌恶杀戮，可不杀掉所有威胁雪山安宁的猛兽，如何创造一个没有杀戮没有纷争不用暴力维持的和谐世界！藏獒终极梦想，即将实现。你们，有信心吗？"

"有！"

藏獒们的口号喊得整齐，獒王身上的白毛也更加晶莹了，散发出神圣的光芒。不只獒王，所有藏獒都一样，在这整齐的口号声里，变得神圣了。藏獒是雪山草原最神圣的种族，几百年来都为了一个崇高的理想奋斗着。只有这样神圣的种族才会有这样美好的理想，又或许是藏獒的终极梦想把藏獒变得神圣。

獒王高高在上，它只听得到下面整齐的回应，感觉得到它无上的权威。而我在獒群的边缘，既在獒群之中，又在獒群之外，只有我这个位置，才能清楚地听到獒群对它的应和声。除了绝对的信念、绝对的理想，还带着绝对非理性的狂热。

简单的动员之后，獒王就带着獒群开始了雪山征程，我也在其中。其实，獒王并不需要它身后的獒群做什么实质上的事情，只需要它们咧开嘴，龇出尖尖长长的犬牙，瞪开愤怒的双眼或者单眼，弓起有力的腰背，做出一副欲扑出去的样子，这就够了，实质上的东西，那些吓破了胆的野兽，自有那只白色皮毛黑眼睛的魔鬼去收拾，我们要做的，只是一块生动的背景。

在生命中，我从未觉得自己如此像一个看客，无论是在前面浴血杀敌的獒王，还是后面做出愤怒模样张牙舞爪的群獒，一切对于我都是前所未有的清晰。它们的喜怒哀乐，生老病死，都与我没有半点关系，我只是在这里默默看着，陪着它们做出这种狂热的表情，发出和它们一样呜呜的声音，看着它们的所作所为。也许现在的我真的不算是一只纯粹的藏獒，我的血液里没有忠诚的狂热，身边的藏獒似乎与我毫无关系，我只是一个看客。

我能理解藏獒的终极梦想，却不认为它真能实现；我知道狼创造的规则，却又对暴力的作品缺乏信心。我像藏獒，也像狼，我是串儿。

我在獒群里，融入了集体，失去了个体，现在的我不再是串儿，我只是獒群的一分子，要为獒群负责。说得干脆些，我只是獒王身后那块华丽背景的一抹油彩。当初加入獒群我不后悔，我想做一只真正的藏獒，追逐藏獒的终极梦想。可獒群对我近乎冷漠，只獒王友善又有何用？藏獒的终极梦想，亦如镜花水月。我不愿做一块毫无意义的幕布，我后悔了……

每只藏獒都有自己的生命，就像狼一样，生而自由，每一只藏獒都应该去书写自己的传奇，每一只！

我现在想逃。

跟着獒王战胜了许多雪山上的猛兽，无一例外，獒王获胜，对手非死即伤，手段狠辣。其中不乏有白爪当年的盟友，见面之时，难免尴尬，不知怎么办好。而獒王不愧是獒王，它总是能适时地抓住机会，一口咬断对方的喉咙，不需要对方放出场面话，也不需要辩解，更别提什么投诚，一派的铁血政策。在这种打法下，雪山很快就安定了，藏獒成了雪山的守护者，狼群犹如尘沙，烟消云散。

别的藏獒怎么想我不知，我只觉得藏獒现在的做法与狼无多大差别，我想獒王也有类似的念头。

我无时无刻不想逃走，逃离这些跟我流着一样血液的亲人，逃到远方，一个没有藏獒，没有人类，没有狼的地方，我能远远望见李若兰却又让她看不到我的地方。

如果人爱上了他不应该爱的人，朋友会劝他，有一种爱叫放手。如果藏獒爱上了人类，它不能告诉任何的朋友，只能自己告诉自己，根本没有这种爱。

我就在这种胡思乱想外加纠结的心境中度过了一段时间，每天打打杀杀，守门挡风，过着浑浑噩噩的生活。每天的对手有些是生面孔，而大部分都是白爪的故交，我只当作不认识，没看见，任凭獒王戳穿它们的心脏，咬碎它们的喉咙，我不闻不问，安心做一个华丽又生动的背景，一切都与我无关。

就这样，过了好久，好久……

"你确定你要逃走吗？"

我背对獒群，已经向外面迈出了逃离的脚步，在我的身后，没有大批藏獒，只有一个雪白的獒王。獒王叫住了我，它的声音依旧浑厚威严，让人心生畏惧。我不由得停下了步子，收回了逃走的脚步，回过头看着它，混沌不堪的双眼对上那一双黑得纯粹黑得发亮的眸子，虽然肺腑都在颤抖，但并未因獒王在这里而软弱。

"是的，獒王，我想离开这里，这里不适合我。如果獒王想要杀了我的话，尽管动手吧，我不会退缩的。"

喜怒无常也许是每个成功人士共同的特点，白爪如是，獒王亦如是。它静静地看着我，眼睛里没有平时那种剑一样的锋芒，良久，它笑了。

"这样还算你身上有那么一点藏獒的勇气，好，我可以放你走，不过你未必会走。"

獒王的笑好像牵动着我的心，让我不安。

"獒王，谢谢你放我走。"

我不想追问什么，好奇害死猫的道理我懂，猫有九条命，藏獒就只有一条命，好奇连猫都能害死，别提藏獒了。

我疾步离开，獒王只轻飘飘的一句话，就把我拽了回来。

第四十一章
助我主人

獒王，还是那个獒王，獒群，也还是那个獒群，我知道我也还是我，可我待在獒群里的状态却不一样了。我不再寒心獒群的冷漠，冷眼群獒的狂热，我变得很听话，非常听话，比所有藏獒加在一起还要听话，生活有了方向，一切都是为了我未曾谋面的父亲。

那一天，我想要逃离这里，逃离獒群，逃离我所厌倦的一切，逃到远方，去开始新的生活，是獒王把我拽了回来，它只说了一句话：

"串儿，你可以走，但你留下的好处显然更大，我之所以让你留在獒群，是因为你的气味让我熟悉，我认识你的父亲。"

父亲，在我的心里，在那个刚走出砖厂的串儿心里，父亲两个字，要比藏獒还要重。在我的心里，父亲是一只伟大的藏獒，它比獒王还要高大，还要英俊，一定也是一身白毛，没有一丝杂质，那是人世间所没有的白色。父亲的眼睛不是绿色的，也不是黑色的，应该是七色变幻的彩虹的颜色。我崇拜父亲，我又从未见过父亲。我因从未见过父亲而崇拜，父亲，像一座永远无法逾越的高山，给我力量，让我在茫茫雪山上不断前进。最终，獒王用这座高山拦住了我离开的脚步。

"我留下！"

留下，就意味着，又是一番征战，獒王用它强大的武力征服了雪山上几乎所有的猛兽，而且是全暴力征服，一劳永逸。所有猛兽，不是变成了那白色战神手下的冤魂，就是筋断骨折，再没了争雄的资本。我还是那张背景上面的一点油彩，没有思想，也没有帮助它们，只是在营造一个厮杀的气氛，仅此而已。

一天的厮杀结束，即使只是作为背景去撑场面，藏獒们都已经很累了，回到藏獒的山洞大家都趴了下来，我也趴在我洞口的挡风位上，老老实实，任所有的山风吹打在我身上，没有半句怨言。

爬上高岗好像是獒王的习惯，本就高大的身躯站在高高的地势上，让下面的群獒只能仰头看着，从下看向上面，无论什么眼神看到獒王那里都会变成崇拜。

"兄弟们！经过咱们这么多天的辛苦，雪山已经基本恢复了宁静，也彻底划归了咱们藏獒的治下！在这里，我要宣布一下我们下一步的战略安排。"

藏獒之中最不乏起哄者，它们总是能抓住领袖的心理，把气氛推向台上的人希望的方向。

"好！獒王说什么，我们就做什么！"

一声叫好，接下来，无数声叫好。无论是情不自禁，还是阳奉阴违，都是叫好。身处其间，我又怎能免俗？我也像一只真正藏獒一样，对着獒王不停地叫好。可能因为我这一举动让我真正像是一只藏獒了，它们对我的态度竟然好了不少。现在我更加觉得，血统也许并不重要，它们也并不全是纯种，只是都没有我山寨得这么明显。它们排斥我，并不全是因为我的血统，更多的，是因为我没有那份狂热。

现在好了，大家都一样了，自然没什么纷争。

獒王照例冲着起哄的藏獒点了点头，颇是赞许，这才对着大家道：

"兄弟们，我们藏獒，自古以来就是忠诚的、勇敢的！勇敢，大家都有了，忠诚，我们要忠诚给谁呢？大家可能会说，忠诚向我，獒王！这很好，这是你们的忠诚，那么我，獒王，又该对谁忠诚呢？"

獒王的这一番话，已经超出了思想狂热简单的藏獒们日常所言所想的范围，使得下面原本安静听话的群獒起了骚动，大家交头接耳，或是议论獒王到底该向谁忠诚，或是在想獒王今天演的是哪一出儿，想法不一，说法不一，颇为稚嫩。不过，这是我来到獒群以后第一次看到它们在用自己的脑子思考，獒王，你葫芦里究竟卖的是什么药呢？

獒王没有制止下面的议论，它在台上向下看，脸上的表情很复杂，在这个仰视的角度，谁也读不出它脸上究竟写着什么，这样看过去只能看到四个字——高深莫测。

待到下面的骚动自己平息了，大家意识到上面还有这么一个獒王，纷纷闭上嘴巴的时候，獒王又开口说话了。

"兄弟们，我们的忠诚，自古以来，就是属于人类的！人，万物之灵，应该是藏獒的主人！"

下面又是一片惯例似的欢呼，不过大家都是一脸茫然，眼睛里迷糊，谁也没听明白獒王说的到底是啥意思，但鼓掌总是没错的，大伙只要有个领头的然后使劲鼓掌就对了。看着这群狂热的亲人，真不知道该说它们快乐还是可怜。上天给了藏獒得天独厚的体魄，却没有给我们得天独厚的思想。藏獒总是狂热的、简单的，它们的肢体比大脑快。可也正因如此，藏獒才会那么纯粹，那么天真，不断战斗，只为那最美的梦。我越来越不像一只藏獒了，不像。

"现在，有一个我们全体向人类尽忠的机会！这山上有一个猎人，捕猎各种猛兽，我们可以去帮助它，既可以奉献藏獒的忠诚，又能与人类并肩作战，消灭一切不安定因素，实现和谐雪山的藏獒之梦！巧的是，这个人类正好是新加入我们的成员串儿的主人！兄弟们，你们愿不愿意跟着我一起，献出你们的忠诚！挥洒你们的热血！"

山洞不大，但足以产生回音，只听得整个山洞里都回荡着不同藏獒的愿意声音。我不禁想问，它们真的愿意吗？我又很聪明地什么也没有问，因为我已经习惯了，它们怎么想其实并不重要，只要獒王说清楚就可以了，甚至连说清楚都不需要，它只要带个头就好了。

我的父亲，他究竟是哪种藏獒？它是像上面的獒王，极尽激情来做这样那样的演讲，还是像下面的群獒，为了一个梦想无怨无悔。如果是上面的，我当如何？如果是下面的，我又当如何呢？它究竟是什么模样，什么毛色，它是我的父亲啊！

父亲是一只伟大的藏獒，与众不同的藏獒！它有着强健的体魄，健全的品格，深邃的智慧。它的力量就如獒王一样强大，它的胸襟就像这草原一样宽阔，它的智慧……我小小的脑袋想不出别的形容方法，不知父亲是像獒王还是像白爪。

獒王决定带着所有藏獒帮助我的主人，我也不知该高兴还是该发愁。高兴固然是有的，主人安全了，有獒王这个现任的雪山草原猛兽第一高手在，任何的危险对于主人都将不是危险，可随之而来的，是雪山上生灵涂炭。

"串儿，听到大家都要一起帮助你主人，你高不高兴？"

上面的獒王享受够了群獒的膜拜，突然笑着问起了我。而我还神游天外，其余的一概不知，獒王突然问到我了，我只能呆呆傻傻的，学着身边藏獒们的狂热，大叫着：

"谢谢獒王！谢谢獒王！我很高兴！獒王英明！"

獒王很满意地点了点头，露出了一个向往又虔诚，带着狂热的笑，是白爪永远也不会有的笑。

獒王不只是一名演讲家，更是一个行动家，说干就干，第二天，听说主人独自上山狩猎，它带着整个獒群就这样出发了，围着山寻找主人的踪迹，照这个找法，找遍整个雪山也不过是几个瞬息而已。

在这中间，我得到机会，单独找到了獒王。

"獒王，我老实地待在獒群里，您该告诉我我父亲的下落了吧。"

獒王看着我，黑色的眼睛又一次变成利剑，利剑经过锻造凝炼，又变成两根尖针，直扎进我的心。

"你父亲的事既然是我答应你的，那你就放心吧，不过什么时间嘛，这个还真不好说。我现在公务繁忙，雪山的范围这么大，还没有统一，没有精力帮你去找父亲。"

獒王言辞恳切，表情慈祥和蔼，俨然一个宽厚的长者在疼爱着后辈，除了那双扎进我心里的眼睛。

"既然您没有时间，那么请您告诉我我父亲的下落，或者它的特征好吗？由我自己去寻找，我真的很想找到它！"

獒王面露难色，感情还是十分真挚，不过那些慈祥和蔼渐渐淡了。

"串儿啊，你父亲它的下落，现在我不知道。它的特征，还真是不好说！不如这样吧，等我统一了雪山以后我跟你一起去找吧，我带着獒群一起帮你找，一定能找到它！"

獒王已经说到了这个份儿上，我又怎能不明白它究竟想说的是什么呢？

"獒王，您究竟想让我做什么？"

瞬间，獒王所有的表情都归零了，又换回了它最开始的威严和狂热。

"串儿，我要拯救你，把你变成一只真正的藏獒，与我携手，消灭一切杀戮的种子，杀出一个和谐雪山。藏獒厌恶杀戮，又从不畏惧杀戮，因为藏獒若动，只为正义而战！"

谁能说獒王的杀，不是为了正义，谁也不能，为正义固然是，生灵涂炭亦是，为了一个和谐雪山，藏獒不惜沾上污血！

"獒王，我只是串儿……"

獒王摇了摇头，叹道：

"唉，串儿，看来你还是不懂藏獒，不懂藏獒为什么是藏獒……"

"头儿，发现那个猎人了，他好像遇到了麻烦！"

第四十二章
选择背叛

"串儿?!"

正在我恍惚之中，人类的声音把我从另一个世界唤醒。我看到主人那张模糊了泪水的脸，就好像一张铁面具在他脸上融化，融出了泪水。离开主人以后，不只是我思念主人，主人也在思念着我，这张铁面具应该也是为我所戴，就是不知道另一个人想不想我。今天是个好机会，我应该跟主人回去了。我顺从地收起野性，慢慢靠近主人，用我热乎乎、毛茸茸的头蹭向他冰凉的裤腿，就在我头上的绒毛要接触到主人裤腿的那一瞬间，一股强壮的力量把我撞开了。

是獒王，獒王把我撞到了一边，不让我接触到主人。

"嗷！嗷！嗷嗷！"

獒王对着主人吠叫，叫的是收队的暗号。它的声音威严无比，又是冲着主人叫的，把主人吓了一大跳，手上的猎枪攥得又紧了不少。幸运的是獒王并没有跟他动手的打算，否则獒王肯定要比猎枪快。它只是用无边的威势恐吓住了主人，然后又用那双黑色剑眼盯着我，看得我一身冷汗。

"如果你还想见到你父亲，那你就跟我走！"

我跟着獒王走，一步三回头，就像被强抢入山寨的小媳妇。我多想跟着主人回去，钻进暖和的狗窝，这辈子都不出来了。可是我不能，我还要找到父亲，我伟大的父亲。若不是獒王，我怕是迷失在找到主人的喜悦中忘记这回事了。

藏獒的山洞，獒王今天借助我主人的力量轻松地解决了雪山上最厉害的大熊，现在意气风发，好像什么时候插上了翅膀，升仙称神了。神的力量不光在于破坏，更在于创造，对于獒王，便是要创出一个没有强暴的和谐雪山。今天獒王例行的演讲比以往长了一倍，下面藏獒的激动程度暴涨了十倍。

演讲结束，我找到獒王，该说一些关于我父亲的事情了。我对给我生命的它顶礼膜拜，对与它相见充满期待。父亲，这个称呼，我已盼了太久，有生之年能够找到父亲，我那藏獒强韧的心脏也不禁颤抖。

"獒王，我从未见过父亲，实在太过期盼，请你快点带我找到父亲吧！"

獒王的双眼如同宝剑般冰冷。

"串儿，我会带你去找你的父亲，也会带领藏獒创造一个从未有过的和谐雪山，更要教会你做一只真正的藏獒！我今天之所以不让你跟你主人走，一是我要带你去找你父亲，二是我要还他一只真正的藏獒。"

一切又回到了最开始的问题——我是串儿。一个串儿要怎样才能成为一只真正的藏獒？我没有獒王雪白的皮毛，也没有藏獒对终极梦想的狂热，我只是一个串儿，串儿又怎能成为藏獒呢？

"獒王，我需要做什么？"

獒王笑了。

"我知道狼王临死前一定安排了你什么，我也知道，藏獒是忠诚的。不过为了藏獒的终极梦想，还是请你告诉我，你知道，为了雪山和谐，我不畏战斗，亦不惜任何手段。"

此时我真的想把一切都跟獒王说了，然后一切就都结束了，再没有谁能阻止藏獒的"大手笔"，獒王一定能肃清雪山上所有的隐患。我也能开开心心地找到父亲，开开心心地回到主人身边，开开心心地吃上李若兰做的饺子。

可……我能这样吗？

"如果我不这样做呢？"

獒王耸耸肩，就像人类中在与下位者谈条件的大人物，满脸的轻松，衬着白色的皮毛，它显得温文尔雅，轻松的举止里又带着对我不争气的叹息。

"那也没办法，不过在你成为一只藏獒之前，我不会带你去找你父亲，也不会放你回你主人身边。"

獒王代表了藏獒这个神圣的名字，若我背叛，我很可能会被剥夺藏獒的称号，这可是我好不容易得来的，只有獒群的一分子才能有的称号。为了骄傲地喊出我是藏獒，我等了太久，付出了太多。可这真的重要吗？獒王为了藏獒的终极梦想，不惜斩尽雪山上一切强暴。我一卑贱之躯，为了忠诚，为了不见生灵涂炭因我而起，放下荣耀又何妨！

或许，在獒王这里，实现藏獒百年来从未实现过的终极梦想便是最高荣耀，其他的皆不重要。

"獒王，你的条件我根本不可能答应，既然你说了我父亲身上有跟我一样的味道，那我就到外面闻着去找，你让我走我就走，如果你不让我离开，也可以，这样或许能让我更开心些。"

獒王的瞳孔缩紧了，看到这个小小的变化，我的心舒坦了许多。它是不会让我背叛的，它也不会让我死，因为白爪死前跟我说的话对它来说有着无限的吸引力，因为它要把我培养成一只真正的藏獒，这是我这段时间以来思考出的结果。

"你真的要背叛吗？"

我毅然决然地点了点头，既然已经摸透了它的心思，我又怎会害怕背叛？我会没事的，我会见到父亲的，还有主人，等我，我一定跟你一起回去见那个美丽的女人。

獒王又伤情了，它垂着头，眼睛里饱含热泪，好像悲天悯人似的，它显然动了感情，不禁落泪。我知道，獒王是慈悲的，它对我，多是关心和爱护。可但凡生灵，都有无奈，纵使雪山獒王亦不能免俗。即使它老成世故，心中计策谋划毫不逊于狼王白爪，可这一切都是为了一个神圣的梦。獒王有它的慈悲，亦有它的无奈。

"好吧，我答应明天就带你去找你的父亲。"

我真心实意地朝獒王低下了头。

"獒王不计前嫌，实在让我惭愧。"

獒王抹了把鼻涕，又抹了把眼泪，叹道：

"本是同根生，相煎何太急。咱们都是藏獒，既然你不愿意，那我也不好苦苦相逼。你想见父亲，我带你去见就是了，都是藏獒，别说这些，太见外了。"

如果我有大熊那么大的力量，我一定会在第一时间掀开山洞，看一看到底是哪位神仙路过帮了我这么大的忙，把獒王迷成这样，该是需要多大的道行啊！可惜我没有，这样对我们敬爱的獒王也不够礼貌，我的头更低了，我的眼睛也如獒王一样，浸满泪水，眼眶微红，喉咙也哽咽了。

"感谢獒王，除了那件事，獒王要我做什么您就说，赴汤蹈火，万死不辞！"

獒王看着我，带着慈爱，就这么看着我，什么也不做。良久，它才幽幽地叹了一口气。

"唉，算了，我不喜欢勉强别人，你快去做准备吧，明天还要见你父亲呢，父子俩这么多年没见过，一定有很多话要说，快去睡觉吧，今晚我特批你可以不用睡洞口了。"

群獒对我这只串儿一直非常冷漠，这种事，獒王也没办法。这是我第一次在獒群受到如此礼遇。我的整颗心都挂在明天见父亲这件事上，巨大的喜悦压得我没有想其他事的精力，满脑子都是父亲。

其实，世上的事很难捉摸。明明是你一直以来最期待的，可是当事情真正发生的时候，你往往手足无措，不知如何是好，甚至失望、惧怕、厌恶。而你一直以来一直厌恶的、惧怕的，甚至憎恨的东西，一旦有一天离开了你，你轻松了，可闲暇之余，总会对那样恶事产生一点亲切的怀恋。

我第一次睡在山洞里面，睡在对父亲的憧憬之中，梦里，父亲的各种形象不停涌现，让我应接不暇。其中有的一身黑毛，杀气腾腾；有的白毛如雪，绿眼如灯；有的像金黄色的狮子，草原上的太阳！还有的生着黑色、蓝色、黄色，各种奇特颜色的眼睛。颜色虽然不同，但却有一个共同的特点，无一例外。这是一个非常单纯的梦，所有的颜色都是一样的纯净。

第四十三章
一双眼睛

　　每个人都有父亲，给了你最温暖的怀抱，用狂热把这条小生命从母亲那里接到手中。保护你，爱抚你，亲吻你，宽恕你……给了你这世上最伟大的男人的爱，教会了你男人的坚强，男人的担当，男人的坚韧，男人的狂暴……这是一个山一样的存在，在遥远的童年里，这个人永远那么高大，他的影子可以把你完全罩住，在夏日给你阴凉，冬天予你温暖。我们的童年就在这座山的山脚，这个人的影子里，笑着，闹着，慢慢过去了……突然有一天，你突然发现，他的影子罩不住你了！他的头可以靠在你的肩膀上，他身形佝偻，白发苍苍，皮肤变得干枯，肌肉变得虚弱，他不再是那个能为你解决一切的超人，不再是万能的依靠……这时，他仅仅是一个父亲，需要我们照顾保护和敬重的父亲。

　　父亲就像山，永远耸立在我们心里。而山，往往是未登上才觉得雄伟，仰视才觉得险峻，若是从未见过这山，那这座山在心里便势可插天。正因为我从生下来便从未见过父亲，所以父亲的形象在我心里才这样高大，没有什么能够撼动！藏獒的荣耀不能！獒王不能！甚至死去的白爪也不能！我的父亲是最伟大的！从小狗娘就告诉我，我的父亲是最强壮的狗中之王，伟大的藏獒！

獒王全身白色，根本分不出它与雪山的隔阂，唯一能让我感受到它存在的只有它那双白雪地里的黑眼睛。我紧紧跟着它，穿过雪山上的各种风景，向着没有方向的方向进发。

"跟上我，再走一程就能见到你父亲了！"

我紧紧跟上，獒王今天的话语句句带着慈祥，让我心情舒畅。

"獒王，您能不能告诉我，我父亲是怎样的一只藏獒？"

獒王步子放慢了，显然是带着沉思在走路，它放慢了脚步。也许是我的父亲很伟大，伟大过了獒王，使得它羞于对我说起……也可能是我的父亲什么也不是，太过卑微，它不屑于说。最大的可能，它不知道该怎么跟我说。

"串儿，你的父亲是一只肩负着特殊使命的藏獒，它肩负的任务是最重要的，它肩上的担子也是最重的，帮我们獒群，减轻了很大的负担，应该赢得大家的尊敬。"

獒王的话让我心里暖暖的，原来父亲这么伟大，原来父亲这么光荣。狗娘没有骗我，父亲果然是这个世上最厉害的藏獒。父亲，简简单单的两个字，把我的心灵填得满满的，无暇去注意獒王慈祥中不对劲的地方。我没有按它说的做，它还是要帮我找到父亲，那么它为什么要帮我？我见到父亲对它又有什么好处？当时的我被迷了心智，只知道獒王大度地带我去找父亲，没有想过这么多的疑点，待想来的时候，一切都晚了。

我跟獒王走了很远很远，走出了雪山的范围，逐渐走向草原。

"獒王，我父亲在草原上吗？"

看着眼前一望无际的草原，我竟难起兴奋。雪山是狼的世界，草原是藏獒的领地，只有在草原上藏獒才能施展它们的天性！可我作为一只藏獒却觉得雪山要舒服许多。可能在心里我并不是一只藏獒吧。

我找到了父亲，那主人呢？他的父亲又该到哪里去找。主人在雪山上风餐露宿，又要和各种野兽战斗，很是辛苦。老王日日在砖厂里担心着独自在外生活的儿子，一样辛苦。感情固然像个火炉，给人以温暖，让亲人可以从容地拥抱在一起。感情又像锁链，能把亲人牢牢地捆绑在一起，越绑越紧……只是这锁链太过坚实，总会让被捆绑者皮开肉绽。我要见到父亲了，主人也该想念他父亲了吧！

进入獒群以后我就一直精神恍惚，现在又是这样，我真的不知道我会不会为了这个而丧命，但是今天不会，因为獒王在我身边。

"你父亲不在草原上，它在雪山脚下，着急了吧？不要急，马上就到了。"

手指已经数不过来，我不知第几次问我身边一点也不着急的獒王同一个问题，它也不紧不慢地给了我同一个回答。

"獒王，还有多久才能到啊？"

它说：

"不要急，马上就到了。"

不知多少个马上以后，我们真的到了，我也真的见到了我的父亲。

獒王要带我去的地方是一个山洞，就在雪山脚下，七扭八拐的，很是隐蔽。还没到洞口我就闻到了阵阵腥风。这腥风跟老虎出动带的风不同，它是带着热烘烘藏獒气味的风，闻了让人亲切，心情舒畅，山洞里肯定有为数不少的藏獒。獒风刚刚吹过，獒王却背过了身去，不知为什么。我本想问问它为什么，可是我刚开口的时候就已经知道了原因，獒风后面跟着一股恶臭，夹带着腐烂和潮湿的恶臭。

"呕——獒王，这洞里到底是什么，熏得我反胃！"

獒王叹了口气，也不回答我的问题，顶着臭气大踏步走了进去。父亲在里面，别说臭气，就算是刀山火海我也会义无反顾地走进去。

进去之后，我的感觉只有震惊，这里面对我的刺激不下于真正的刀山火海。我从没来过这儿，可我对这无比熟悉，无论是气氛，还是这里面藏獒脸上的表情，都无比的熟悉。这，根本就是白爪带我去过的收容狼族老弱病残那个山洞的翻版，而且是超越了原版的翻版。

山洞脏兮兮的，已经看不出本来的颜色了。地上全是粪便和碎骨烂肉，可见这里的住客从不收拾屋子。这里住的藏獒，确实也不会有什么心情收拾屋子。它们不是年老体衰走路都成问题，就是缺胳膊断腿，没有个獒样，没有一只看起来健康的。狼有一个老弱病残收容所，看来藏獒也有一个。

我猛地转头看向獒王，眼睛里尽是惊惧，平时还很伶俐的口齿到了这个时候也结巴起来。

"獒王，这……我……我父亲它……"

獒王皱着眉头，不知是因为臭气，还是因为我的父亲。

"放心吧，你父亲没有像它们这样，你的父亲四肢健全。"

得到獒王的保证，我的心放下了。我用颜色驳杂的眼睛开始搜索这洞里四肢健全的藏獒，大多老得动不了了，只有一只，它看起来正处壮年，眼睛眯缝着，趴在那里睡觉，什么也不理，就连獒王来了它也没有察觉，还在睡着。它的毛色是棕灰色，很少见的毛色，没有因为这洞里的脏乱而染上污垢，看起来很清爽。它的身形跟我差不多大，可能比我还要瘦一些，可能是在这里待着的缘故，谁都不会健康。这些都不是我关注它的原因，我注意它，是因为它身上散发着和我一样的气味。

藏獒跟人不一样，如果是人要确定亲子关系是一件相当麻烦的事，而藏獒只要抬起头，抽动抽动鼻子，一切问题都不是问题，只要气味相同，就可以无条件信任。

沉睡中的父亲突然动了，好像有什么牵动了它的睡梦。父亲的鼻子抽动着，好像嗅到了什么美味，一辈子也没有吃到的美味。

我屏住呼吸，也不敢动弹，生怕扰了父亲正在做的这个美妙的梦。

"獒王，我父亲它是劳累成这个样子的吧？"

獒王看看我，又看看父亲，什么也没说。

我有些按捺不住了，我想叫醒父亲，看一看父亲充满慈爱的那双眼睛，在它老人家膝下承欢。给它讲述我身上发生的故事，讲讲灰头，讲讲白爪，讲讲雪山，讲讲草原上伫立远视的幽兰……

思绪展开，犹如天河倒卷，让我不知道自己是在岸上还是河里，就在这个时候，父亲的眼睛，睁开了，它睡醒了！

灰褐色的眼睛有了颤抖，牵动了周围的皮毛，显得很是沧桑。我能想象出在这眼眶里，躺着一双多么深邃的眼睛，纯净，而又深邃，每一个眼神都映射着琥珀的光泽，不是黑色也不是墨绿色，是太阳的颜色，父亲一定有一双太阳一样的眼睛，眼神看到的地方，整个世界都会充满光亮！

父亲在睁眼，我在兴奋，獒王满脸不安与无奈。终于，父亲把眼睛睁开了，这……

"怎么会是这样，居然是一样的！"

第四十四章
我的父亲

    当父亲双眼睁开的那一刻，我惊呆了。这双眼睛虽然也很有神，但却跟我的想象相去甚远，我甚至有了父亲这双眼瞎了更好的想法。我有想过无数的颜色，想过瞳孔和眼白的各种光泽，甚至父亲眼睛里的血丝，这些都在我的想象之中，可我怎么也想不到，父亲居然会是这样一双眼睛。

    父亲的眼睛没有像獒王那样精光四射，锋芒胜剑，也不像白爪那样，幽如深潭。它的眼睛说不上有神，也说不上空洞，就是普普通通的一双眼睛，这双眼睛给了我巨大的刺激。父亲的这双眼睛，不是世间任何一种已有的颜色，让我既熟悉又陌生，这是我从未在现实里见过的色彩，可它却是熟悉得不能再熟悉的老友，甚至决定一只藏獒的命运、地位和屈辱。

    这双眼睛的眼白没什么特别，血丝也很少，也许是经常在山洞里睡觉的缘故，保养得很好。而那瞳孔……瞳孔的底色是琥珀色，一个原本就不是特别纯净的颜色，也是大多数狗都有的瞳孔颜色。父亲的瞳孔并不是单纯的琥珀色，琥珀色上，还有着一丝丝裂开的灰色，虽然很淡，也不影响视力，但这在藏獒中是一种洗不去的烙印，代表着这只藏獒血统不纯。

    真想不到，我是个串儿，我的父亲也是个串儿，我竟是个串儿生出的串儿，我可能连杂种都不如。想到这里，我落泪了，头脑中构思了不知多久的父亲形象烟消云散，一座支持了我这么久比藏獒荣誉还要高的山轰然崩塌，我却没有泰山崩于前而不动的淡然。我的眼眶都快瞪出血来，直勾勾地看着那只给我生命的藏獒，是该感激它还是该恨它，或者装作不认识一切的关系，让它风中烟消云散？这一刻我真的犹豫了。

我不是圣人，我也有我的愤怒，我的羞耻，我的虚荣。这些东西足以让一个正常人发疯，也许只有圣人才能抵制住一切不良情绪的控制，永远保持真正的自我，可我不是圣人。这一刻的我真想就这么转身离开，假装什么也不知道，人心都是肉长的，人血都是暖的，就算我不是圣人，那又怎样？不是圣人就能忘了父母的生育恩德吗？不是圣人就可以因为自己的亲生父亲眼睛是这样就装作不认识吗？不是圣人就可以心安理得地给自己的一切罪恶找个冠冕堂皇的借口吗？不能这样，绝对不能这样，它是我父亲啊，狗娘多爱它……

我恭恭敬敬地走到父亲面前，对着它低下头，哽咽地叫着：

"父亲！"

父亲看看我，嗅嗅我，眼圈也红了，只这一嗅就能知道我是它的亲骨肉。父亲站起身，刚想过来蹭蹭我，转而它就看见了我身后的獒王，马上便舍了我跑到獒王跟前，低着头，摇着尾巴。

"獒王，您也在呀！属下拜见獒王，您交给我的任务我每天都努力去做呢，可没有半点折扣啊，獒王！"

獒王比父亲要高出好几个头，全身圣洁的白色，一双黑眼好似利剑，整个人不怒自威。它看看我，又看看这山洞里的情形，用民不聊生来形容也不为过。最后，它的眼睛盯在了父亲的身上，像吐钉子一样地说道：

"我让你留在这里照顾它们，你就是这么照顾的吗？像什么样子！你对得起獒群吗！"

獒王全身的气势在这一瞬间都压在了父亲身上，把它的脊背压得更弯了，诚惶诚恐，尾巴也有些打蔫了。

"獒王，实在对不起，小的有罪！有罪！这里藏獒实在太多了，小的每天出去给它们找吃的都找不够，根本就没时间收拾，小的错了，小的以后一定改！"

獒王瞥了我一眼，笑了，把我笑傻了。我的父亲怎么会是这样一种形象，怎么会见到獒王吓得连腰都站不直了，怎么会这样！刚才塌了的那座山现在灰飞烟灭，连碎石都没有剩下。

"说得很辛苦，可是我来了以后看到的却是你在那睡觉偷懒！不要狡辩，渎职就是渎职！就算食物不够，你也应该先把食物给它们，然后剩下的你再吃！"

父亲伏在地上，什么也不说，消瘦的脸上满是愧疚。从它的身体状况，能看出它在这里照顾这些老弱病残着实不易。能够维持到这个程度已经给獒群解决了很大麻烦了。

"好了，你能做到这一步着实不易，今天我带来了你的儿子，你看看吧。"

父亲这才转过身来看我，转过来的时候还偷偷看了一眼獒王的脸色。它好像很激动，却又不想过分地表达，只是说：

"你就是我的儿子？"

我点点头，喉头还是哽咽着：

"是，父亲，我是您儿子，这么多年，您受苦了！"

父亲也落泪了。想一想，也是，一个父亲，无论在外面多么辛苦，总是会在子女面前保持一个好形象，父子相认，它又怎会不落泪呢。

按照三流言情剧的套路，这个部分应该是父慈子孝，其他闲杂人等都会识趣地消失，好像从一开始就不在这里一样，这就是配角之道。而獒王显然不认为自己是配角，也没有离开的打算，它的存在感永远那么强烈，任何人都没法忽视它。

"父子相认，好事好事！"

父亲憨憨地笑着："全亏了獒王照顾。"

"老黑，我现在要拜托你一件事，不知道你是干还是不干！"

既然獒王有吩咐，父亲自然是干的。父亲赶忙跑过去，又是点脑袋，又是拍胸脯的，一口答应，还下了许多保证，就算这时要它上天揽月下海擒龙它都绝不推辞，与獒群中藏獒的狂热一般无二。獒王看看我，神秘一笑，也不管父亲，又道：

"没关系，这事还不急，我们先回獒群再做打算。老黑呀，这么多年你看着这山洞也不容易，从今天开始你就不用看了，回到獒群吧。"

没有一只藏獒会愿意看着这样一个山洞，能离开这里，父亲自然是千恩万谢，又是一番吹捧，直把獒王捧得是天上少地上无，仅此一个的明君。看到这一幕，想想东北家中的狗娘，想到小时候狗娘说起父亲时那温柔的情态，我的心酸酸的。藏獒两个字，骗倒了多少人？又想想那时候镇上的狗仅仅因为我是藏獒就让我当上狗王，想想那个不把我放在眼里的灰头，我不禁又是苦笑，藏獒的荣耀，害苦了多少人。

獒王带着我和父亲急匆匆往獒群赶，獒王很快便会派其他藏獒来照看这些老弱病残。

我们就这样回到了獒群，藏獒们用异样的眼光看着父亲，用更加异样的眼光看着我，让我们很不舒服。獒王又习惯性地登到了高处，当着众獒对父亲说：

"老黑，你儿子知道我想知道的东西，也有能力帮我的忙，可是它不告诉我，也不帮忙，现在我拜托你管教管教你的儿子，让它配合我。"

獒王，带我见父亲原来就为了这个，真是个聪明的獒王，不惜放下身段也要达到目的的獒王。我突然觉得白爪输给它输得不冤，獒王有心计，能看清形势，又有力量，能不择手段。而白爪，太过骄傲，以至不屑于使用很多有效的手段，白爪输得不冤，一点也不冤。

父亲听了獒王这话，马上转过来恶狠狠地瞪着我，此时獒群微微有些躁动。

"逆子啊！獒王让你帮忙那是你的福气，你怎么还敢不帮！你眼里还有没有我这个爹？快去，给獒王赔个不是！好好帮獒王的忙！"

老实说，父亲的威严在我的心里已经碎了，土崩瓦解，我对它甚至还有些微的鄙视。要我听父亲的话，违背自己心意，我又哪里做得到！

"父亲，獒王的忙，我不能帮！"

父亲赶紧又看了一眼獒王，那只雪山上现在唯一白色皮毛的王者似笑非笑，好像一切都不重要，它需要的只是一场好戏。

"你这逆子，獒王怎么会错，快帮忙！"

父亲劝了我半天，其间对我的称呼都是逆子、不孝子之类，让我不知说什么好。见劝我无用，父亲对我又是抓又是咬，虽然没用什么力，却也让我头疼万分，哪怕我知道它是为了我好。

这位老人演了半天的闹剧，獒群的躁动更大了，事已至此，再无退去的可能，獒王开口道：

"老黑，看来你是管不住儿子了，不过不要紧，我们这里有这么多的兄弟，都是它的叔叔伯伯，今天就让大家一起来帮你管管你的儿子，由你调遣，用咱们藏獒的方式管管你的儿子，你说怎么样？"

群獒摩拳擦掌，父亲面露难色，显然是在为我担忧。即便形势逼人，可父爱是真的，是无法改变的。父亲犹豫不决，没有马上回答獒王，獒王有些不悦，又道：

"怎么，老黑，你不愿意吗？"

父亲又趴在了地上，声音颤抖着：

"谢谢獒王，我愿意，愿意！"

第四十五章
身心俱死

来了獒群这么久了，无论是什么时候，无论是怎样的敌人，冲锋陷阵的总是獒王，也只有獒王，其他藏獒从来没有过出手的意思，我甚至怀疑过是不是因为这样大家伙才选它做獒王的。那些藏獒们，我一直不知道它们在这个獒群里担当的究竟是怎样一种角色，混口饭吃？还是天生愿意出来给人家当背景。今天我了解了，它们除了作为獒王浴血奋战的背景之外并不是一无是处，在这个獒群里，它们有其他作用，我正在亲身感受着。.

一群藏獒把我围了一圈，我在中间，摆出了防御的架势，可是没用，我能防得住一个方向，两个方向，三个方向，但我防不住所有的方向，巧的是，它们封住了所有的方向。它们龇着牙，挥着爪，跃跃欲试地想往前扑，好让我见识见识它们的战斗力，它们的凝聚力，它们的一切力量。它们精力充沛，它们信心百倍，我想它们平时怎么也不出手，恐怕就是为了有这么一天吧。

獒王在远处看着，依旧是一身白色，看起来是那样的圣洁。群獒暂时还没有朝我扑来，它们恨不得咬下我的肉，放干我的血，一根根吮吸干净我的骨头，而不让我的一块肉进到它们神圣的食道。藏獒们的想法很单纯，不能让一个串儿侮辱了藏獒神圣的名字，这名字让它们光荣，让它们狂热，让我痛苦，让我悲哀。它们没有扑过来的原因不是它们能够克制，也不是宅心仁厚地想要放我一马，而是命令还未下达。

它们前面领头的是獒王钦点的专门对付我的大将，我的父亲。

"孩子，你就听爹一句劝，老老实实听獒王的，獒王让你干什么你就干什么，没你的坏处，何苦像现在这样，要知道，你可是藏獒啊！"

藏獒，没错，我是藏獒，做藏獒光荣，做藏獒痛苦，我不想再做藏獒了，及不上一只狼逍遥自在。这些话自然是不能说出来的，否则无论有没有听到命令，那些狂热的猛兽都会马上冲过来把我撕成碎片，獒群对背叛者的态度一向如此。我例外过一回，不知道能不能例外这第二回。

"父亲，您不用再劝了，我是不会帮它的，无论如何都不会。獒王，动手吧。"

獒王叹息，更加无奈。它朝父亲眨眨眼，点点头，意思是父亲该动手了，带着大家一起教育教育它刚刚相认的亲生儿子。亲情是不掺假的，虎毒不食子，父亲怎么也对我下不去手，就算是獒王的命令，它也选择了假装没领会，站在獒群头里左顾右盼。

父亲能为我做到这样，我真的很感动，它爱我，它是我的父亲。父亲的意思獒王又怎会不明白，獒王瞪了父亲一眼，父亲还是装作看不到，獒王终于表现出了严重的不耐烦。

"老黑，该动手了吧，大家这是替你教育孩子，你怎么也该身先士卒吧？"

獒王这话虽然看似合情合理，可那语气里的威胁意味却是浓得惊人，让我觉得如果獒王的声音再大一些父亲会直接被吓瘫。父亲不能再装了，它走过来，咬了我一下，不疼。这么近，我看得到它在哭，嗓子已经因为流泪而破了音，他还是劝着我：

"孩子，听话，别犟了，这样没好处！"

我固执地摇摇头，雪山被染红变成血山可不是我想看到的，哪怕我的血先染到这雪山上，谁知道獒王会对乌金做些什么？看白爪的意思它对乌金颇为尊敬，我可不想看到獒王又做出什么疯狂的事。

父亲不痛不痒地挠了我几下，咬了我几口，我还是老样子，獒王又道：

"老黑，你别光一个人上，别累着了，大家伙都在那站着等着帮你呢，你快叫大家一起来呀!"

獒王这么一说,那些藏獒几乎就要立马扑过来,它们好像无数扇叶,相互摩擦着,嗡嗡的,让人心烦的背后有着强大的绞杀力。

父亲闭上眼睛,泪水滴在地上,融化了积雪。它很为难,它不愿这么做,可它又必须这么做,即使是亲骨肉,也要亲手去绞杀,这是藏獒这个群体赋予它的任务,也是它的生存之道。

"大家,上吧,帮我老黑劝劝我儿子,别伤了它,也别伤了咱们藏獒的和气。"

父亲的话语很低,很是谦卑。我的心也随着它低沉的话语慢慢沉下去,慢慢冷了。这就是我的父亲,我从小崇拜到大的父亲。我已经不想反抗了,反抗又能怎么样?我的主人是雪山上的屠夫,杀害了无数生灵,我心中的女人是个人类,它的世界里我甚至连做背景都不够格,我的父亲……我崇拜了这么多年的父亲……居然要带着獒群跟我兵戈相向!我活着还有什么意思?无趣的生活就是这样,到另一个世界去才是解脱,不用再面对这么多我在乎的人,这才是解脱。

父亲委婉地下命令了,群獒并没有马上动手,它们齐刷刷地回过头,看着獒王,待得獒王微微颔首,这才齐齐朝我冲了过来,撕咬我的身体,把锋利的藏獒刀牙嵌进我的肉里。求生的本能让我有所反抗,我也咬伤了它们些许,不过与它们对我的伤害相比忽略不计。唯一让我欣慰的是父亲并没有亲自动手,它站在战团外,满脸痛苦地看着。

如果父亲也加入进来我是绝对不会还手的,那样活着本身就已经完全变成一种痛苦了。

它们不知咬了我多久,直到獒王下令才全部散开。我觉得自己几辈子的血都在这场撕咬中流干了。我的身体残破不堪,我的心千疮百孔。莫说是藏獒,现在只要有只像小狐狸那样水准的野兽朝着我的喉管来上一下都能要了我的命。我瘫在地上,血肉模糊地看着獒王,我都这样了,它还能怎样?

獒王笑笑,还是那么霸道十足,为了那个梦,它能做一切不愿做的事,只为雪山永远和谐。它没有跃下它专属的高地,隔着那么远指挥着父亲。

"老黑,这孩子太不听话了,大伙下手有些重了,活不了了,你咬断它的脖子吧,给它来个痛快的。"

父亲看着獒王,双眼通红,满是血丝,它毫不犹豫地跪下了,哽咽着:

长篇小说 我是藏獒

214

"獒王，我看这孩子伤得不重，还能活，能不能放过它？"

獒王的声音大了一倍，震得耳朵里嗡嗡作响，怒斥道：

"什么？你的意思是我獒王还不如你判断得准？还不快去！给你儿子来个痛快的！"

父亲看着我的一副惨相，它又怎么真的下得去口，儿子的鲜血又怎么在父亲的口中流？

"獒王……要不，您换个别人去做吧，我下不去口！"

獒王哼了一声，嗔道：

"我好像并不欠你这个人情，大家也不欠你，这种事做父亲的不去还要谁去？别告诉我你儿子这么痛苦你都看得下去，就算你看得下去，我们也看不下去了，还不快去！"

父亲为难，我看在眼里，急在心里。如果我现在能动，我一定自我了断，给父亲省了这样的麻烦，也给我省了这样的痛苦。活着的动物都是在纠结着，无一例外，果断是草率的人都有的品格，而慎重的人多半心底懦弱，但慎重的人往往更被人喜欢，因为众生的心都是一样懦弱。父亲懦弱地不愿意咬破我的喉管，我也懦弱地不愿意看到自己被父亲杀死，我们都是如此懦弱，又都是这样无可奈何。

父亲站在我面前艰难地抉择，我瘫在地上苟延残喘着，时间这时候仿佛静止了，应该被死神召唤的我也奇迹般地坚持着，好像父子终须有一个终结，我被父亲咬死已成定局。

终于，父亲下定了决心，它转向獒王，挺直了腰板，身上的气势又上了一座山峰！这才是真正的藏獒，这才是真正的父亲，我幼时对父亲的盲目崇拜又回来了！哪怕父亲的对手是天下第一的獒王，我也觉得我能看到父亲胜利，担忧都深深地埋到心底了。

"獒王，谢谢您，我听您的这就给我儿子一个痛快！"

挺拔的身躯，庄严的誓词，为的就只是给獒王表忠心？刚刚的一切想法都没有了，现在的我什么也不想，虽然生命仍在，却也如同死了，一切都不重要了，什么也不想了。

父亲走近我，磨损严重的刀牙刺进我的喉咙，顿顿的、痛痛的，我却一点也感觉不到，世上也许已经没有串儿这只藏獒了，有的只是一个躯壳，或者躯壳都说不上。

我的血流到了父亲的嘴里，它终于咬进了我的喉咙，把那里咬得血肉模糊。

　　我就躺在那里，我不知道我是活着还是死了，不过我的身体不能动弹，呼吸停止，我的心已经冷如死灰，被自己的父亲亲口咬死，想来我是死了吧。

第四十六章
死而复生

我是藏獒串儿，我被父亲杀死，尸体抛在雪地上无人问津，藏獒不管，狼群不吃。我的意识一片死寂，如果说有什么可以证明我没死，那就只有我还在这里跟您讲述我的故事了。请耐下心来，听我讲述这个粗劣的故事，我告诉您，我死了。

獒王带着所有藏獒回到了藏獒山洞，我还在雪地上。獒王头一次没有高高在上，而是退到了獒群的最后，没有人知道它在干什么，更没有人知道它在想什么，只能听到些些微的低语声。

"獒王，今天老黑咬它儿子根本就没咬断血管，大动脉都没断，只是擦破了点皮儿，您就这么放过它了？万一……"

獒王的声音一向威严，今天带着哀愁。

"这个不用担心，活着和死去并不是看它还呼不呼吸，而是要看它的心死没死。串儿被自己的父亲害成那样，它的心已经死了，就算它现在能把伤都养好又能怎样？它的心已经死了，它就死了，它的一切都没有意义。如果心没死，那就算它停止呼吸，皮肉腐烂，骨头粉碎，它还是没死，只要心不死，这家伙就还是被人忌惮，就像雪山上的狼王，它就没死。"

藏獒都是耿直的，死就是死，活就是活，明明白白，哪里懂什么活了还没死，死了还活着的弯弯道道，听得头皮发麻，惊道：

"狼王还没死？它在哪，獒王，我带人替你结果了它！"

獒王摇头，对它的手下们，它不必多做解释，解释了也没用，徒增可笑的麻烦，就像现在这样。

"它的心没死。"

……

也许人的情绪真的能影响到天地，天人合一并不只是一句空谈。老天可怜我这只被父亲咬死的小藏獒，降下了一场大雪，掩埋我破破烂烂的尸体，送我一副最美的灵柩。生命齿轮转到这里，已经够了，我应该到另一个世界去，去找白爪，去找大熊，去找那些被我和主人合力杀死的生灵。我本无权因获取食物以外的原因剥夺它们的生命，就算是狼王和獒王也没有这种权利，可我还是做了，即便是帮助主人，万物之灵就有这种权利吗？我的热血已经凝固，长期存于我心里的一些东西却在慢慢融化。

……

温度的骤降和雪山上的大雪让草原村落忙乱起来，草原上天气变化无常，一点不寻常都有可能酿成极大的祸患，甚至影响到上百人的生命。小学校里，李若兰加了件衣服，看着雪山的方向，满是忧色。牧人们的只言片语和王兵身上的味道已经告诉了她王兵真正的营生，他不是一名老师，他是个猎人，李若兰知道他十有八九就在雪山，这么大的风雪他很有可能就在那里丧生。她爱过他，也怕过他，如果王兵死了她真的不知道该怎样才好。到那时，她是该哭，梨花带雨，还是该笑，绽放如花笑颜。没人知道。

她的心好像被一只手紧紧地攥着，跳不起，又停不下，直欲炸裂，她的担忧并不仅仅为了王兵，还有些她自己也说不清的东西。雪山上到底有什么？李若兰就在门前往那个方向看着，眼前尽是感受不到威力的风雪，风雪中雾气模糊。

不知看了多久，王兵回来了，看起来很狼狈，他看到李若兰站在那里，疲惫的脸上露出一丝笑容，刚要过来，李若兰回屋了。

……

寻常人出门总会选择一个好天气，不一定风和日丽，起码不能刮风下雨，不能下冰雹下刀子，不能让天气威胁到自己的生命。而非常人出门，往往没有规律可言，有的人几年不出门，这几年几乎都是好天气，有一天刮龙卷风他出门了，只是为了打瓶酱油。或许你会在脑子里自动把这个故事填补为打酱油的家伙安然无恙地回家了，但很遗憾，现实就是现实，没有传奇小说里那么多神奇的事，也没有传奇小说那样可以预见。打酱油那家伙刚回到家门口就被龙卷风卷跑了，酱油瓶子都飞了，满天都是酱油，紧接着他家也被卷跑了。

我并不是想讲一个用来打酱油的无聊故事，而是这时候，有一个人出门了。

戴上帽子，穿上雪山特有的厚厚的毡子衣服，裹上一层又一层挡风雪的布，还背了一只装满了水和干粮的布兜，这个人就这样出发了。

他穿得像个粽子，臃肿得滑稽可笑，行走在大风雪的雪山里，更是添了几分童趣，没一会儿身上就被雪盖满了，像只剥了皮的大头梨，小孩子见了肯定会流口水。好在现在大雪封山，没人愿意专程到这里来看他，他可是大有身份的人，若是被人看到他这副打扮他面子上可挂不住。

他就这样在雪山上走着，现在的雪山，天上和地下是一个颜色，中间飘着的雪花也是这个颜色，就连他自己也被染成了这个颜色，方向根本无法辨别，甚至连眼睛都睁不开。他就这样没有方向地走着，睁不开眼睛他索性就闭上，好在穿得够多，重心够稳，他也没有跟跄倒下。

如果我还活着，我一定会过来帮他一把，给他指出一条路来，找个山洞让他避过这阵风雪。可惜，我已经死了，很快，我的身体就会同那些这么多年来埋骨于雪山的动物一样，成为积雪下的孽障，人世的一切已经与我没有多大关系了。再说，这人明知有这么大的风雪还要出来，就算被石块绊倒也是活该。

可我低估了这人的脚力，他非但没有摔倒，还越走越稳，越走越快，虽然线路是七扭八歪，迷失方向很明显，却又大致向着一个方向，真是个有趣的人。

不过这些与我已经没有太大关系了，我躺在雪地里，却丝毫感受不到雪的冰冷、风的刺骨，我死了，我心安理得地享受着死者的一切，地上面的事情不归我管。只是没有和白爪做成邻居，微微有些可惜。

谁知道，我不去找那人，那人倒是找到我了。

他绕了很多圈之后，终于走到了我的埋骨之地，抓起一把我头顶的浮雪，露出了我身上杂乱又染血的皮毛，笑道：

"你这家伙，真是让我一顿好找，这下好了，可以吃狗肉了！"

我觉得愤怒之火在这具冰冷的尸体里燃烧，哪怕我的心早已停止跳动。这家伙，真是混蛋，竟想要吃藏獒！要知道，藏獒可是神犬，是绝对不能亵渎的，他居然想要吃我，而且是冰天雪地里特地来吃我，如果我还能动，一口牙恐怕早就把他咬碎了。

他当然察觉不了死者的愤怒，又是笑道：

"大冷天的，找你可真不容易，等一会儿把你拖回去，褪毛剥皮，放上各式调料各式配菜，大锅煮狗肉，暖身又暖心啊！"

说完，他当真动手把我从雪里扒了出来，扛在背上就走。他一定不知道他背上的这具尸体又恢复了些意识，而且是多么的愤怒，火焰在冰冷里熊熊燃烧，越烧越旺，而他也时不时地说些关于怎么吃狗肉的欠揍话，让这火焰越燃越高。

我被他带回了家，果如他所言，我被扔进热水里，想来紧接着的就是剥皮和抽筋，煮熟然后切片了。热水慢慢变温，他又在里面加了不少的草药香料，想是吃前先腌上一下更加滋补，水暖暖的、香香的，好像狗娘那最初的怀抱，在这温暖中，已经死去的我竟然睡着了，本来应该烟消云散的意识竟然还能睡着。

我不知道的是在愤怒之火燃烧的那一刻，只要我愿意，我的心脏随时能够重新跳动，只是我还没有意识到罢了。

不知道过了多久，当我意识恢复的那一刻，我惊讶地发现我不但没有被煮成香肉，而且我本来已经僵硬的身体能动了，虽然每一个动作都疼痛难忍，摸摸胸口，我冷了的心又开始跳动了，虽然还很轻，很慢。

慢慢睁开我浑浊的双眼，我终于看到了把我接回来的那个他。这家伙不胖不瘦，长得实在是没什么特点可说，估计掉到人堆里就再也出不来了，我的主人本也不算特别优秀，可跟他比起来也要英俊潇洒许多。他看起来也是二十多岁，比我主人可能还要小些，见我醒来，他笑了。

"哈哈，我的活狗肉醒了！"

我全身剧痛，不愿理他，只嘟囔着：

"嗷！你这家伙，还想吃我，等我好了第一口就咬你屁股！"

我能听懂人类的话，人类却难懂我们藏獒的语言，我本以为他听到我出声或是拿出锅子菜刀什么的开饭，又或是摸摸我的头开心地说你终于醒了这一类的话，谁知他两只手既没有去拿刀也没有来摸我，而是麻利地护住了自己的屁股，口里嚷着：

"喂！我救了你，你怎么还要咬我，更可恨的是你这么卑鄙，要咬我的屁股，你这家伙怎么这样！"

我愣了，他听得懂我说话，难道……

第四十七章
狼王之心

一身衣服破旧且不合体，一脸傻笑，满身傻气，没个正经，实在没法让人把他与那个神秘的乌金联系在一起。

我疑惑地看着他年轻的脸，又一次疑惑道：

"你是乌金？"

但凡是人，都得有点脾气，要不还做人干嘛？可这家伙好像不知道脾气为何物，一直都是笑呵呵的，耐心奇好，就连我都不知道我问了这个问题多少次，若是我被这样不停地问同一个问题也会烦了，他却还是不厌其烦地又回答了一遍，而且丝毫不见烦躁。

"没错，我就是乌金，如假包换，你看我都能听懂你说话了，你还不相信吗？"

乌金，让白爪都尊敬有加的乌金。我真的不想承认他就是乌金，可他能听懂我的话说明了他就是，问了无数次，我也终于接受了他就是乌金这一事实。

"你是怎么知道我在那里的？又为什么会去救我？我不是死了吗？"

乌金看着天的方向，现在那里只有屋顶，空荡荡的，连块肉干都没挂，也不知他在看什么，好像看得还挺入神。看了一会儿，乌金才道：

"是雪山上的狼王白爪发现了你让我去救你的，是他发现了你，不是我。"

白爪，每次想到这个名字我都会想起它生前傲立雪山之巅，无人敢与之争锋，直到死前还有着"只愿风宁静，何必报冤仇"这样的大胸怀。白爪，它是我最敬佩的人，就连父亲和主人都远远不及，它的死让我无比痛心，可是现在乌金跟我说白爪告诉他去救我，这……

"乌金，白爪早就死了，它怎么能发现我，更不可能告诉你来救我！你实话实说，不要撒谎来骗我，这种鬼故事，白爪泉下有知都不会放过你的！"

乌金看着我，一副李若兰在学校里教育小朋友的语气道：

"小藏獒，你要相信科学，这个世界上是没有鬼的，你怎么会想出白爪阴魂不散这种事呢，太愚昧了，我们要破除封建迷信啊。"

我狠狠地瞪着他，意思谁都看得出，我要一个答案。乌金耸耸肩，第一次让我看到了他的严肃。

"这个世界上是没有鬼的，自然也没有白爪的鬼魂。白爪虽然被獒王杀死了，可是它的心没有死，如果它的心不死，那这个世上就没有什么能够杀死它，就算獒王也不能，有的人死了，它还活着。至于白爪为什么能发现你，因为它是狼王，雪山上发生的一切它都知道。"

他是乌金，他说对，应该就有他的道理，何况还说得这么严肃，让人不由得信服。我只能再问他关于我死而复生的问题。

"乌金，我不是死了吗，怎么又活过来了？"

不知道我和白爪怎么就差别对待得这么厉害，说起白爪的时候，他一脸严肃，问起了我的问题，这位乌金笑开了花。

"哈哈，哈哈哈，你，不也是一样吗。只要心不死，人就不死，本来你心死了，可是现在心又活了，心活了，你就活了！"

我不想再跟他废话，也不想惹他生气，只趴在那里，再不说话。不过他对我好像很感兴趣，左捏捏又掐掐的，好像孩子得了一件新奇的玩具，玩个不停，也不腻歪，终于还是我忍不住了。

"我说你还有完没完了？好了，白爪当时让我来找你，说你会告诉我该怎么办，现在你说吧，等我伤好了就出去办！"

我觉得我说的已经足够清楚了，可乌金却是一脸的茫然，傻傻道：

"你愿意咋办就咋办，问我干嘛？"

说罢，飘然离去，让我傻了眼。

就这样，我在乌金家里住了下来，跟他混在了一起，时间越久，我越觉得他虽然不像个高人，可又总能在关键时刻做出高人的样子，可能这才叫高深莫测，让人捉摸不透。

乌金多才多艺，不仅煮了一手好菜，就连医术也是十分高明。他这里没有别人，只他一个，又是做饭又是帮我上药，他也真有两下子，一个人把这些事安排得妥妥当当，让人佩服，只那疯疯傻傻的劲头让人哭笑不得。

在乌金的照料下，我的伤渐渐好了，已经可以下地走路了，我知道我告辞的日子快到了，可乌金还是没告诉我我到底该做什么，这让我心里有些不安。乌金什么也不说，也不知道雪山上的獒王现在折腾成了什么样，我的主人又是什么样，还有父亲，唉，牵扯到了亲人就是会多出许多事情。

乌金坐在我身边，倚着我暖和的身子，嗅了嗅我身上日渐浓重的獒味，知道我的健康在逐渐恢复，他也很是欣慰。

"我的伤已经养好了，你就告诉我回去之后到底该干什么吧！我是真的不知道！白爪临死之前让我来找你，你可得给我安排明白了，不能辜负了白爪啊！"

乌金收了笑容，头一次跟我严肃道：

"为什么一定要回去，留在寺里不是也很好吗？"

我有些哑然，他一直都没有打算让我回去吗？

"留下是不错，可是我为什么要留下，我还要回去找我主人呢，我不能看着雪山生灵涂炭啊！"

乌金摸了摸我的头，笑道：

"让藏獒闹上一场，也未必不好。"

我甩了甩头，甩掉他的手。

"就算这样，可我的心看不得这样的事情发生！"

乌金一字一顿，无比认真道：

"如果你回去你会死的，你留在这里就能活着，你有选择的机会，回去还是留下？"

我回去会死，是谁杀死我？獒王吗？还是父亲？我不知道你为什么断言我回去会死，但我还是信了。

"如果我不回去雪山会怎么样?"

乌金两手一摊,很无奈道:

"会有一场大屠杀,有很多动物会死。"

我指指我自己,下巴都有要掉下去的感觉,不由得结巴道:

"我回去就能阻止这一切吗?"

乌金点头道:

"能!"

我第一次对他有了一丝莫名的真正敬佩和浓浓的不解:

"既然这样,为什么你还让我留下?"

乌金看着我,这一刻,他年轻的外表突然化掉了,这时的他更像一个老者,洞悉了一切,口中每一个音符都暗合自然的逻辑。

"因为你的生命也是生命,我不能为了救其他生命而牺牲你,每个生灵都有选择自己生命的权利,就算是我也不能替你做出选择。为了救更多生灵而牺牲你,我做不到。就像你看不得獒王为了那梦中的雪山大杀四方。"

第四十八章
开悟禅机

"串儿，你有选择方向的权利，如果你留在这里，我保你一辈子衣食无忧，就算是獒王来了也杀不了你，如果你回去，我也保证，雪山一定会恢复和平。"

也许我该答应，也许我该拒绝，世上的事没一件是简单的，都是矛盾一团。让獒王大杀四方，雪山会迎来真正的清平，可谁来管那些死去的猛兽？它们的鲜血就白流了？它们亦是生灵。藏獒的终极梦想，和谐雪山，亦该把它们也包含其中。可我的生命……

可拒绝，又怎么开得了口。白爪的死时的情景我从未忘记，血混着肠子流了一地，还有它波澜不惊的情绪，那句"只愿风宁静，何必报冤仇"。它毕生的愿望只是让雪山宁静，虽然它是一只狼，可它一生中做的却是任何一只藏獒都不及的事。我不如它的力量，更不及它的胸襟。

"你说我应该怎么做？我不想死，也不想让雪山生灵涂炭，有没有什么折中的方法？"

乌金抚着我头上颜色驳杂、搭配蹩脚的毛，反问道：

"如果你们獒群里有一群刚出生的小藏獒天天打架，势要置对方于死地，你会怎么做？"

我连想都没想，答道：

"当然是上去把它们分开了，打一次就分一次。"

乌金又道：

"你分开了可是你不在它们还是不长记性地又去打架，你会怎么办？"

我又道：

"那当然是再分开了！"

乌金看看我那满不在乎的神情，又道：

"如果你分开它们，你不在它们又会打起来，你该怎么办？"

这个问题，一下子变得难了。如果不停地制止，它们还是要不停地打架，找到机会就打架，好像真的没有什么有效的办法。

"那我就一直看着，一步也不离开，这样就打不起来了。"

也不知我的答案哪里好笑，乌金嘴角的弧度更大了，笑得前仰后合。

"你怎么总是那么多蠢主意，这个问题多简单，让它们知道不应该打架的道理不就可以了？真不知道你是怎么想的，这么笨。"

他那个表情那副样子让我非常不爽，说我的答案不靠谱，他的答案更是荒唐。

"告诉它们不该打架的道理它们就不打了？"

乌金伸出一只手指，摇了摇，又道：

"你觉得要让别人知道一件事不应该做，就只是简简单单的劝告吗？并不是这样。要让一个人知道一件事容易，只要用嘴说就行了，甚至连说都不用，只要一个动作一个眼神就能让别人知道你的意思。可知道你的意思重要吗？根本就不重要！那是你强加的意志，并不是他的本意。真的想让一个人做一件事或者不做，正确的做法应该是让他自己认为这事该做，或是不做，但这是他自己认为的，懂吗？"

今天的问题看似简单，其实却包含了雪山草原真正的规则。要让雪山上的霸主们，包括獒王，死去的大熊，让它们真正做些什么，维护这雪山上的和平，让雪山草原的住民都来珍惜这和平的生活，真的是需要让它们自己认为应该这样做。如果有个强大的人来维持，就像乌金故事里面的我，一时还可以，如果那两只小藏獒的力量超过了我，那它们还是会厮杀，雪山也是这样。白爪本来就凭借着自己的威望维持着雪山上的和平，可獒王出现了，白爪一死，和平就被打破。白爪强加给雪山的和平最终烟消云散，真的是要让大家都认为和平是好的，这样才是真正的和平。

这是我现在还没有明白的道理，幸运的是我没有做错选择。我忘了想通乌金的话是在什么时候，也许是谈话之前，也许是生命尽头，还有可能是尽头之后。

"乌金，你跟白爪是怎么认识的呀？它临死前跟我说你的时候，那个眼神，还有那个语气，简直是要把你供起来一样。"

乌金看看我，身上的伤完全好了，用了他的神奇伤药，我比以前还要健壮。

"我跟它之间认识，就跟我和你认识差不多。"

白爪，墨绿色的眼睛，雪白的皮毛，它也曾受过重伤吗？它也曾得到乌金的救治吗？我平静的心一下子又沸腾了，我两只浑浊的眼睛满是期待地看着乌金，我想多听一点白爪的事，那是我死去的朋友。

乌金也看着我，眼睛里没有一点期待，甚至连一点零度以上的情感都没有，平平淡淡的，他很随意地说着。

"我可以告诉你的是，小藏獒打架的故事它也听过，它最终的选择跟你一样，一直看着它们，也正是因为这样我才能告诉你，你选得不对。"

白爪它就是因为这个才死的吗？我的心里不由生出一种悲哀。

这个故事，獒王也听过吗？它是否也做了相同的选择？

乌金看着我，半天才问道：

"那些都不重要，重要的是，串儿，你是什么？"

我是什么，这又是明知故问，我看着他答道：

"我当然是藏獒啊！"

乌金点点头，又道：

"你是藏獒，那藏獒又是什么？"

我继续回答着：

"藏獒是草原上最强壮的动物，是雪山草原的守护者，是一切荣耀的凝结，是伟大的！"

乌金没有赞同也没有反驳，还是问着：

"什么又是藏獒的荣耀？"

这一次我没有回答，我答不出。到底藏獒的荣耀是什么，没人告诉过

长篇小说 我是藏獒

我，我也没看出，大家都是一直在强调藏獒的荣耀，大家又从不说什么是藏
獒的荣耀。

　　乌金见我不说话，又问了第一个问题：

　　"串儿，你是什么？"

　　我摇摇头，找不到正确的回答。乌金也不再问，直接给了我回答。

　　"你是串儿，你是藏獒。"

第四十九章
獒王末世

　　无论是什么人，一生中都会面临无数的选择。这些选择或大或小，或是决定今天晚饭的菜谱，或是改变以后人生的走向，或是清醒，或是糊涂，或是开心地勾选，或是久久难以抉择……这些选择都是无法避免的。有人说，世上最痛苦的事是选择，而不是没有选择。我们不是俯视众生的上帝，没有主宰一切知晓前后世事的神力。我们只是这大千世界里极微小的一粒尘埃，用一个个小小的选择来决定被疾风吹到哪里的尘埃。这些串联在一起的选择，通常被叫做命运，有的人说它是天注定，不能变也不能改，其实，它就在你一个一个漫不经心的选择之间。

　　有的事，分量太重，太大，会让人难以抉择，直到事情的最后一刻还是无法把所有选择完全权衡，而这种选择往往又最简单，只要足够勇敢，到最后一刻你总能找到答案。

　　我最终还是选择了离开，离开无论什么时候都温暖安宁的乌金的家，离开唯一能听懂我说话的乌金，离开我生命中最重要的转折，回到那冰天雪地中，踏上掩埋骸骨的白雪，回到那片注定要失去安宁又将得到安宁的雪山。

　　风吹拂着，老树散落着，也许是在乌金那里安逸的日子过得久了，我已

230

230

经不太适应这样的生存环境了。冷风往皮毛里钻，我的皮毛虽然如以前一样厚实，却已经挡不住这样的严寒，我不禁打了个哆嗦，寒气在我身体里更加猖獗了。

"得赶快找个山洞才行，雪山上真有这么冷吗？也不知道大家都怎么样了。"

雪山原本不是藏獒的领地，有狼在的时候，藏獒是不经常在雪山踏足的。根据生物学规律，一种生物如果在一个新环境里没有天敌，那这儿的生态平衡就会被破坏。由獒王带领的藏獒部落杀死了狼王白爪，赶走了雪山上几乎最有战斗力的狼群，现在的藏獒绝对是没有天敌的，只是不知道现在的雪山成了什么样子……

"嗷呜——"

熟悉的声音，熟得不能再熟，甚至比藏獒的犬吠还要熟。这是狼的听嗥叫，是狼傲立山巅的嗥叫。狼，不是全都已经逃离雪山了吗？怎么还能听到狼嗥？难道……难道……

无论是谁，除非他对生活已经彻底绝望，否则让他在远方看到一点点的希望，他就会产生不切实际的幻想。现在，我的感觉就是——白爪没死，它复活了！反正见识过了乌金这样的人，我觉得这个世界没什么不可能发生的。

狼嗥是那样的孤傲，那样的雄壮！我循着狼嗥的方向跑过去，我已经迫不及待要见到那些灰白皮毛、目射幽光的狼了，只要它们回来了，獒王就该有所忌惮了。可我又为它们担心，狼群巨大的战斗力虽然能牵制獒王，却难挡住獒王身边我主人手里的猎枪。

"嗷！嗷嗷！"

我发誓，这是我这一生最卖力的一次吠叫，远方的狼群，快来吧，到我这里来。狼的声音让我亲切，狼的味道让我浮想联翩，或许我这一生最自由最快乐的日子就是在狼群里的囚徒生活了。多么讽刺，一只藏獒，却一直在想着怎么给獒王捣乱，见到狼又会有如此亲切的感觉，可能我真的是投错了胎，不应该做一只藏獒，应该做一只狼才好。

"嗷呜——"

又是狼嗥，看来它们听到了我的吠声，又近了。我又加快了步子，终于见到了雪山上消失了好久的狼。

五六只狼，从远方疾驰而来。它们的步子压得很稳，又很快，看得出它们是狼群中的精锐。它们远远地看到了我，突然摆出了一副戒备的状态。藏獒跟狼的战斗在西藏这片厚重的土地上古已有之，似乎从未停歇。可我是白爪的朋友，在狼群里，因为白爪的缘故我一直受到它们的礼遇，现在这些狼把我当成了敌人来戒备，我一时间竟然不知如何是好，大脑也好像短路了一样。

　　"嗷呜——一只藏獒！"

　　它们把我围了起来，从语气上看似乎恨不得把我咬成粉末置于死地。

　　"各位，我是串儿啊，别动手！"

　　我的话说完，它们脸上全都是茫然之色，显然不知道这个串儿究竟是何物。它们还没有来得及说什么，远处又来了别人。

　　一队狐狸和两只灰熊从远处跑来，它们列队虽然没有狼这么整齐，却也全是戒备，而这戒备，不是对狼，而是对我。一时间，我周围围了一圈的狼、熊、狐狸，它们的目标全都是我，看得我直发毛。

　　"各位……你们这么看着我干嘛？"

　　它们的眼睛像刀子，不停地剜着我身上的肉，领头的狼冷笑道：

　　"哼哼，为什么看你，还不是因为你是藏獒！说，今天来这儿干什么！"

　　现在看来它们对藏獒的仇恨，已经超过了藏獒对它们的仇恨。藏獒对这些动物的仇恨，源自对暴力和杀戮的天生厌恶，而它们看到藏獒的这种眼神这种心境……绝对是愤怒才能锻造出的。

　　"各位，我真的不是来干什么的，我是串儿啊，白爪的朋友，我来这里是阻止獒王肃清雪山的！"

　　领头的狼狐疑地看看我，跟旁边的狼耳语两句，冷着个脸又道：

　　"不行，我们是听说过白爪大人生前有个藏獒朋友，可是我们从来没见过，谁知道你是真的还是假的，你们藏獒那么卑劣，万一是冒充的呢，暴露了我们的行踪，后果不堪设想！"

　　曾几何时，这还是我跟狼群讲话的腔调，现在，藏獒又成了过街老鼠，人人喊打。这不是循环，也不是报应，得道多助，失道寡助罢了。身为藏獒的我，又能怨谁呢？

　　一只狐狸道：

　　"我看它也不像撒谎，眼下咱们也是分辨不出，不如把它带到狼王过世的那个山洞去，那里住着那些老狼，它们是见过狼王那位朋友的，让它们一认就知道它是真的还是假的了。"

领头的狼不断打量着我，眼睛也不停地闪烁着，好像是在思考这个主意可行与否。它的眼睛每扫在我身上一下我的骨头就一阵哆嗦，它的眼睛每闪烁一下我的心就有一次忐忑。如果它按照那只狐狸说的处理方法还好，可若它心里想的是藏獒没一个好东西，宁可杀错，也不放过的话，我的命就一定交代在这里了。乌金说我这一趟回来一定会死，难道就是死在这些狼的手里吗？藏獒死在狼的手里，说出去也算战斗而死，死得其所，可这在我心里却是那么的苦涩。

它开口了，好像高台上的獒王，只是少了些天神的光环。领头的狼思考了一下，点了点头。我松了口气，命算是暂时保住了，我跟着它们前往白爪去世的那个山洞，它们留下了两只狼观察是否有跟踪的。藏獒，一个以勇气和忠诚而闻名的种族，怎么会变成今天这样，被别人这样防备着，这是一种可以避免的悲哀。

终于，我们回到了白爪去世的那个山洞。原本随着狼群溃散而不知去向的老狼现在又跟着狼群回来了，还住在这个山洞。狼群似乎比獒群更有敬老的传统，这里被打扫得很干净，每天还有人给这些老狼送些食物。看在洞里的狼都很安宁，气氛也很温馨，它们的脸上都笼着一层淡淡的虔诚。白爪，你果然是一个前无古人后无来者的伟大狼王，你鲜血染过的地方，已经是狼族的圣地。你虽然人死但心不死，你应该看到了吧！看到以后你那张冷峻的脸也该露出笑容了吧！

想到白爪，我的眼圈红了。

"各位，狼王它生前有只藏獒朋友，我们出去巡逻碰上了一只藏獒，它非说它就是，你们看看它到底是不是。"

领头的狼跟老狼们说完以后就退到门口，防备我逃跑，我又何须逃跑呢，老狼们一下子就认出了我。白爪虽不在，能量犹在，那些狼的态度马上就转了个大大的弯，然后就是深重的叹息。

读完了它们的叹息，我才知道我养伤的这段时间獒王到底做了多少。

原来在我养伤的时候，獒王一直在帮我主人打猎。獒王连大熊都不怕，本身的实力就是雪山最强的，再加上我主人手里的枪，没有一个动物是它的对手。借助我主人的力量，獒王很快就击溃了雪山上几乎所有可能造成威胁的猛兽，藏獒的身价也水涨船高，一时间藏獒成了统治雪山的种族，就像当初的狼一样。

"藏獒对自己血统的崇拜是其他种族无法想象的，如果藏獒真的像你们说的那样统治了雪山，我想獒王也很难驾驭局面了。"

领头的狼摇摇头。

藏獒的势力越来越大，终于，其他动物也意识到了不能再这样下去，这才找回了已经离开雪山的狼群，狼群跟其他动物联合在一起，这才堪堪抵住藏獒的肃清。

现在的雪山，人人谈獒变色，而比藏獒更可怕的，就是獒王身边那个拿着枪的人类。以前还没有觉得怎么样，可他身边有无数的藏獒，造成的危害太大了。

我趴在地上，感受着白爪干涸的鲜血，这是一个末世，一定会有新的开始。我，还有我身边的狼、狐狸、熊，我们要一起走过这个獒王的黑暗时代，还有我的主人。

第五十章
为了朋友

　　我听了它们的话，坐在那里茫然不知如何是好，它们说完了都齐齐地看着我，等着我说些什么，可我又能说些什么呢？

　　"雪山……真的变成这副模样了吗？"

　　领头的狼看了一圈在场的人，点了点头。它表情刚毅，咬着牙根，好像这样能增长它的坚强，而在其他人的眼里，我能看得到泪光，看来雪山真的已经无比黑暗了。

　　"那我们现在还能做什么呢？"

　　所有人又都低下了头，沉默不语。良久，领头的狼才道：

　　"以我们的力量，单纯地跟藏獒对抗没有太大的问题，只是獒王身边跟着的那个人不好对付……所以，我们现在一点办法都没有，只能被藏獒撵来撵去，东躲西藏。"

　　一边的老狼看了看我，皱着眉头，忽而喜道：

　　"串儿，狼王临走的时候不是嘱咐了你什么吗，你看看现在是不是去做的时候了？"

　　白爪的威信极高，无论它是生是死都是一样。老狼这话一出口，场面马上就静下来了，在场的无论是狼还是别的动物都静了下来，一点声也不出，满脸期待地看着我，看得我直冒虚汗。

我确实已经去找过乌金，可他并没有什么嘱托，眼下我们这群又都不知道怎么办，这时说出乌金那些话只能白白地败了士气。我心里暗暗叹了口气，勉强打起精神，尽量让大家觉得我有把握，这才道：

"狼王临终前托付我让我去找雪山上的乌金，我已经找过了，他已经告诉我该怎么做了，大家放心吧！"

说完这句话，我能清楚地听到在场的所有动物都舒了一口气，无数根紧张的神经在这一刻都有了难得的放松。乌金呀，你的名号果然好使，给了它们希望，可是你又让我怎么办呢？即使是藏獒宽厚的肩膀也担不下整个雪山的命运，更何况是你乌金的空口之言，我只能把一切的压力压到我比普通藏獒略微瘦小的身体里，自己撑，自己扛。

"大家先在这里休息吧，我出去转转，了解了解情况。放心吧，一切都在乌金掌握之中。"

乌金确实高深莫测，我也相信雪山和草原的一切都在他掌握之中，可他只愿独享这种参破一切的快乐，不肯与我分享，所以在雪山上，一切还是要靠我，希望他的预言真的能够实现。

雪山茫茫而又冰冷，我的心却不冰冷。乌金说过，一个人只要心不死，那他就不死。我明知道自己的生命即将终结，我要留下一颗火热的心，像白爪一样，我不希望我连心都要死去。我要像白爪一样，永远活在雪山上。

思绪万千，狼群全都随着脚步踩进了雪山，雪的声音嘎吱嘎吱的，甚是清脆，这时……雪的声音依然清脆，只是变得频繁，变得杂乱，变得模糊，忽远忽近。这已经不是我的脚步声，而是一群动物到了附近。

隔了老远我就能闻出这是藏獒的气息，浓浓的獒味，看来来得还不少。我赶紧朝那个方向飞跑过去，不是为见亲人的激动，而是我要赶快过去，看看被藏獒追赶围攻的是谁，还来不来得及把它救下。我虽是藏獒，可我的心并不允许我做跟其他藏獒一样的事，这是种幸运，也是种悲哀。幸运的是我仍然清醒，悲哀的是清醒的代价往往是痛苦，麻木的原因总是安逸，所以有的人宁愿麻木也不愿醒来。

我最痛苦的地方就在于我必须清醒，对跟我流着同样血液的藏獒倒戈相向。藏獒的血液是高贵的，藏獒的灵魂是圣洁的，藏獒……我居然要因为雪山去伤害我的同胞……甚至还有我的主人，我不愿跟其他动物与他们敌对，可我非这样做不可。

"嗷！嗷嗷！停手！"

我的叫声让它们一惊，动作都停了下来，显然它们没有想到在这个地方还会有别的动物存在，而且还会是这种叫声，是藏獒的叫声，叫的还是停手。这在现在的獒群里，简直不可思议。

这几只藏獒都是生面孔，在獒群里，我从来都是最边缘的存在，就连最外围的几只藏獒都不愿意理我，更别提我对谁熟悉了。如果说有，那就一只，獒王。虽然我跟它们不熟，但是它们好像都认识我，被獒群围殴而死的杂种，没谁不认识。

这几只藏獒一看到我，脸马上就青了，瞳孔缩紧，分明就是恐惧。藏獒啊，最勇敢的动物，居然会怕一只活鬼，看来勇敢也未必是勇敢，能对超出认知的事物一样勇敢才是真正的勇敢。所谓的藏獒的勇敢，原来不过是假的勇敢，我的心微微失落着。

"串……串……串儿！你不是我们杀死的，是獒王下命令让我们杀你的，冤有头债有主，你别找我们，你去找老黑，去找獒王啊！"

有一只看起来强壮些的强撑着说了这段没骨气的话，另外几个更没骨气的已经瘫倒在雪地上，胯下散出一股骚臭的味道，原来已经吓得尿了。这就是藏獒吗？

不知为什么，此时我竟明白了獒王的一些话。也许它们是藏獒，可它们却未必懂藏獒。

"我没有死，我还活着，獒王呢？"

它们已经接近晕倒，再说不出什么别的话。我感到周围藏獒的气味异常浓烈，很显然，藏獒不止它们这几只，还有很多马上就要来了。这个空当，我忙看了看被几只藏獒追赶的猎物，看到这张稚气的脸，我不禁笑了，不是生人，这不是小狐狸吗！

"小狐狸，还认不认得我了？"

小狐狸还是如以前一样，抽了抽它可爱的鼻子，毫不示弱道：

"哼，笨狗，这次算你来得及时，咱们快走吧！"

我摇摇头，眼睛看着另一个方向，味道越来越浓，脚步声也越来越近了。

"小狐狸，你现在还能跑吗？大批的藏獒马上就到了，要走得抓紧了。"

小狐狸看看我，又把耳朵贴在地上，再起来的时候已经是一脸忧色。它的小嘴唇嘟在一起，甚是可爱，小狐狸小嘴动了几动，摇头叹道：

"唉，笨狗，我刚才腿受伤了，跑不快，你自己逃跑吧，不用管我了。"

小狐狸可以说是我在这世上不多的朋友之一，我们之间的交集不多，虽然它还曾是主人的猎物，但是我能感觉得到，它是不一样的，在它身上没有别的野兽为生存而凶狠疯狂的劲头，有的只是童真。我是藏獒，如果我是藏獒，我又怎么能丢下朋友不管自己离开呢？现在的雪山，藏獒成了捕杀猛兽的代名词，人人谈獒色变，藏獒的英明不被众生理解。从血统上来看，它们都是真正的藏獒，它们的身体里都流着藏獒高贵的血，可它们却没赢得雪山众生的认可，如果它们不行，那就让我来吧，我是藏獒串儿，在我身上，绝不能失去藏獒最后一点的气概！

"小狐狸，一会儿我拦住它们你直接走，能走多快就多快，你走了我好脱身，知道吗？"

小狐狸两只眼睛滴溜溜的，转来转去，并不是狐狸的狡猾，而是它的眼里含着泪水，这才显出了这种效果。

"好，一会儿我快走，你也抓紧快走！"

真实的世界和人生都是残酷的，没有人拿出时间陪你在关键时刻排演生离死别的戏码，也没有人会为了不知在何处的观众婆婆妈妈半天。逃命才是最要紧的事，求生才是每个生命在危急关头本能中的本能，没有人会在这个时候浪费珍贵的时间给自己的生命多添一丝危险。这就是真正的生存之道。

"嗷！嗷嗷！"

小狐狸才走了没多远，远处的追兵就来了。真是冤家路窄，随便遇个追兵遇上的就是少有的熟人，獒王那白色的身体虽然与雪山融合在一起，可在阳光照耀下反比其他藏獒扎眼得多。獒王果然不比其他藏獒，看到我四肢健全地站在它面前也只是微微地惊讶，转眼间就恢复了原状，叹道：

"想不到你还没死，命真是大。"

我对它扬了扬头，算是作了反应。我的注意力大都在逃跑的小狐狸身上，并不想跟獒王多废什么话，只要确定了小狐狸安全我就逃跑，别的，我不想理会。可我不想理会，不代表獒王也这么想，它好像对我死而复生很感兴趣，不停地在我身上打量着，偶尔还问出两个问题，显得兴致勃勃。

"你没死，真是太有趣了，这样的游戏才会有更多人参加，好奇吗?"

我摇摇头，小狐狸已经跑了好一会儿了，可它受了伤，跑也跑不远，我必须拖住獒王，为我的朋友争取到逃跑的时间。不过最让我担心的事情还是发生了，獒王很善于捕捉细节，它看到了我飘忽的眼神，顺着我的眼神，它也看到了正奋力逃跑的小狐狸，它又笑了:

"串儿，别看了，别紧张，我会放它走的，不过你不行。"

我还是偷偷瞟着小狐狸的方向，嘴上道:

"哦? 我说走就走，你还能拦住我不成? 獒王，现在你也未必拦得住我!"

獒王摇摇头，脸上又现出了它当初带我去见父亲时那无奈的神情，叹道:

"唉，我怎么会拦你呢? 我就是怕过一会儿我让你走，你都不走了。"

我不明白它是什么意思，不过它马上就让我明白了。

"嗷! 嗷嗷! 嗷嗷! 嗷!"

一连串暗号似的犬吠，獒王唤来了一群藏獒，远远地我就看得到，小狐狸被它们叼着还在不住挣扎，我的父亲跟在队伍末尾低三下四，还有……群獒中唯一一个人类，端着猎枪的人类，我的主人王兵。

第五十一章
深谷幽兰

獒王是对的，现在就算是它叫我走我也不会走了。且不说獒王叫来的队伍里有我的父亲，我的主人，已经成为雪山杀戮魔王的主人。单单只说小狐狸被它们抓住，我也是绝对不能走的，为了朋友，我要留下来，小狐狸，我会把你救出来的！

獒王与队伍会合，黑眼中的光芒更加耀眼，它把小狐狸接过来按在爪下，脸上威胁的意味和小狐狸蹬爪的恐惧都使我愤怒。父亲的眼神闪烁着，它躲在队伍的最后面，不想让我看到它，它又在偷偷地看着我，它的眼神怯怯的，一触到我的目光马上就溃散，看来上次的事对它打击也是很大。一时间，大家都不出声了，我的主人看了我几秒，终于认出了眼前这个陌生藏獒就是在狼群围攻下大难不死的串儿，他原本已经冷如冰石的脸瞬间又融化了，主人的声音颤抖着，颤抖的旋律是一首温情的歌，拨动我的心弦，主人分明地叫着：

"串儿，是你吗？串儿，你没死真是太好了，快过来……"

主人毕竟是人类，无论他在獒群里过了多久他都是看不出藏獒间关系的，他只认得都是一个模样的藏獒，却不知这是两个敌对的阵营，而他父亲老王从小养大又送给他的藏獒串儿，已经站到了一个和他对立，和所有藏獒对立的地方，已经做好了一切准备甚至献出生命来战斗！

因为我本身与獒群就有着不可磨灭的联系，所以对面阵营里的人面对我难免会有些尴尬，比如主人，比如父亲，主人是全场中身份最尴尬的一位。父亲的身份虽然尴尬，可它在上一次就已经表明了立场，跟我恩断义绝，这一回自然还是帮獒王的。可主人……他是我的主人，道理上应该护着我才对，可他现在又站在獒王的一边，他才是最尴尬的一个，偏偏他又完全不知道自己的尴尬。

至于獒王，我想它已顾不了许多了。

主人尴尬的身份配上他尴尬的话，这根导火线一下子被点燃，大战就这样触发，獒王把小狐狸交到主人脚下第一个朝着我冲了过来！

……

不知道为什么，李若兰的心今天跳得特别厉害。她不是一个娇气的女孩，身体很好，来到草原也没有出现过别人都有过的高原反应，照理说是不会无缘无故身体不适的。可现在她的心分明是在扑通扑通地跳着，心跳得很慌乱，很纠结，好像是有好几只藏獒在咬个不停。李若兰摇着头，她满面愁容，好像从认识王兵的那天开始，愁容就注定了要爬上这美丽的脸颊，再也拿不下来。她的屋子里堆着好多的新衣服、首饰、香水、包包，这是别的在这高原上的女孩想要也不容易得到的，可李若兰看它们的眼神却并不是十分喜爱，正相反，李若兰是厌恶它们的，甚至看到这些东西就想吐。

这些当然是王兵送给她的，王兵每次从雪山上回来都会送她许多这种东西，这些应该就是他在雪山上打猎的战利品了。

"我不能再这样下去了！"

李若兰看着雪山的方向，心里的那个人还是没有回来。她有一种极其不好的预感，王兵这一次可能回不来了。

当初，她为了支教才来到西藏，来到这片神奇的土地的，原以为这段经历里除了乖巧的学生和热情的藏民应该不会有其他东西，没想到，还有这么一个男人，让她伤心却又不能放心的男人。王兵让她乱了方寸，不知如何是好。

"我应该去雪山上找他说清楚，这样的日子，我不能再过下去了！"

李若兰穿上衣服，离开了学校，向着雪山一点一点地进发。灵魂一说儿，应该是真正存在的，在李若兰离开学校前往雪山的那一刻，我感觉到了，她正向着这边来。正是因为我感觉到了她的到来，我的动作更加地慌乱了，这里的情况这么复杂，万一她被误伤了怎么办！一时间，我的心里满是复杂的情感，身上的破绽也多了，獒王领着众多藏獒很快给我身上添了好几道深可见骨的伤口。

"串儿，与人交手最忌分心，你不知道吗?"

獒王这句话说得没错，与人交手最忌分心，可它好像忘了，它在跟我说这句话的时候，本身也是在分心。我趁着獒王分心的空当，忍着疼痛，奋力向着一个方向扑了过去，獒王，还有所有的藏獒，它们没有一只拦得到我，我顺利地扑了过去。

并不是说獒王的身手拦不住我，而是它没想到我会向这里扑过来，看到我的举动，几乎所有的藏獒都惊呆了，谁会想到一只藏獒会朝着自己的主人扑来呢。它们的发愣只是片刻，待它们反应过来，又是一浪胜似一浪的责骂，不过无所谓，我不在乎了，它们所谓藏獒的尊严早就没有了，这就是事实。

我是串儿，我是藏獒。

主人看到我势头凶猛也是吓了一跳，跟跄着退了一步，手里的猎枪紧紧握在手里，枪口指着我的脑袋，只要我有一点对他不利的举动，他就会毫不犹豫地开枪，我又怎么会真的攻击我的主人呢？我满是委屈地看了主人一眼，哼了一声，紧接着，衔起来刚从主人脚下救出来的小狐狸，狠狠地朝远方丢去，我的朋友，这是我最后能为你做的了，希望你能逃出去。

这一刻，我不知道的是，我的援兵已经知道了这里的窘况，它们马上就要到了。我还不知道的是李若兰已经到了雪山的范围，她即将遇到一个非常有趣的人，而下一秒，我知道的则是我又失去了一位朋友。

小狐狸被我用力抛了出去，它小小的身体在空中划了一道优美的弧线，充满灵动，充满生机，这是由死划向生的弧线。我绷紧的神经，强力收缩的肌肉，在这一刻，都有了一丝丝喘息，不管怎么样，我的朋友小狐狸总算安全了。也许从整个雪山众生的角度看，我应该放弃小狐狸自己逃生，我身上肩负了雪山的命运，我的生命也许比它要重要，可是，我不能这样做。小狐狸跟其他生物一样，有自己的生命，它有生的权利，我不能因为更多的生命而放弃它，生命都是平等的。

就在我全身放松正准备坦然接受接下来死亡命运的时候，一个变化让我不能坦然，双目充血，生生地咬碎了一颗牙。小狐狸在空中划出的生命曲线太慢，又太美了，就连老天都妒忌这优美的弧线，偏要下手改变它的轨迹，加快它的速度，让一切朝着另一个方向发展。

砰！

一声枪响，震动了整个雪山，也让正在厮打的我和獒王它们停下了，呆呆地看着枪响的方向。子弹好像助推器一样，把空中的小狐狸推得更快，更远，在小狐狸身上还爆起了一蓬血雾。这一刻，我的大脑停止了运转，因为受伤而流失的血液在这一刻好像都回来了，而且在沸腾。我不想束手就擒，也不想逃跑，我发了疯一样攻击周围的藏獒，就连獒王我也能和它对抗，这就是生命之痛，愤怒的力量。

小狐狸像一只漏了口子的破麻袋，歪歪斜斜地被枪打飞了，落在地上，身上本不漂亮的灰黄色皮毛在这一刻是那样的凄美，小狐狸这辈子都没这样美过，这是生命之美，让我疯狂得无法停止。

我不知道哪来的力量，那些藏獒身上受的伤不比我轻，我不再理会什么别的情感，只是在疯狂地进攻。

我依然没有伤到獒王。

打了没一会儿，獒王就停手了，任由我大展威风来对付那几只藏獒，它扭过头，看着主人，黑色的眼睛里面好像不是瞳孔，而是无尽的黑暗，唯一的光芒代表着胁迫。

如果这时我们没有激烈的打斗，我敏锐的听觉一定能清楚地听到远方的狼嗥熊咆，我的援兵马上就到。可惜，这里太紧张，太吵闹，我什么也听不到。主人脸上的肌肉很僵硬，我从未见过主人如此犹豫，如此痛苦，来源于内心的痛苦。我扭过头看着主人，眼睛里全是刚才的愤怒，红芒还没有消退。

主人举起了枪。

……

雪山，依旧是白茫茫，虽然白色是世界上最纯洁最美丽的颜色，可若全是白色，未免太过单调，雪山就是这么个单调的地方，单调得可怕。一个女人，一步一个脚印地从山脚向山上虔诚地走来，她是那样的美丽，那样的纯洁，但不是高原雪莲一样雪一般的纯洁，而是像深谷幽兰一样，滴着露水的纯洁，带着芬芳。

　　她的眉头微微皱着，好像有什么化不开的心事。她的胸口起伏着，喘着粗气，这次上山本身就是精神极度压抑下的冲动之举，她也不知道能不能找到她想找的人，不知道在雪山上能不能遇到危险，可她还是来了，她怕等在学校里跟一堆尽是血腥味的东西待在一起的那种感觉。她一定要到雪山来，跟那个人说清楚，就算找不到他，也要舒一舒胸中的阴郁。

　　乌金不知从何而来，向她行了个礼，笑道：

　　"我知你从何而来，亦知你往何处去。"

　　李若兰一呆，脸上盖起两朵红霞。

　　"我……该去哪？"

　　乌金好像是随手指了个方向。道：

　　"若要寻你爱的，早走两步；若要寻爱你的，晚走两步。"

　　李若兰低下头，双脚并在那里，她又该如何迈步？

第五十二章
我是藏獒

世界从来没有平静过，总是有各种各样的故事发生在各种各样的时间和地点，知道的人把它们公诸于众，世人把它们编成故事，诗人让它们成为歌曲，而笔者，把它们捧上神坛，变成传奇。我不知道一个好的故事应该由什么开始，又该由什么结束，如果开始和结尾一模一样，那就是一个连环，永不停止。若这是个喜剧，那还好些，观众们只需要一直笑就够了，可若这是个悲剧，连环就意味着无限的伤感。

当主人的枪完全瞄准我的那一刹那，我的灵魂出窍了，我能感觉到雪山和藏獒都消失了。我离开了寒风和痛苦，失去的血液和撕开的伤口也没有了感觉，我又回到了一个熟悉又温暖的地方，狗娘的肚子，生命从头开始。又一次生活，我一定要让结果与现在不同，可命运往往是无法改变的，就算有重活一次的机会，你还是会做出跟上一次一样的选择，无法改变，也不存在后悔。我还是看砖厂做狗王最后跟着主人来到西藏，走到今天，主人的枪指着我……

我没有冷汗直流，刚才的感觉依旧清晰，我的生命到底有没有过重复？谁也不知道，不过不重要了。

砰！

主人又一次开枪了，跟瞄准小狐狸时一样，主人的枪法很好，没有一只藏獒、一只狼能够躲开，可我躲开了，因为我不是一只一般的藏獒。

子弹擦着我的身体过去，擦破了皮毛，在我身上擦出了一道血线。我看着主人，这一刻，我的眼睛不再浑浊，不再驳杂不堪，我终于有了一双通透的眼睛，一双纯色的眼睛，红色，血的颜色。

"嗷！嗷嗷！"

我向主人跑去，并不是攻击，只是想问问主人为什么，我挟着风雷的威势，向主人跑去，只是想知道为什么。

獒王向后退了一步，它的脸上终于有了一丝惊色。在这一刻，獒王清楚地感觉到，我能够杀死它了，就像它当初杀死白爪一样，可我没有去杀它，而是去找我的主人，这让它有了些幸运的感觉，狡猾地退却了。狂热的它似乎清醒了。

主人看到我扑来，又是一惊。语言不通对于智者来说无伤大雅，他们不必说话就能明白别人的意思，而对于凡人，这就是致命的。我一直在问为什么，主人却觉得我要去杀他。此时，距离已被拉近，再开枪已是不能了，与上次开枪不同，这一次主人没有半分犹豫，用力向我掷来一把刀。刀锋划破了我的身体，对我的伤害比那子弹还要大些，我能感觉到，主人已经动了杀机。

被他杀，其实也好，至少可以离开这个污浊的世界，不再为生死、爱情、友情、生命而困扰，那该多好。虽然这样想，但我还是没有这样死去，我看了主人一眼，红色的眼睛永远留在他的心里，主人的形象也印在了我的心里，我转身就离开了。

有两只藏獒想上来拦住我，但被獒王阻止了，獒王没有来拦我，因为现在的我让它有了危险的感觉，我可以杀死它。主人看看獒王，见獒王没有要追我的意思，我的主人开始有了焦急的神色。在雪山上这么久的狩猎生活告诉我们，千万不能让猎物逃脱，尤其是一只已经被他伤害过的充满怨恨的猎物，因为它再回来的时候会给你带来最疯狂的报复。主人一咬牙，自己循着我离开的方向追了过来，獒王没有阻止，也没有跟来。

一阵嘈杂，紧接着，一个个身影从远处奔来，它们身体健壮，神情焦急，看到藏獒们眼睛都要滴血，这是一群狼、狐狸还有几只熊组成的联军。若在平时，獒王根本不会把它们放在眼里，就算没有人类枪的帮助这里也没有人是它的对手，可今天事情变得有些不同了，如果这些弱者一拥而上，它真的会死在这里，今天是它死亡感觉最强烈的一天。

它第一次有了对雪山众生的思考，和谐雪山，世上哪有绝对的和谐？和谐又哪里是杀出的，就算真的杀尽所有的猛兽又如何？有生便有死，这是大自然定下的规矩，不能改，亦不必改。一切都只是一场梦。

獒王第一次生出这样的无力感，这是它在草原上所没有的，也是它从未有过的。

"串儿在哪？你们杀了小狐狸，真是群混蛋！快说，串儿在哪？"

獒王扭扭头，对这粗鲁的问话不以为意，叹道：

"这场荒唐的战争，也许真的应该画上一个句号了。"

对面领头的狼好像并没有獒王这样的领悟，一脸茫然，听到獒王的话以后也不像狼族平时的高傲，竟是一脸的呆傻相，问道：

"你说什么？什么句号？"

獒王笑着摇了摇头，叹道：

"有光明便有阴影，阴影无法创造光明，和谐的雪山，一直都在，没有想法就是最好的圆满。"

对面的狼好像失去了耐心，语气更坏了些，甚至摆出了攻击的姿势。

"你到底想说什么？"

獒王笑而不语。

……

虽然此刻的我可以杀死一切，但我的身体状况已经差到了极点，如果没有一个像乌金那样医术精湛的人马上对我施救，我绝对命不久矣。乌金，你的预言很准，这一次回到雪山我真的会死，就是不知道你的另一半预言会不会实现，我已经没有机会去印证了。

我跑啊跑，一直跑，直到没有力气。而主人，就在我后面不远不近地追着。

到这一刻，我才真正懂了白爪，懂了灰头，也懂了乌金为什么可以拥有与动物沟通的力量。什么藏獒高贵，狼族肮脏，什么杂种，又什么狼王獒王，其实都是假的，所有的血统都一样，所有的人，所有种族都一样。

无论是狼、藏獒、人，他们都是一样的，一个个由个体组成的，都有着属于他们自己的灵性，自己的品格，种族的界限并不代表什么，更不要提血统。原来在白爪的眼里，藏獒，一直只是一个笑话，所以它才会说我与众不同，所以它才会那样孤傲于世。这道理无比浅显，不难懂，可这世上能懂的人却是太少了，藏獒之所以是藏獒，不在于血统，而是因为那颗无所畏惧、勇敢向前的心，这才是藏獒的真谛。

我总是告诉自己藏獒要有忠诚，可我的主人已经堕落成魔，我的忠诚对于雪山将会是一种伤害，在这个时候，我又如何忠诚？今天，主人对我开枪的那一刻，我看得最清楚的不是子弹，也不是枪眼，而是主人的那双眼睛，尽是嗜血的光芒。这样的眼睛，我只见过一次，那是大熊暴怒时的眼睛，但是大熊都没有主人来得可怕。

我很清楚，主人已经不是初来西藏时的主人了，也不是第一次上雪山那个寻宝的主人了，以前他的杀戮是为了生计，现在他的杀戮是为了满足他杀戮的欲望。

我伏在地上，静静等待着。血慢慢流出我的身体，带走了一切热量，让我寒冷。不过没关系，没有了朋友，主人变成了这个样子，寒冷已经不能让我怎么样了。以前我总会考虑如果主人死了李若兰怎么办，所以每次打猎我都会爆发出十二分的潜能，现在我已经顾不上她了。当忠诚与正义需要选择时，无法选择，而当错误的忠诚与正义冲突时，这一次，我想选择正义。

我趴在那里，慢慢等待着，主人则快步走来。我已经下了决心，为了雪山众生，或者说是为了主人，我要把刀牙扎到主人的喉咙里。

终于，主人走到了，看看我，举起了枪，满是杀意，从我出生开始的情分在他心里已经完全消泯了。我跳起来，把他扑倒，刀牙扎进他的咽喉，品尝他火辣苦涩的血，这一切突然又自然。

李若兰已经进山，乌金叹了口气，就连他也不知道她走得是早是晚。他看看天，无论发生了什么，雪山的天空还是一样晴朗。

我能感觉到，我的生命慢慢流逝，马上就要去陪伴我的主人。我不觉得咬死主人有什么过错，这样对他真的是种解脱。对于獒王，我没有怨恨，对于父亲，我只剩下怜悯，我所有的朋友都已离开人世，我马上就要到另一个世界去跟他们团聚了，希望他们喜欢我做出的答卷。

我慢慢合上眼睛，了无牵挂地遗忘了这个世界。可我只是自以为了无牵挂，故意地遗忘了忘不掉的东西。就在我的眼皮将要完全合起的时候，我的眼前出现了故意遗忘的人，李若兰。

在她面前，是遍体鳞伤即将死去的我和我主人未冷的尸体。迎上她的目光，我没有愧疚，这一生，我只觉得这一秒，我才是一只真正的藏獒！